美文阅读精品

世界上最优美的
亲情美文

鸿儒文轩　主编

内蒙古出版集团
内蒙古文化出版社

图书在版编目(CIP)数据

世界上最优美的亲情美文 / 鸿儒文轩主编 .—呼伦贝尔：内蒙古文化出版社，2012.5

ISBN 978-7-5521-0037-2

Ⅰ.①世…Ⅱ.①鸿…Ⅲ.①散文集 – 世界 – 现代Ⅳ.① I16

中国版本图书馆 CIP 数据核字（2012）第 084239 号

世界上最优美的亲情美文

SHIJIESHANG ZUI YOUMEI DE QINQING MEIWEN

鸿儒文轩　主编

责任编辑　王　春

装帧设计　红十月设计室

出版发行　内蒙古文化出版社
地　　址　呼伦贝尔市海拉尔区河东新春街4 – 3号
直销热线　0470 – 8241422　　**邮编**　021008

排版制作　北京鸿儒文轩文化传播有限公司
印刷装订　三河市华东印刷有限公司
开　　本　710mm×1000mm　　1/16
字　　数　200千
印　　张　18
版　　次　2012年7月第1版
印　　次　2022年4月第2次印刷
印　　数　6001—10000 册
书　　号　ISBN 978-7-5521-0037-2
定　　价　52.00元

〔前 言〕

亲情是与生俱来、恒久不变的一种情感，也是人世间最无私、最崇高的情感，它是人们渴求对某人或某事物无偿付出的一种高尚品质。亲情美文就是以此为题材创作的作品，它的主要写作对象为自己的亲人，如写亲人之间的关爱，亲人之间的体贴，亲人之间的奉献，等等；然而，由于长久相处，亲人之间难免也会产生摩擦、误解或裂痕，这种天生而恒久的感情和亲人间的摩擦和裂痕，会造成很大的张力。处理亲情中的张力是亲情散文最容易感人的地方，也是这类散文最重要的特质。

我们编辑了这本《世界上最优美的亲情美文》，精选了鲁迅、胡适、许地山、朱自清、郁达夫、冰心、张爱玲、臧克家和当代作家贾平凹、陈建功、毕淑敏、肖复兴、邓刚、周国平以及外国文学巨匠卢梭、培根、罗素、泰戈尔、聂鲁达等数十位中外著名作家的亲情作品，这些作品最大的特点就是"真"，他们以真挚的感情写自己的"身边琐事"，写自己的所见、所闻、所思、所感，并将抒情、叙事、描写、议论熔于一炉，其作品委婉缠绵，真切感人。

本书作家们以特有的直觉表达了我们在生活和生命中随时能感受到却无法表现的真实情感，他们将激情与柔情倾注于笔端，在有限的篇幅里，浓缩了无限的情感，使作品形成了独有的魅力，激发出人们强烈的阅读欲望。

本书根据相应内容进行归类排列，形式新颖，具有很强的可读性、欣赏性和启迪性，非常适合广大读者阅读和收藏，也非常适合各级图书馆装备陈列。

[目 录]

第一部分
父母恩情

第二部分
长辈深情

第三部分
儿女情长

第四部分
手足情深

第五部分
温馨恋情

第六部分
家庭港湾

第一部分

父母恩情

父亲的病

◎鲁　迅

大约十多年前罢，S城中曾经盛传过一个名医的故事：

他出诊原来是一元四角，特拔十元，深夜加倍，出城又加倍。有一夜，一家城外人家的闺女生急病，来请他了，因为他其时已经阔得不耐烦，便非一百元不去。他们只得都依他。待去时，却只是草草地一看，说道"不要紧的"，开一张方，拿了一百元就走。那病家似乎很有钱，第二天又来请了。他一到门，只见主人笑面承迎，道，"昨晚服了先生的药，好得多了，所以再请你来复诊一回。"仍旧引到房里，老妈子便将病人的手拉出帐外来。他一按，冷冰冰的，也没有脉，于是点点头道，"唔，这病我明白了。"从从容容走到桌前，取了药方纸，提笔写道：

"凭票付鹰洋壹百元正。"下面是署名，画押。

"先生，这病看来很不轻了，用药怕还得重一点罢。"主人在背后说。

"可以，"他说。于是另开了一张方：

"凭票付鹰洋贰百元正。"下面仍是署名，画押。

这样，主人就收了药方，很客气地送他出来了。

我曾经和这名医周旋过两整年，因为他隔日一回，来诊我的父亲的病。那时虽然已经很有名，但还不至于阔得这样不耐烦；可是诊金却已经是一元四角。现在的都市上，诊金一次十元并不算奇，可是那时是一元四角已是巨款，很不容易张罗的了；又何况是隔日一次。他大概的确有些特别，据舆论说，用药就与众不同。我不知道药品，所觉得的，就是"药引"的难得，新方一换，就得忙一大场。先买药，再寻药引。"生姜"两片，竹叶十片去尖，他是不用的了。起码是芦根，须到河边去掘；一到经霜三年的甘蔗，便至少也得搜寻两三天。可是说也奇怪，大约后来总没有购求不到的。

据舆论说，神妙就在这地方。先前有一个病人，百药无效；待到遇见了什么叶天士先生，只在旧方上加了一味药引：梧桐叶。只一服，便霍然而愈了。"医者，意也。"其时是秋天，而梧桐先知秋气。其先百药不投，今以秋气动之，以气感气，所以……我虽然并不了然，但也十分佩服，知道凡有灵药，一定是很不容易得到的，求仙的人，甚至于还要拼了性命，跑进深山里去采呢。

这样有两年，渐渐地熟识，几乎是朋友了。父亲的水肿是逐日利害，将要不能起床；我对于经霜三年的甘蔗之流也逐渐失了信仰，采办药引似乎再没有先前一般踊跃了。正在这时候，他有一天来诊，问过病状，便极其诚恳地说：

"我所有的学问，都用尽了。这里还有一位陈莲河先生，本领比我高。我荐他来看一看，我可以写一封信。可是，病是不要紧的，不过经他的手，可以格外好得快……"

这一天似乎大家都有些不欢，仍然由我恭敬地送他上轿。进来时，看见父亲的脸色很异样，和大家谈论，大意是说自己的病大概没有希望的了；他因为看了两年，毫无效验，脸又太熟了，未免有些难以为情，所以等到危急时候，便荐一个生手自代，和自己完全脱了干系。但另外有什么法子呢？本城的名医，除他之外，实在也只有一个陈莲河了。明天就请陈莲河。

陈莲河的诊金也是一元四角。但前回的名医的脸是圆而胖的，他却长而胖了：这一点颇不同。还有用药也不同，前回的名医是一个人还可以办的，这一回却是一个人有些办不妥帖了，因为他一张药方上，总兼有一种特别的丸散和一种奇特的药引。

芦根和经霜三年的甘蔗，他就从来没有用过。最平常的是"蟋蟀一对"，旁注小字道："要原配，即本在一窠中者。"似乎昆虫也要贞节，续弦或再醮，连做药资格也丧失了。但这差使在我并不为难，走进百草园，十对也容易得，将它们用线一缚，活活地掷入沸汤中完事。然而还有"平地木十株"呢，这可谁也不知道是什么东西了，问药店，问乡下人，问卖草药的，问老年人，问读书人，问木匠，都只是摇摇头，临末才记起了那远房的叔祖，爱种一点花木的老人，跑去一问，他果然知道，是生在山中树下的一种小树，能结红子如小珊瑚珠的，普通都称为"老弗大"。

"踏破铁鞋无觅处，得来全不费工夫。"药引寻到了，然而还有一种特别的丸药：败鼓皮丸。这"败鼓皮丸"就是用打破的旧鼓皮做成；水肿一名鼓胀，一用打破的鼓皮自然就可以克伏他。清朝的刚毅因为憎恨"洋鬼子"，预备打他们，练了些兵称作"虎神营"，取虎能食羊，神能伏鬼的意思，也就是这道理。可惜这一种神药，全城中只有一家出售的，离我家就有五里，但这却不像平地木那样，必须暗中摸索了，陈莲河先生开方之后，就恳切详细地给我们说明。

"我有一种丹，"一回陈莲河先生说，"点在舌上，我想一定可以见效。因为舌乃心之灵苗……价钱也并不贵，只要两块钱一盒……"

我父亲沉思了一会儿，摇摇头。

"我这样用药还会不大见效，"有一回陈莲河先生又说，"我想，可以请人看一看，可有什么冤愆……医能医病，不能医命，对不对？自然，这也许是前世的事……"

我的父亲沉思了一会儿，摇摇头。

凡国手，都能够起死回生的，我们走过医生的门前，常可以看见这样的扁额。现在是让步一点了，连医生自己也说道："西医长于外科，中医长于内科。"但是 S 城那时不但没有西医，并且谁也还没有想到天下有所谓西医，因此无论什么，都只能由轩辕岐伯的嫡派门徒包办。轩辕时候是巫医不分的，所以直到现在，他的门徒就还见鬼，而且觉得"舌乃心之灵苗"。这就是中国人的"命"，连名医也无从医治的。

不肯用灵丹点在舌头上，又想不出"冤愆"来，自然，单吃了一百多天的"败鼓皮丸"有什么用呢？依然打不破水肿，父亲终于躺在床上喘气了。还请一回陈莲河先生，这回是特拔，大洋十元。他仍旧泰然地开了一张方，但已停止败鼓皮丸不用，药引也不很神妙了，所以只消半天，药就煎好，灌下去，却从口角上回了出来。

从此我便不再和陈莲河先生周旋，只在街上有时看见他坐在三名轿夫的快轿里飞一般抬过；听说他现在还康健，一面行医，一面还做中医什么学报，正在和只长于外科的西医奋斗哩。

中西的思想确乎有一点不同。听说中国的孝子们，一到将要"罪孽深重祸延父母"的时候，就买几斤人参，煎汤灌下去，希望父母多喘几天气，即使半天也好。我的一位教医学的先生却教给我医生的职务道：可医的应该给他医治，不可医的应该给他死得没有痛苦。——但这先生自然是西医。

父亲的喘气颇长久，连我也听得很吃力，然而谁也不能帮助他。我有时竟至于电光一闪似的想道："还是快一点喘完了罢……"立刻觉得这思想就不该，就是犯了罪；但同时又觉得这思想实在是正当的，我很爱我的父亲。便是现在，也还是这样想。

早晨，住在一门里的衍太太进来了。她是一个精通礼节的妇人，说我们不应该空等着。于是给他换衣服；又将纸锭和一种什么《高王经》烧成灰，用纸包了给他捏在拳头里……

"叫呀，你父亲要断气了。快叫呀！"衍太太说。

"父亲！父亲！"我就叫起来。

"大声！他听不见。还不快叫?!"

"父亲!!! 父亲!!!"

他已经平静下去的脸，忽然紧张了，将眼微微一睁，仿佛有一些苦痛。

"叫呀！快叫呀！"她催促说。

"父亲!!!"

"什么呢? ……不要嚷……不……"他低低地说，又较急地喘着气，好一会儿，这才复了原状，平静下去了。

"父亲!!!"我还叫他，一直到他咽了气。

我现在还听到那时的自己的这声音，每听到时，就觉得这却是我对于父亲的最大的错处。

十月七日

本篇最初发表于一九二六年十一月十日《莽原》半月刊第一卷第二十一期

疲倦底母亲

◎许地山

那边一个孩子靠近车窗坐着，远水，近水，一幅一幅，次第嵌入窗户，射到他底眼中。他手画着，口中还咿咿哑哑地，唱些没字曲。

在他身边坐着一个中年妇人，支着头瞌睡。孩子转过脸来，摇了她几下，说："妈妈，你看看，外面那座山很像我家门前底呢。"

母亲举起头来，把眼略睁一睁；没有出声，又支着颐睡去。

过一会儿，孩子又摇她，说："妈妈，'不要睡罢，看睡出病来了'。你且睁一睁眼看看外面八哥和牛打架呢。"

母亲把眼略略睁开，轻轻打了孩子一下；没有作声，又支着头睡去。

孩子鼓着腮，很不高兴。但过一会儿，他又唱起来了。

"妈妈，听我唱歌罢。"孩子对着她说了，又摇她几下。

母亲带着不喜欢的样子说："你闹什么？我都见过，都听过，都知道了；你不知道我很疲乏，不容我歇一下么？"

孩子说："我们是一起出来底，怎么我还顶精神，你就疲乏起来？难道大人不如孩子么？"

车还在深林平畴之间穿行着。车中底人，除那孩子和一二个旅客以外，少有不像他母亲那么鼾睡底。

原刊 1922 年 8 目《小说月报》第 13 卷第 8 号

我的母亲

◎邹韬奋

说起我的母亲，我只知道她是"浙江海宁查氏"，至今不知道她有什么名字！这件小事也可表示今昔时代的不同。现在的女子未出嫁的固然很"勇敢"地公开着她的名字，就是出嫁了的，也一样地公开着她的名字。不久以前，出嫁后的女子还大多数要在自己的姓上面加上丈夫的姓；通常人们的姓名只有三个字，嫁后女子的姓名往往有四个字。

在我年幼的时候，知道担任商务印书馆出版的《妇女杂志》笔政的朱胡彬夏，在当时算是有革命性的"前进的"女子了，她反抗了家里替她订的旧式婚姻，以致她的顽固的叔父宣言要用手枪打死她，但是她却仍在"胡"字上面加着一个"朱"字！近来的女子就有很多在嫁后仍只由自己的姓名，不加不减。这意义表示女子渐渐地有着她们自己的独立的地位，不是属于任何人所有的了。但是在我的母亲的时代，不但不能学"朱胡彬夏"的用法，简直根本就好像没有名字！我说"好像"，因为那时的女子也未尝没有名字，但在实际上似乎就用不着。

像我的母亲，我听见她的娘家的人们叫她做"十六小姐"，男家大家族里的人们叫她做"十四少奶"，后来我的父亲做官，人们便叫做"太太"始终没有用她自己名字的机会！我觉得这种情形也可以暗示妇女在封建社会里所处的地位。

我的母亲在我十三岁的时候就去世了。我生的那一年是在九月里生的，她死的那一年是在五月里死的，所以我们母子两人在实际上相聚的时候只有十一年零九个月。我在这篇文里对于母亲的零星追忆，只是这十一年里的前尘影事。

我现在所能记得的最初对于母亲的印象，大约在两三岁的时候。我记得有一天夜里，我独自一人睡在床上，由梦里醒来，朦胧中睁开眼睛，模糊中看见由垂着的帐门射进来的微微的灯光。在这微微的灯光里瞥见一个青年妇人拉开帐门，微笑着把我抱起来。她嘴里叫我什么，并对我说了什么，现在都记不清了，只记得她把我负在她的背上，跑到一个灯光灿烂人影憧憧往来的大客厅里，走来走去"巡阅"着。大概是元宵吧，这大客厅里除有不少成人谈笑着外，有二三十个孩童提着各色各样的纸灯，里面燃着蜡烛，三五成群地跑着玩。我此时伏在母亲的背上，半醒半睡似的微张着眼看这个，望那个。那时我的父亲还在和祖父同住，过着"少爷"的生活；父亲有十来个弟兄，有好几个都结了婚，所以这大家族里看着这么多的孩子。母亲也做了这大家族里的一分子。她十五岁就出嫁，十六岁那年养我，这个时候才十七八岁。我由现在追想当时伏在她的背上睡眼惺忪所见着的她的容态，还感觉到她的活泼的欢悦的柔和的青春的美。我生平所见过的女子，我的母亲是最美的一个，就是当时伏在母亲背上的我，也能觉到在那个大客厅里许多妇女里面，没有一个及得到母亲的可爱。我现在想来，大概在我睡在房里的时候，母亲看见许多孩子玩灯热闹，便想起了我，也许蹑手蹑脚到我床前看了好几次，见我醒了，便负我出去一饱眼福。这是我对母亲最初的感觉，虽则在当时的幼稚脑袋里当然不知道什么叫做母爱。

后来祖父年老告退，父亲自己带着家眷在福州做候补官。我当时大概有了五六岁，比我小两岁的二弟已生了。家里除父亲母亲和这个小弟弟外，只有母亲由娘家带来的一个青年女仆，名叫妹仔。"做官"似乎怪好听，但是当时父亲赤手空拳出来做官，家里一贫如洗。

我还记得，父亲一天到晚不在家里，大概是到"官场"里"应酬"去了，家里没有米下锅；妹仔替我们到附近施米给穷人的一个大庙里去领"仓米"，要先在庙前人山人海里面拥挤着领到竹签，然后拿着竹签再从挤得水泄不通的人群中，带着粗布袋挤到里面去领米；母亲在家里横抱着哭涕着的二弟踱来踱去，我在旁坐在一只小椅上呆呆地望着母亲，当时不知道这就是穷的景象，只诧异着母亲的脸何以那样苍白，她那样静寂无语地好像有着满腔无处诉的心事。妹仔和母亲非常亲热，她们竟好像母女，共患难，直到母亲病得将死的时候，她还是不肯离开她，把孝女自居，寝食俱废地照顾着母亲。

母亲喜欢看小说，那些旧小说，她常常把所看的内容讲给妹仔听。她讲得媚媚动听，妹仔听着忽而笑容满面，忽而愁眉双锁。章回的长篇小说一下讲不完，妹仔就很不耐地等着母亲再看下去，看后再讲给她听。往往讲到孤女患难，或义妇含冤的凄惨的情形，她两人便都热泪盈眶，泪珠尽往颊上涌流着。那时的我立在旁边瞧着，莫名其妙，心里不明白她们为什么那样无缘无故地挥泪痛哭一顿，和在上面看到穷的景象一样地不明白其所以然。现在想来，才感觉到母亲的情感的丰富，并觉得她的讲故事能那样地感动着妹仔。如果母亲生在现在，有机会把自己造成一个教员，必可成为一个循循善诱的良师。

婴儿的母亲

◎徐志摩

我们要盼望一个伟大的事实出现，我们要守候一个馨香的婴儿出世：——

你看他那母亲在她生产的床上受罪！

她那少妇的安详，柔和，端丽现在在剧烈的阵痛里变形成不可信的丑恶：你看她那遍体的筋络都在她薄嫩的皮肤底里暴涨着，可怕的青色与紫色，像受惊的水青蛇在田沟里急泅似的，汗珠站在她的前额上像一颗弹的黄豆。她的四肢与身体猛烈地抽搐着，畸屈着，奋挺着，纠旋着，仿佛她垫着的席子是用针尖编成的，仿佛她的帐围是用火焰织成的。

一个安详的，镇定的，端庄的，美丽的少妇，现在在绞痛的惨酷里变形成魔鬼似的可怖：她的眼，一时紧紧的阖着，一时巨大的睁着，她那眼，原来像冬夜池潭里反映着的明星，现在吐露着青黄色的凶焰，眼珠像是烧红的炭火，映射出她灵魂最后的奋斗，她的原来朱红色的口唇，现在像是炉底的冷灰，她的口颤着，撅着，扭着，死神的热烈的亲吻不容许她一息的平安，她的发是散披着，横在口边，漫在胸前，像揪乱的麻丝，她的手指间紧抓着几穗拧下来的乱发。

这母亲在她生产的床上受罪：——

但她还不曾绝望，她的生命挣扎着血与肉与骨与肢体的纤微，在危崖的边沿上，抵抗着，搏斗着，死神的逼迫。

她还不曾放手，因为她知道（她的灵魂知道！）。

这苦痛不是无因的，因为她知道她的胎宫里孕育着一点比她自己更伟大的生命的种子，包涵着一个比一切更永久的婴儿。

因为她知道这苦痛是婴儿要求出世的征候，是种子在泥土里爆裂成美丽的生命的消息，是她完成她自己生命的使命的时机。

因为她知道这忍耐是有结果的，在她剧痛的昏瞀中她仿佛听着上帝准许人间祈祷的声音，她仿佛听着天使们赞美未来的光明的声音。

因此她忍耐着，抵抗着，奋斗着……她抵拼绷断她统体的纤微，她要赎出在她那胎宫里动荡着的生命，在她一个完全，美丽的婴儿出世的盼望中，最锐利，最沉酣的痛感逼成了最锐利最沉酣的快感……

父 亲

◎鲁 彦

"父亲已经上了六十岁了，还想做一点事业，积一点钱，给我造起屋子来。"一个朋友从北方来，告诉了我这样的话。他的话使我想起了我的父亲。我的父亲正是和他的父亲完全一样的。

我的父亲曾经为我苦了一生，把我养大，送我进学校，为我造了屋子，买了几亩田地。六十岁那一年，还到汉口去做生意，怕人家嫌他年老，只说五十几岁，大家都劝他不要再出门，他偏背着包裹走了。

"让我再帮儿子几年!"他只是这样说,

后来屋子被火烧掉了，他还想再做生意，把屋子重造起来。我安慰他说，三年以后我自己就可积起钱造屋了，还是等一等吧。他答应了。他给我留下了许多造屋的材料、告诉我这样可以做什么那样可以做什么。他死的以前不久，还对我说：

"早一点造起来吧，我可以给你监工。"

但是他终于没有看见屋子重造起来就死了。他弥留的时候对我说，一切都满足了。但是我知道他倘能再活几年，我把屋子造起来，是他所最心愿的。我听到他弥留时的呻吟和叹息，我相信那不是病的痛苦的呻吟和叹息。我知道他还想再活几年，帮我造起屋子来。

现在我自己已是几个孩子的父亲了。我爱孩子，但我没有前一辈父亲的想法，帮孩子一直帮到老，帮到死还不足。我赞美前一辈父亲的美德，而自己却不能跟着他们的步伐走去。

我觉得我的孩子累我，使我受到极大的束缚。我没有对他们的永久的计划，甚至连最短促的也没有。

"倘使有人要，我愿意把他们送给人家!"我常常这样说，当我厌烦孩子的时候。

唉，和前一辈做父亲的一比，我觉得我们这一辈生命力薄弱得可怜，我们二三十岁的人比不上六七十岁的前辈，他们虽然老的老死的死了，但是他们才是真正的活着到现在到将来。

而我们呢，虽然活着，却是早已死了。

母亲的时钟

◎鲁 彦

二十几年前，父亲从外面带了一架时钟给母亲；一尺多高，上圆下方，黑紫色的木框，厚玻璃面，白底黑字的计时盘，盘的中央和边缘镶着金漆的圆圈，底下垂着金漆的钟摆，钉着金漆的铃子，铃子后面的木框上贴着彩色的图画——是一架堂皇而且美丽的时钟。那时这样的时钟在乡里很不容易见到；不但我和姊姊非常觉得稀奇，就连母亲也特别喜欢它。

她最先把那时钟摆在床头的小橱上，只允许我们远望，不许我们走近去玩弄。我们爱看那钟摆的晃摇和长针的移动，常常望着望着忘记了读书和绣花。于是母亲搬了一个座位，用她的身子挡住了我们的视线，说：

"这是听的，不是看的呀！等一会儿又要敲了，你们知道呆看了多少时候吗？"

我们喜欢听时钟的敲声，常常问母亲：

"还不敲吗，妈？你叫它早点敲吧！"

但是母亲望了一望我们的书本和花绷，冷淡地回答说：

"到了时候，它自己会敲的。"

钟摆不但自己会动，还会得得地响下去，我们常常低低地念着它的次数；但母亲一看见我们嘴唇的嗡动，就生起气来。

"你们发疯了！它一天到晚响着，你们一天到晚不做事情吗？我把它停了，或是把它送给人家去，免得害你们吧！……"

但她虽然这样说，却并没把它停下，也没把它送给人家。她自己也常常去看那钟点，天天把它揩得干干净净。

"走路轻一点！不准跳！"她几次对我们说，"震动得厉害，它会停止的。"

真的，母亲自从有了这架时钟以后，她自己的举动更加轻声了。她到小橱上去拿别的东西的时候，几乎忍住了呼吸。

这架时钟开足后可以走上一个星期。不知母亲是怎样记得的。每次总在第七天的早晨不待它停止，就去开足了发条。和时钟一道，父亲带回家来的，还有一个小小的日晷。一遇到天气好太阳大，母亲就在将到正午的时候，把它放在后院子的水缸盖上。她不会看别的时候，只知道等待那红线的影子直了，就把时钟纠正为十二点。随后她收了那日晷，把它放在时钟的玻璃门内。我们也喜欢那日晷，因为它里面有一颗指南针，跳动得怪好看。但母亲连这个也不许我们玩弄。

"不是玩的！"她说，"太阳立刻就下山了，还不赶快做你们的事吗？……"

这在我们简直是件苦恼的事情。自从有了时钟以后，母亲对我们的监督愈加严了。她什么事情都要按着时候，甚至是早起、晚睡和三餐的时间。

冬天的日子特别短，天亮得迟黑得早。母亲虽然把我们睡眠的时间略略改动了些，但她自己总是照着平时的时间。大冷天，天还未亮，她就起来了。她把早饭煮好，房子收拾干净，拿着火炉来给我们烘衣服，催我们起床的时候，天才发亮，而我们也正睡得舒服，怕从被窝里钻出来。

"立刻要开饭了，不起来没有饭吃！"

她说完话就去预备碗筷。等我们穿好衣服，脸未洗完，她已经把饭菜摆在桌上。倘若我们不起来，她是决不等待我们的，从此要一直饿到中午，而且她半天也不理睬我们。

每次每次当她对我们说几点钟的时候，我们几乎都起了恐惧，因为她把我们的一切都用时间来限制，不准我们拖延。我们本来喜欢那架时钟的，以后却渐渐对它憎恶起来了。

"停了也好，坏了也好！"我们常常私自说。

但是它从来不停，也从来不坏。而且过了两三年，我们家里又加了一架时钟了。

那是我们阴配的嫂嫂的嫁妆。它比母亲的一架更时新，更美观，声音也更好听。它不用铃子，用的钢条圈，敲起来声音洪亮而且余音不绝。

我们喜欢这一架，因为它还有两个特点：比母亲的一架走得慢，常常走不到一星期就停了下来。

但母亲却喜欢旧的一架。她把新的放在门边的琴桌上，把揩抹和开发条的事情派给了姊姊。她屡次看时刻都走到自己的床边望那架旧的。

"你喜欢这一架"，母亲对姊姊说，"将来就给你做嫁妆吧。当然，这一架样子新，也值钱些。"

我想姊姊当时听了这话应该是高兴的。但我心里却很不快活。我不希望母亲永久有一架那样准确而耐用的时钟。

那时钟，到得后来几乎代替了母亲的命令了。母亲不说话，它也就下起命令来。我们正睡得熟，它叮叮地叫着逼迫我们起床了；我们正玩得高兴，它叮叮地叫着，逼迫我们睡觉了；我们肚子不饿，它却叫我们吃饭；肚子饿了，它又不叫我们吃饭……

我们喜欢的是要快就快，要慢就慢，要走就走，要停就停的时钟。

姊姊虽然有幸，将得到一架那样的时钟，但在出嫁前两三个月，母亲忽然要把它修理了。

"好看只管好看，乱时辰是不行的，"她对姊姊说，"你去做媳妇，比不得在家里做女儿，可以糊里糊涂、自由自在呀。"

不知怎样，她竟打听出来了一个会修时钟的人，把他从远处请到家里，将那架新的拆开来，加了油，旋紧了某一个螺丝钉，弄了大半天。母亲请他吃了一顿饭，还用船送他回去。

于是姊姊的那架时钟果然非常准确了，几乎和母亲的一模一样。这在她是祸是福，我不知道。只记得她以后不再埋怨时钟，而且每次回到家里来，常常替代母亲把那架旧的用日晷来对准；同时她也已变得和母亲一样，一切都按照着一定的时间了。

我呢，自从第一次离开故乡后，也就认识了时钟的价值，知道了它对于人生的重大的意义，早已把憎恶它的心思一变而为喜爱的了。因为大的时钟不合用，我曾经买过许多挂表，既便于携带，式样又美观，价钱又便宜。

我记得第一次回家随身带着的是一只新出的夜明表，喜欢得连半夜醒来也要把它从枕头下拿来观看一番的。

"你看吧，妈，我这只表比你那架旧钟有用得多了，"我说着把它放在母亲的衣下。"黑角里也看得见，半夜里也看得见呢！"

但是母亲却并不喜欢。她冷淡地回答说：

"好玩罢了，并且是哑的。要看谁走得准、走得久呀。"

我本来是不喜欢那架旧钟的，现在给她这么一说，我愈加发现它的缺点了：式样既古旧、携带又不便利，而且摆置得不平稳或者稍受震动就会停止；

到了夜里，睡得正甜蜜的时候，有时它叮叮敲着把人惊醒了过来，反之，醒着想知道是什么时候，却须静候到一个钟头才能听到它的报告。然而母亲却看不起我的新置的完美的挂表，重视着那架不合用的旧钟。这真使我对它发生更不快的感觉。

幸而母亲对我的态度却改变了。她现在像把我当作了客人似的，每天早晨并不催我起床，也并不自己先吃饭，总是等待着我，一直到饭菜冷了再热过一遍。她自己是仍按着时间早起，按着时间煮饭的，但她不再命令我依从她了。

"总要早起早睡，"她偶然也在无意中提醒我，而态度却是和婉的。

然而我始终不能依从她的愿望。我的习惯一年比一年坏了：起来得愈迟，睡得也愈迟，一切事情都漫无定时。我先后买过许多表，的确都是不准确的，也不耐久的；到得后来，索性连这一类表也没用处了。

但母亲却依然保留着她那架旧钟：屋子被火烧掉了，她抢出了那架旧钟，几次移居到上海，她都带着那架旧钟。

"给你买一架新的吧，不必带到上海去。"我说。母亲摇一摇头：

"你们用新的吧，我还是要这架用惯了的。"

到了上海，她首先拿出那架旧钟来，摆在自己的房里，仍是自己管理它。它和海关的钟差不多准确，也不需要修理添油。只是外面的样子渐渐老了：白底黑字的计时盘这里那里起了斑疤，金漆也一块块地剥落了。

至于母亲，自从父亲去世后也就得了病，愈加老得快，消瘦下来，没有精力做事情。

"吃现成饭了，"她说，"一切由你们吧。"

她把家里的事情全交给了我和妻，常常躺在床上睡觉。

但是她早起的习惯没有改。天才一亮，她就起床了。她很容易饿，我们吃饭的时间就不得不和她分了开来。常常我们才吃过早饭，她就要吃中饭。她起初也等待我们，劝我们，日子久了，她知道没办法，便径自先吃了。

"一天到晚，只看见开饭，"她不高兴的时候，说。"我还是住在乡下好，这里看不惯！"

真的，她现在不常埋怨我们，可是一切都使她看不惯，她说要住到乡下去，立刻就要走的，怎样也留她不住。

"乡下冷清清的没有亲人，"我说。

"住惯了的。"

"把你顶喜欢的子孙带去吧。"

但是她不要。她只带着她那架旧钟回去。第二次再来上海时，仍带着那架旧钟。第三次，第四次……都是一样。

去年秋季，母亲最后一次离开了她所深爱的故乡。她自知身体衰弱到了极度，临行前对人家说：

"我怕不能再回来了。上海过老，也好的，全家在眼前……"

这一次她的行李很简单：一箱子的寿衣、一架时钟。到得上海，她又把那时钟放在她自己的房里。

果然从那时起，她起床的时候愈加少了，几乎一天到晚都躺在床上，而且不常醒来。只有天亮和三餐的时间，她还是按时地醒了过来。天气渐渐冷下来，母亲的病也渐渐沉重起来，不能再按时去开那架时钟，于是管理它的责任便到了我们的手里。但我们没有这习惯，常常忘记去开它，等到母亲说了几次钟停了，我们才去开足它的发条，而又因为没有别的时钟，常常无法纠正它，使它准确。

"要在一定时候开它，"母亲告诉我们说，"停久了，就会坏的，你们且搬它到自己的房里去吧，时时看见它就不会忘记了。"

我们依从母亲的话，便把她的时钟搬到了楼上房间里。几个月来，它也很少停止，因为一听到它的敲声的缓慢无力，我们便预先去开足了发条。

但是在母亲去世前的一个月里，我们忽然发现母亲的时钟异样了：明明是才开足二三天，敲声也急促有力，却在我们不注意中停止了。我们起初怀疑没放得平稳，随后以为是孩子们奔跳所震动，可是都不能证实。

不久，姊姊从故乡来了。她听到时钟的变化，便失了色，绝望地摇一摇头，说：

"文明用语病不会好了，这是个不吉利的预兆……"

"迷信！"我立刻截断了她的话。

过了几天，我忽然发现时钟又停止了。是在夜里三点钟。早晨我到楼下去看母亲，听见她说话的声音特别低了，问她话老是无力回答。到了下半天，我们都在她床边侍候着，她昏昏沉沉地睡着，很少醒来。我们喊了许久，问她要不要喝水，她微微摇一摇头，非常低声地说：

"不要喊我……"

我们知道她醒来后是感到身体的痛苦的，也就依从着她的话，让她安睡着。这样一直到深夜，我们看见她低声哼着，想转身却转不过来，便喂了她一点点汤水，问她怎样。

"比上半夜难过……"她低声回答我们。

我觉得奇怪，怀疑她昏迷了。我想，现在不就是上半夜吗，她怎么当作了下半夜呢？我连忙走到楼上，却又不禁惊讶起来：

原来母亲的时钟已经过了一点钟了。

我不明白，母亲是怎样听见楼上的钟声的。楼下的房子既高，楼板又有二层。自从她的时钟搬到楼上后，她曾好几次问过我们钟点。前后左右的房子空的很多，贴邻的一家，平常又没听见有钟声。附近又没有报时的鸡啼。这一夜母亲的房子里又相当不静寂，姊姊在念经、女工在吹折锡箔，间而夹杂着我们的低语声、走动声。母亲怎样知道现在到了下半夜呢？

是母亲没有忘记时钟吗？是时钟永久跟随着母亲呢？我想问母亲，但是母亲不再说话了。一点多钟以后她闭上了眼睛，正是头一天时钟自动地静默下来的那个时候。

失却了一位这样的主人，那架古旧的时钟怕是早已感觉到存在的悲苦了吧？唉……

背 影

◎朱自清

　　我与父亲不相见已二年余了，我最不能忘记的是他的背影。那年冬天，祖母死了，父亲的差使也交卸了，正是祸不单行的日子，我从北京到徐州，打算跟着父亲奔丧回家。到徐州见着父亲，看见满院狼藉的东西，又想起祖母，不禁簌簌地流下眼泪。父亲说，"事已如此，不必难过，好在天无绝人之路！"

　　回家变卖典质，父亲还了亏空；又借钱办了丧事。这些日子，家中光景很是惨淡，一半为了丧事，一半为了父亲赋闲。丧事完毕，父亲要到南京谋事，我也要回北京念书，我们便同行。

　　到南京时，有朋友约去游逛，勾留了一日；第二日上午便须渡江到浦口，下午上车北去。父亲因为事忙，本已说定不送我，叫旅馆里一个熟识的茶房陪我同去。他再三嘱咐茶房，甚是仔细。但他终于不放心，怕茶房不妥帖；颇踌躇了一会。其实我那年已二十岁，北京已来往过两三次，是没有什么要紧的了。他踌躇了一会，终于决定还是自己送我去。我两三回劝他不必去；他只说，"不要紧，他们去不好！"

　　我们过了江，进了车站。我买票，他忙着照看行李。行李太多了，得向脚夫行些小费，才可过去。他便又忙着和他们讲价钱。我那时真是聪明过分，总觉他说话不大漂亮，非自己插嘴不可。但他终于讲定了价钱；就送我上车。他给我拣定了靠车门的一张椅子；我将他给我做的紫毛大衣铺好坐位。他嘱我路上小心，夜里警醒些，不要受凉。又嘱托茶房好好照应我。我心里暗笑他的迂；他们只认得钱，托他们直是白托！而且我这样大年纪的人，难道还不能料理自己么？唉，我现在想想，那时真是太聪明了！

　　我说道，"爸爸，你走吧。"他望车外看了看，说，"我买几个橘子去。你就在此地，不要走动。"我看那边月台的棚栏外有几个卖东西的等着顾客。走到那边月台，须穿过铁道，须跳下去又爬上去。父亲是一个胖子，走过去自然要费事些。我本来要去的，他不肯，只好让他去。我看见他戴着黑布小帽，穿着黑布大马褂，深青布棉袍，蹒跚地走到铁道边，慢慢探身下去，尚不大难。可是他穿过铁道，要爬上那边月台，就不容易了。他用两手攀着上面，两脚再向上缩；他肥胖的身子向左微倾，显出努力的样子。这时我看见他的背影，我的泪很快地流下来了。我赶紧拭干了泪，怕他看见，也怕别人看见。我再向外看时，他已抱了朱红的橘子往回走了。过铁道时，他先将橘子散放在地上，自己慢慢爬下，再抱起橘子走。到这边时，我赶紧去搀他。他和我走到车上，将橘子一股脑儿放在我的皮大衣上。于是扑扑衣上的泥土，心里很轻松似的，过一会说，"我走了；到那边来信！"我望着他走出去。他走了几步，回过头看见我，说，"进去吧，里边没人。"等他的背影混入来来往往的人里，再找不着了，我便进来坐下，我的眼泪又来了。

近几年来，父亲和我都是东奔西走，家中光景是一日不如一日。他少年出外谋生，独力支持，做了许多大事。那知老境却如此颓唐！他触目伤怀，自然情不能自已。情郁于中，自然要发之于外；家庭琐屑便往往触他之怒。他待我渐渐不同往日。但最近两年的不见，他终于忘却我的不好，只是惦记着我，惦记着我的儿子。我北来后，他写了一信给我，信中说道，"我身体平安，唯膀子疼痛利害，举箸提笔，诸多不便，大约大去之期不远矣。"我读到此处，在晶莹的泪光中，又看见那肥胖的，青布棉袍，黑布马褂的背影。唉！我不知何时再能与他相见！

我的父亲

◎冰 心

关于我的父亲，零零碎碎地我也写了不少了。我曾多次提到，他是在"威远"舰上，参加了中日甲午海战。但是许多朋友和读者都来信告诉我，说是他们读了近代史，"威远"舰并没有参加过海战。那时"威"字排行的战舰很多，一定是我听错了，我后悔当时我没有问到那艘战舰舰长的名字，否则也可以对得出来。但是父亲的确在某一艘以"威"字命名的兵舰上参加过甲午海战，有诗为证！

记得在1914—1915年之间，我在北京中剪子巷家里客厅的墙上，看到一张父亲的挚友张心如伯伯（父亲珍藏着一张"岁寒三友"的相片，这三友是父亲和一位张心如伯伯，一位萨幼洲伯伯。他们都是父亲的同学和同事。我不知道他们的大名，"心如"和"幼洲"都是他们的别号）贺父亲五十寿辰的七律二首，第一首的头两句我忘了：×东沟决战甘前敌，威海逃生岂惜身。人到穷时方见节，岁当寒后始回春。而今乐得英才育，坐护皋比士气伸。

第二首说的都是谢家的典故，没什么意思，但是最后两句，点出了父亲的年龄：想见阶前玉树芳，希逸有才工月赋，惠连入梦忆池塘，出为霖雨东山望。坐对棋枰别墅光，莫道假年方学易，平时诗礼已闻亢。

从第一首诗里看来，父亲所在的那艘兵舰是在大东沟"决战"的，而父亲是在威海卫泅水"逃生"的。

提到张心如伯伯，我还看到他给父亲的一封信，大概是父亲在烟台当海军学校校长的时期（父亲书房里有一个书橱，中间有两个抽屉，右边那个，珍藏着许多朋友的书信诗词，父亲从来不禁止我去翻看。）信中大意说父亲如今安下家来，生活安定了，母亲不会再有"会少离多"的怨言了，等等。中间有几句说："秋分白露，佳话十年，会心不远，当笑存之。"

我就去问父亲："这佳话十年，是什么佳话？"父亲和母亲都笑了，说：那时心如伯伯和父亲在同一艘兵舰上服役。海上生活是寂寞而单调，因此每逢有人接到家信，就大家去抢来看。当时的军官家属，会亲笔写信的不多，母亲的信总会引起父亲同伴的特别注意。有一次母亲信中提到"天气"的时候，引用了民间谚语："白露秋分夜，一夜冷一夜"，大家看了就哄笑着逗着父亲说："你的夫人想你了，这分明是'鸳鸯瓦冷霜华重，翡翠衾寒谁与共'的意思！"父亲也只好红着脸把信抢了回去。从张伯伯的这封信里也可以想见当年长期在海上服务的青年军官们互相嘲谑的活泼气氛。

就是从父亲的这个书橱的抽屉里，我还翻出萨镇冰老先生的一首七绝，题目仿佛是《黄河夜渡》：

晓发襄江尚未寒
夜过荥泽觉衣单
黄河桥上轻车渡
月照中流好共看

父亲盛赞这首诗的末一句，说是"有大臣风度"，这首诗大概是作于清末民初，萨老先生当海军副大臣的时候，正大臣是载洵贝勒。

一九八四年十一月五日清晨

我的父母之乡

◎冰 心

清晓的江头

白雾茫茫；

是江南天气，

雨儿来了——

我只知道有蔚蓝的海，

却原来还有碧绿的江，

这是我父母之乡！

——《繁星》

福建福州永远是我的故乡，虽然我不在那里生长，但它是我的父母之乡！

到今日为止，我这一生中只回去过两次。第一次是一九一一年，是在冬季。从严冷枯黄的北方归来，看到展现在我眼前的青山碧水，红花绿叶，使我惊讶而欢喜！我觉得我的生命的风帆，已从蔚蓝的海，驶进了碧绿的江。这天我们在闽江口从大船下到小船，驶到大桥头，来接我们的伯父堂兄们把我们包围了起来，他们用乡音和我的父母热烈地交谈。我的五岁的大弟弟悄悄地用山东话问我说："他们怎么都会说福州话？"因为从来在我们姐弟心里，福州话是最难懂难说的！

这以后的一年多的时间里，我们就过起了福州城市的生活。新年、元宵、端午、中秋……岁时节日，吃的玩的都是十分丰富而有趣。特别是灯节，那时我们家住在南后街，那里是灯市的街，元宵前后，"花市灯如昼"，灯影下人流潮涌，那光明绚丽的情景就说不尽了。

第二次回去，是在一九五六年，也是在冬季。那时还没有鹰厦铁路，我们人大代表团是从江西坐汽车进去的。一路上红土公路，道滑如拭，我还没有看见过土铺的公路，维修得这样平整！这次我不但到了福州，还到了漳州、泉州、厦门、鼓浪屿……那是祖国的南疆了。在厦门前线,我还从望远镜里看见了金门岛上的行人和牛,看得很清楚……

回忆中的情景很多,在此就不一一描写了。总之,我很喜欢我的父母之乡。那边是南国风光,山是青的,水是绿的,小溪流更是清可见底!院里四季都有花开。水果是从枇杷、荔枝、龙眼,一直吃到福橘!对一个孩子来说,还有什么比这个更惬意的呢?

我在故乡走的地方不多,但古迹、侨乡,到处可见,福建华侨,遍于天下。我所到过的亚、非、欧、美各国都见到辛苦创业的福建侨民,握手之余,情溢言表。在他们家里、店里,吃着福州菜,喝着茉莉花茶,使我觉得作为一个福建人是四海都有家的。

我的父母之乡是可爱的。有人从故乡来,或是有朋友新近到福建去过,我都向他们问起福建的近况。他们说:福建比起二十多年前来,进步得不可辨认了。最近呢,农业科学化了,又在植树造林,山岭田地更加郁郁葱葱了。他们都动员我回去看看,我何尝不想呢?不但我想,在全世界的天涯海角,更不知有多少人在想!我愿和故乡的人,以及普天下的福建侨民,一同在精神和物质文明方面,把故乡建设得更美好!

1982 年 3 月 29 日

回忆父亲

◎缪崇群

隔了一个夏天我又回到南京来，现在我是度着南京的第二个夏天。

当初在外边，逢到夏天便怀想到父亲的病，在这样的季候，常常唤起了我的忧郁和不安。

如今还是在外边，怀想却成了一块空白。夏天到来了，父亲的脸，父亲的肉，父亲的白白的胡须，怕在棺木里也会渐朽渐尽了罢？是在这样的季候了。

和弟弟分别的时候说：

"和父亲同年的一般人差不多都死光了，现在剩下的只有我们这一辈。"

一年一年地度了过去，我不晓得我的心是更寂寞了下去还是更宁静下去了。往昔我好像一匹驿马，从东到西；南一趟北一趟，长久地喘息着奔驰。如今不知怎么，拖到那个站驿便是那个站驿，而且我是这样需要休息，到了罢，到了那个站驿我便想驻留下来；就在这一个站驿里，永远使我休息。

这次回到南京来，我是再也不想动弹了。因为没有安适驻留的地方，索性就蹲在像槽一般大的妻的家里。我原想在这里闭两天的气，哪知道一个别了很久的老友又来临了。

这个槽，只有这样大，他也只得占一张小小的行军床为他的领地。

在夏夜，我常常是失眠的，每夜油灯捻小了过后，他们便都安然地就睡；灯不久也像疲惫了似的自己熄灭了。

我烦躁，我倾耳，我怎么也听不见一点声音，夜是这样的黑暗而沉寂，我委实不知道我竟歇在哪里。

莫名的烦躁，引起了我身上莫名的刺痒，莫名的刺痒，又引起了我的心上莫名的烦躁。

我决心地划了一支火柴，是要把这夜的黑暗与沉寂一同撕开。

在刹那的光亮里，我看见那古旧了的板壁下面睡着我的老友，我的身边睡着我的妻。白的褥单上面，一颗一颗梨子子大的"南京虫"却在匆忙地奔驰。

火柴熄了，夜还是回到他的黑暗与沉寂。

吸血的东西在暗处。

朋友不时地短短地梦呓着。

妻也不时地短短地梦呓着。

我问他们，他们都没有答语。我恐怖地想：睡在这一个屋里的没有朋友也没有妻，他们只是两具人形，而且还像是被幽灵伏罩住的。夜就是幽灵的。我还是听不见什么声音，倘使蚊香的香灰落在盘里有声，那是被我听见的了。

我还是看不见什么东西，如果那一点点蚊香的红火头就是我看见的，那毋宁说是他还在看着我们三个罢。

不知怎么，蚊香的火头，我看见两个了；幽灵像是携了我的手，我不知怎么就到了第二天的早晨。

第二天的早晨我等他们都醒了便问：

"昨天夜里你们做了什么梦?"

"没有。"笑嘻嘻的，都不记得了。"昨夜我不知怎么看见蚊香盘里两个红火头。"我带着昨夜的神秘来问。

"那是你的错觉。"朋友连我看见的也不承认了。

"多少年了，像老朋友这样的朋友却没有增加起来过。"

朋友不知怎么忽地想起了这样一句话说。

我沉默着。想起这次和弟弟分别时候的话来，又想补足了说：

"我们这一辈的也已经看着看着凋零了。"

选自《寄健康人》

母 爱

◎戴望舒

　　他的病魔正在那里和死神交战，他的病正是在最危险的地步。他的面庞瘦得全不像个人，一双颧骨凸出得很高，两只眼睛陷进得很深，嘴唇上连一丝血色都没有，可是，面上的燥火却红得厉害。他已昏昏沉沉的三天没有进食，不但是没有进食就是滴水都没有入口。在他病榻面前围满了五六个医生，有的摇头微叹，有的望着他发怔，他们已把各人平生的技术都用出来，可是总想不出怎样可战胜死神。他们都是焦思着，屋子里静得连呼吸声都觉得很大。窗外药炉上的水沸声又兀是闹个不休，越显得他的病症的危险可怕。他的母亲尤是焦急万分，噙着一包热泪，不住地望着伊爱子，轻轻地走到病榻前俯身下去瞧，伊可怜伊自己原也有病在身，可是伊为了伊爱子的病，竟把自己的病都忘了。伊已三夜不曾合眼过。眼皮肿得很高，也不知是不睡肿的，还是伤心肿的。伊只有他一个爱子，伊的丈夫已在十年前故世了，只遗下这一块肉。伊守寡十年，靠着十个指头赚了钱来养他，备尝了世上的艰苦，才把他养大成人，坑然使他能在社会上做点事，自食其力了。伊是极爱他的，伊的心中只有他一个爱子，所以除了伊爱子，随便什么都可牺牲。可怜伊为了他竟积劳成了个不易医治的病。但是，伊仍是照样的做丧，希望他成家立业。不料他忽然病了，病症又十分危险。伊百般地服侍看护。可是他的病竟一天重一天。伊也曾天天地求神拜佛祝他病好，伊也曾拼当衣衫为他求医。伊一天到晚的望他好起来。伊竟对天立誓说，宁愿自己死了代伊的爱子受过。

　　他的病在最危险时，朦胧中只听得见耳际有颤动的呼吸声，又觉得头顶上有双手在那里抚摩他的头发，又觉得有人和他接了个吻，轻轻地拍拍他的身子。突然，有一滴水滴到他脸上，他微微地张开眼睛看了看，只见枕头边有个人伏着，也看不见是谁。他慢慢地伸手过去，却摸着枕头上湿了，倒有一大摊水。他觉得眼前一黑，又是昏沉沉的睡去了。

　　他的病总算赖天的保佑，竟战胜了死神了。他母亲知道他的病已不危险了，也安了一大半心。但是伊总还是担忧，伊急望他痊愈。伊仍是不懈地看护他，不几时他的病竟消失得无影无踪了。不过他的病魔却加到他的母亲的身上了。他母亲本来已是有病之身，再加上伊爱子的一场大病，又是担心，又是积劳，所以等伊爱子病好了不久，伊又接连地病起来。伊的病状尤是凶险万分，一天到晚竟没有一刻儿睡得着，终日地哼呼喊叫，实是危险极了。但是，伊对伊爱子却说："我的病是不妨事的，过一两天自然就好了。你病才好，不可过劳，我的病不用得你来照顾，我自己能服侍自己，不用你担心的。依我看来，医生也不必去接，这点点小病痛也值得花多钱吗？就是你自己也不必老守在家里，外面也好去游散游散。不过这几天天冷，你衣服却要多着些啊。"伊虽是病得很厉害，伊却不肯对爱子直说，免得他心忧，还要事事都管周到，真是爱子之心无微不至了。可是他呢，真是全无良心的，自己病一好也就不管他母亲的病了。总算还听他母亲的话，医生也不请，终日到晚老毛病发作，花天酒地的索性连回也不回去了。老实说，他的心中哪里有他母亲一个人。可怜他母亲的病愈积愈重，竟一病不起了。在伊临终时，伊的爱子正在那里逐色征歌，可怜伊还盼望伊儿子归来见一见面，直等到气绝了，身冷了还没有瞑目。

载《星期》第四十五期，一九二三年一月

母 亲

◎肖复兴

世上有一部永远写不完的书，那便是母亲……

那一年，我的生母突然去世，我不到八岁，弟弟才两岁多一点儿，我俩朝爸爸哭着闹着要妈妈。爸爸办完丧事，自己回了一趟老家。他回来的时候，给我们带回来了她，后面还跟着一个小姑娘。爸爸指着她，对我和弟弟说："快，叫妈妈！"弟弟吓得躲在我身后，我噘着小嘴，任爸爸怎么说就是不吭声。"不叫就不叫吧！"她说着，伸出手要摸摸我的头，我扭着脖子闪开，说就是不让她摸。

望着这陌生的娘儿俩，我首先想起了那无数人唱过的凄凉小调："小白菜呀，地里黄呀，两三岁呀，没了娘呀……"我不知道那时是一种什么心绪，总是忐忑不安地偷偷看她和她的女儿。

在以后的日子里，我从来不喊她妈妈，学校开家长会，我硬是把她堵在门口，对同学说："这不是我妈。"有一天，我把妈妈生前的照片翻出来挂在家里最醒目的地方，以此向后娘示威，怪了，她不但不生气，而且常常踩着凳子去擦照片上的灰尘。有一次，她正擦着，我突然向她大声喊道："你别碰我的妈妈。"好几次夜里，我听见爸爸在和她商量："把照片取下来吧！"而她总是说："不碍事儿，挂着吧！"头一次我对她产生了一种说不出的好感，但我还是不愿叫她妈妈。

孩子没有一个是省油的灯，大人的心操不完。我们大院有块平坦、宽敞的水泥空场。那是我们孩子的乐园，我们没事便到那儿踢球、跳皮筋，或者漫无目的地疯跑。一天上午，我被一辆突如其来的自行车撞倒，重重地摔在水泥地上，立刻晕了过去。等我醒来的时候，已经躺在医院里了，大夫告诉我："多亏了你妈呀！她一直背着你跑来的，生怕你留下后遗症，长大了可得好好孝顺她呀……"

她站在一边不说话，看我醒过来便伏下身摸摸我的后脑勺，又摸摸我的肚子。我不知怎么搞的，第一次在她面前流泪了。

"还疼？"她立刻紧张地问我。

我摇摇头，眼泪却止不住。

"不疼就好，没事就好！"

回家的时候，天已经全黑了。从医院到家的路很长，还要穿过一条漆黑的小胡同，我一直伏在她的背上。我知道刚才她就是这样背着我，跑了这么长的路往医院赶的。以后的许多天里，她不管见爸爸还是见邻居，总是一个劲埋怨自己："都赖我，没看好孩子！千万别落下病根呀……"好像一切过错不在那硬邦邦的水泥地，不在我那样调皮，而全在于她。一直到我活蹦乱跳一点儿没事了，她才舒了一口气。

没过几年，三年自然灾害就来了，只是为了省出家里一口人吃饭，她把自己的亲生闺女，那个老实、听话，像她一样善良的小姐姐嫁到了内蒙古。那年小姐姐才18岁，我记得特别清楚，那一天，天气很冷，爸爸看小姐姐穿得太单薄了，就把家里唯一一件粗线毛大衣给小姐姐穿上，她看见了，一把给扯了下来："别，还是留给她弟弟吧，啊！"车站上，她一句话也没说，只是在火车开动的时候，向女儿挥了挥手。寒风中，我看见她那像枯枝一样的手臂在抖动，回来的路上她一边走一边叨叨："好啊，好啊，闺女大了，早点寻个家好啊，好！"我实在是不知道人生的滋味儿，不知道她一路上叨叨的这几句话是在安抚她自己那流血的心。她也是母亲，她送走自己的亲生闺女，为的是两个并非亲生的孩子，世上竟有这样的后母？望着她那日趋隆起的背影，我的眼泪一个劲往外涌。"妈妈！"我第一次这样称呼了她，她站住了，回过头来，愣愣地看着我不敢相信这是真的，我又叫了一声"妈妈"，她竟"呜"的一声哭了，哭得像个孩子。多少年的酸甜苦辣，多少年的委屈，全都在这一声"妈妈"中融解了。

母亲啊，您对孩子的要求就是这么少……

这一年，爸爸因病去世了，妈妈先是帮人家看孩子，以后又在家里弹棉花，攫线头，她就是用弹棉花攫线头挣来的钱供我和弟弟上学。望着妈妈每天满身、满脸、满头的棉花毛毛，我常想亲娘又怎么样？从那以后的许多年里，我们家的日子虽然过得很清苦，但是，有妈妈在，我们仍然觉得很甜美，无论多晚回家，那小屋里的灯总是亮的，橘黄色的灯光里是妈妈跳动的心脏。只要妈妈在，那小屋便充满温暖，充满了爱。

　　我总觉得妈妈的心脏会永远地跳动着，却从来没想到，我们刚大学毕业的时候，妈妈却突然地倒下了，而且再也没有起来。妈妈，请您在天之灵原谅我们，原谅我们儿时的不懂事，而我永远也不能原谅自己。我知道在这个世界上，我什么都可以忘记，却永远不能忘记您给予我们的一切……世上有一部永远写不完的书，那便是母亲。

　　曾经看过一部电视剧《后妈》，讲的也是类似这样的故事。作者通过几件事，叙述了"妈妈"对他的爱，也对自己曾经不理解妈妈而忏悔。

父母们的眼神

◎周国平

街道上站着许多人，一律沉默，面孔和视线朝着同一个方向，仿佛有所期待。我也朝那个方向看去，发现那是一所小学的校门。那么，这些肃立的人们是孩子们的家长了，临近放学的时刻，他们在等待自己的孩子从那个校门口出现，以便亲自领回家。

游泳池的栅栏外也站着许多人，他们透过栅栏朝里面凝望。游泳池里，一群孩子正在教练的指导下学游泳。不时可以听见某个家长从栅栏外朝着自己的孩子呼叫，给予一句鼓励或者一句警告。游泳课持续了一个小时，其间每个家长的视线始终执著地从众儿童中辨别着自己的孩子的身影。

我不忍心看中国父母们的眼神，那里面饱含着关切和担忧，但缺少信任和智慧，是一种既复杂又空洞的眼神。这样的眼神仿佛恨不能长出两把铁钳，把孩子牢牢夹住。我不禁想，中国的孩子要成长为独立的人格，必须克服多么大的阻力啊。

父母的眼神对于孩子的成长有着不可低估的影响。打个不太确切的比方，即使是小动物，生长在昏暗的灯光下抑或在明朗的阳光下，也会造就成截然不同的品性。对于孩子来说，父母的眼神正是最经常笼罩他们的一种光线，他们往往是借之感受世界的明暗和自己生命的强弱的。看到欧美儿童身上的那一股小大人气概，每每忍俊不禁，觉得非常可爱。相比之下，中国的孩子便仿佛总也长不大，不论大小事都依赖父母，不肯自己动脑动手，不敢自己作主。当然，并非中国孩子的天性如此，这完全是后天教育的结果。我在欧洲时看到，那里的许多父母在爱孩子上决不逊于我们，但他们同时又都极重视培养孩子的独立生活能力，简直视为子女教育的第一义。在他们看来，真爱孩子就应当从长计议，使孩子离得开父母，离了父母仍有能力生活得好，这乃是常识。遗憾的是，对于中国的大多数父母来说，这个不言而喻的道理尚有待启蒙。

　　我知道也许不该苛责中国的父母们，他们的眼神之所以常含不安，很大程度上是因为看到了在我们的周围环境中有太多不安全的因素，诸如交通秩序混乱、公共设施质量低劣、针对儿童的犯罪猖獗等等，皆使孩子的幼小生命面临威胁。给孩子们提供一个相对安全的生存环境，这的确已是全社会的一项刻不容缓的责任。但是，换一个角度看，正因为上述现象的存在，有眼光的父母在对自己孩子的安全保持必要的谨慎之同时，就更应该特别注意培养他们的独立精神和刚毅性格，使他们将来有能力面对严峻环境的挑战。

1999. 2

看爸爸妈妈一起变老

◎敬一丹

我好久都没有意识到，爸爸妈妈正在变老。

从小就习惯了妈妈的能干和爸爸的智慧，当我看到他们变得有点儿反应慢了的时候，我还有些不解：这是怎么搞的？看来，接受父母老了，不像接受奶奶老了那么容易。因为在我眼里，奶奶本来就是老的，而父母一直都是年轻的。

父母年轻的时候，是那样英姿勃发。在他们的老影集里有一张黑白照片，那是他们五对青年举行集体婚礼时拍的。爸爸妈妈身着戎装，妈妈微仰着头，像是在唱歌；爸爸笑着，眼睛里荡漾着青春的神采。在自然光下，他们朴素而明朗，像两株向日葵。

后来，有了姐姐，有了我，又有了两个弟弟。生了四个孩子，妈妈才32岁，仍是个风姿绰约的少妇，同时还是个干练的女公安。36岁的父亲望着两儿两女，欣慰地对母亲说："这也是我们对人类的贡献。"那时他们真有精神头儿啊！一到星期天，他们就张罗着，带上吃的喝的，带上大大小小四个儿女，牵着、抱着挤上公共汽车，到松花江边游泳、野餐。记得有一次，爸爸借来一个海鸥120相机，到江边给我们拍照。他在镜头里注视着孩子和背景，问道："后面，是要树，还是要水？"妈妈坐在长椅上，满足地看着我们，忽然间，她笑了起来，原来，她听到邻座的两个小伙子像念诗一样，一本正经地说："你看那父亲，和儿女们亲切地商量：'要不要水？'"那时的父母，有体力，有活力，像两棵大树，护佑着他们的孩子。

不知道是从什么时候父母开始变老的。也许是"文革"后期，也许是儿女长大以后，也许是他们退下来的时候。

爸爸刚离休时，从医院回来，自言自语：护士怎么管我叫"敬老"呢？

我问：那应该叫什么？

应该叫"老敬"啊！

　　我猜想，按爸爸的意思，"老敬"是工作状态；而"敬老"是退下来的状态。对爸爸这样一个以工作为爱好的人来说，这就是走向老态的开始吧！后来，连妈妈对爸爸的称呼也变了，她不再叫名字了，而是大喊：老头儿！

　　有一年春节，陪父母去深圳世界之窗。人家优待老人，70岁以上免票。我正为这文明之举赞叹，妈妈悄悄告诉我，你爸爸唉声叹气，说：我老了，没用了，人家都不管我要票了！

　　我一边笑，一边有点儿心酸。父亲的背影看上去确实是个老人了，那脚步也有些蹒跚。可我竟没怎么想过要去搀扶他，我还是习惯地以为，父母是有力量的。

　　倒是我最小的弟弟最先意识到父母老了。他对父母报喜不报忧的"应付"态度，很像当年我们应付奶奶、姥爷、姥姥的态度。面对絮叨，面对教诲，他只是笑嘻嘻的，那神情像是说：老人嘛！跟他争什么！

　　父母年轻时，总是给老人，给孩子过生日，总是忽略自己的生日。这些年，孩子们开始为父母过生日了。每逢爸爸生日或妈妈生日时，他们相互之间都会发表赞美之辞，互相给予高度评价。妈妈的理论是：子女对父亲的感情是母亲给培养出来的。所以妈妈常说：你们头脑清楚，像你爸；你们爱学习，像你爸！我年轻时，选择了你们的爸爸，至今不悔！每当妈妈这样说的时候，爸爸都笑而不语。他老人家的眼前，一定又闪过了那微仰着头唱歌的新娘吧。

　　老爸老妈也许没有听过那首情歌里唱的：最浪漫的事就是和你一起慢慢变老……然而，他们一天天、一年年经历了这过程，子女们一天天、一年年看到了这过程，这真是很浪漫的。2001年，父母将迎来他们的金婚，就在黄金般的秋天。

　　爸爸妈妈，我们带着感激，带着羡慕，庆祝你们的金婚！

我的母亲

◎关仁山

别人说我是个孝子，我的父母从没这样夸奖过我。是父母对我的要求太严格吗？不是。原因是我的家庭，从不把表扬放在桌面，孝心与关爱，都要默默装在心底。

我的母亲是农民，我的爸爸是干部，我的出身怎么会不好呢？"成分"怎么会高呢？这源于我的爷爷，我爷爷在天津的一家织袜厂当过老板，家里的一点土地雇佣了几次民工。这就被划定了富农的成分。我出生的那些天，母亲抱着我，伤感地泪流："这个孩子，怎么降生在这个家庭？长大了还有什么出息？"我朝着母亲哭闹着。我上学后，这个噩梦就一直困扰着我。别的小朋友都戴上红领巾了，唯独我没有，我看着别的小朋友戴上红领巾，欢快地奔跑着，我心里埋藏着委屈，又生出对别人的羡慕。"我生下来就比别人低一等啊！我不能像其他孩子一样，出身让我丢掉了欢乐，丢掉了前途！"我心里诉说着，祈祷着，躲进冰冷的小屋祈盼春天的温情。

母亲看出我想戴红领巾，就偷偷用红布给我缝制了一个，到家时，看着没有串门的村人，母亲就偷偷给我戴上。我戴上红领巾，对着镜子照着瞧着，那份高兴啊！母亲却偷偷抹眼泪，我看见母亲哭了，也一头扑进母亲的怀里，"哇"地一声哭出声来。母亲鼓励我说："不管怎么样，你都要好好学习。往后在家里种田，也用知识啊！"无论母亲怎么劝说，我幼小的心灵，还是被这个看不见的噩梦纠缠着，直到初中毕业那年，上级给我家落实了政策，我家被定为"下中农"，我可以和其他小伙伴一样面对生活了。到了三中全会以后，"成份"这个栏目彻底消失了，见鬼去了。

父亲在外地工作，我很少见面，直到搬到唐坊小镇，与父亲见面的机会才渐渐多起来。在我小时候，影响我最大的还是母亲。母亲在镇上当着妇女干部，耕种着母亲和我的口粮田，还要干一种副业，用浆糊粘合一种水泥袋，然后卖到工厂里去。

在我的印象里，母亲是非常勤劳的女人，人缘很好。母亲当过劳动模范。我时常听见邻居或镇上人夸奖母亲，这是我心里值得安慰的。每年过生日，母亲都要煮几个鸡蛋，让我在桌子上滚那么几下，然后才剥开吃。母亲说，这样就去祸免灾。母亲说话的时候脸上总是挂着欣慰的笑。

一天晚上，我放学回家，看见母亲把饭做好了，碗扣着饭菜，可她的人却不在，我满院子找一遍，也没有找到。我自己慢慢地吃完了，听见院子里有响动，出去一看，母亲正背着高高的一垛柴草，吃力地走进院子，头发都被柴草缠住了。我跑过去，帮母亲卸下柴草，还帮母亲分开一丝丝头发。母亲为了我上学，省吃俭用，拼命干活。我很感动，劝说母亲不要太劳累了。母亲好像没听见我的话。

在上初中之前，我没穿过一件商店买来的衣裳，我穿的所有衣裳都是母亲亲手做的。有一次，我们学校要我上台演出，要穿一件绿色的上衣，母亲就连夜把父亲的旧衣裳改造过来。天亮的时候，我一睁眼，看见母亲刚刚缝制完衣裳。母亲让我快点起来，试穿一下她新缝的衣裳，看合不合身。我穿上母亲为我做了一夜的新衣裳，感觉非常合身，美观舒适。

母亲对我很严格。她不允许我犯错误，特别是人格上的错误。母亲总是叮嘱我说，你先要做一个好人，然后才能干好事业。我问母亲什么是好人？母亲说，起码的善良、诚实和勤劳。

母亲上工之前常叮嘱我，让我放学回家把鸡蛋收起来，鸡蛋换的钱可供我上学买笔和本子。这天，我发现里面有三个鸡蛋。我就偷偷留了一个，跑到街上，跟卖糖果的人换糖吃。母亲回来问我："今天下了几个鸡蛋？"我迟疑了一下，不敢看母亲的眼睛，回答说："两个。"母亲没有怀疑我。午休的时候，母亲发现了我书包里的糖，审问我是哪来的？我心里一紧，赶紧撒谎说："是我给学校割草，学校发了五毛钱，买的。"母亲没有再审问下去，后来是学校老师家访，把话给说漏了。我知道露馅了，低头不说话。母亲用笤帚疙瘩狠狠打我的屁股，我哭闹着，最后还是奶奶进来帮我解围。吃晚饭的时候，母亲慢慢地说："明山，你要诚实。"当时我的小名叫明山。母亲还说，一个鸡蛋算不了什么，关键是你犯了不诚实的错误。一个不诚实的孩子，还怎么堂堂正正地做人呢？

一年冬天，我和伙伴偷偷去溜冰。又到对岸去砍一棵槐树做冰排。回来时，我们掉进冰窟窿里，险些丧命。我自己爬上来，不敢回家，冻得打哆嗦。

母亲到冰上找我，把我带回家，让我脱掉衣裳，在炉火上烘烤着。我钻进被窝，感觉身上暖和起来了。母亲审问我，我胆怯地交待出砍树的"罪行"，母亲当即把我从被窝里拽出来，用笤帚狠狠打我的屁股，边打边骂着，砍公家的树是犯法的！第二天，母亲带着我找到镇委会，把我砍树的钱交给了镇上。

1976年唐山大地震，隆隆的声响，把我和母亲惊醒。母亲拽着我就要往外跳，这时母亲拽住我的胳膊，护着我的头，房顶的檩木和砖块就砸了下来。母亲被砸坏了眼窝。我们都被震倒了，多亏有一只箱子放在炕上的东头，房顶直接砸在箱子上，我们被埋住了，但有一个小小的空间。母亲颤抖着抚摸着我的头。"我能活吗？"母亲在里面鼓励我，坚持，然后自己喊着："救人啊！"我也想喊，母亲不让我喊，怕我消耗精力。我喘息着，想哭了，母亲不让我哭，哭也会伤神的。母亲大声喊着，呼救着。邻居纷纷赶来了，很快就扒出了我们。我没有受伤，可母亲的腿和眼窝在流血。后来母亲一直闹眼病，2002年的时候母亲的一只眼睛被摘除了。

我父亲去世后，74岁的母亲很孤独，我让母亲搬到唐山的新房子里住。看着她鬓间的白发，脸上的皱纹，才感觉到我的母亲已经老了。

妈妈的梦幻

◎李　敖

妈妈从小有一个梦幻，就是当他长大结婚以后，她要做一家之主，每个人都要服从她。

当妈妈刚到我们李家的时候，妈妈的妈妈也跟着来了。外祖母是一位严厉而干练的老人，独裁而又坚强，永远是高高在上的大权独揽：上自妈妈，下至我们八个孩子（二元宝，六千金），全都唯她老太太之命是从，妈妈虽是少奶奶兼主妇，可是在这位"太上皇后"的眼里，她只不过是一个"孩子王"，一个孩子们的小头目，一个能生八个孩子的大孩子。

由于外祖母的侵权行为，妈妈只好仍旧做着梦幻家。她经常流连在电影院里——那是使她忘掉不得志的好地方。

在外祖母专政的第十九年年底，一辆黑色的灵车带走了这个令人敬畏的老人。五天以后，爸爸从箱底掏出一张焦黄的纸卷，用像读诏书一般的口吻向妈妈朗诵道：

"凡我子孙，
当法刘伶；
妇人之言，切不可听！"

带着冰冷的面孔，爸爸接着说：

"这十六个字是我们李家的祖训。十九年来，为了使姥姥高兴，我始终没有拿出来实行，现在好了，你们外戚的势力应该休息休息了！从今天起，李家的领导权仍旧归我所有，一切大事归我来管，你继续照做孩子头！"

在一阵漫长的沉默中，妈妈的梦幻再度破灭了！于是，在电影院附近的几条街上，更多了妈妈高跟鞋的足迹。

爸爸的治家方法比外祖母民主一些，他虽禀承祖训，不听"妇人之言"，可是他对妈妈的言论自由却没有什么钳制的举动。换句话说，妈妈能以在野之身，批评爸爸。通常是在晚饭后，妈妈展开她一连串、一序列的攻击，历数爸爸的"十大罪"：说他如何刚愎自用，如何治家无方……听久了，千篇一律总是那一套。而爸爸呢，却安坐在大藤椅里，一面洗耳恭听，一面悠然喝茶，一面频频点首，一面笑而不答。其心胸之浩瀚，态度之从容，古君子之风度，使人看起来以为妈妈在指摘别人一般。直到妈妈发言累了，爸爸才转过头来，对弟弟说：

"'唱片'放完啦！小少爷，赶紧给你亲爱的妈妈倒杯茶！"

旧历年到了，爸爸总是预备九个红包，妈妈在原则上是绝不肯收这份压岁钱，可是当弟弟偷偷告诉她分给她的那包的厚度值得考虑的时候，妈妈开始动摇了，犹豫了一会儿以后，她终于没有兴趣再坚持她的"原则"了！

堂堂主妇被人当作孩子，这是妈妈最不服气的事。可是令她气恼的事还多着哪！妈妈逐渐发现，她的八个孩子也把她视为同列了。例如爸爸买水果回来，我们八个孩子却把水果分为九份，爸爸照例很少吃，多的那一份大家都知道是分给谁的，妈妈本来赌气不想吃，可是一看水果全是照她喜欢吃的买来的，她就不惜再宣布一次"下不为例"了！

爸爸执政第八年的一个清晨，妈妈在流泪中接替了家长的职位。丧事办完以后，妈妈把六位千金叫进房里，叽叽咕咕地开了半天妇女会，我和弟弟两位男士敬候门外，等待发布新闻。最后门开了，幺小姐走出来，拉着嗓门喊道：

"老太太召见大少爷！"

我顿时感到情形不妙。进屋以后，十四只女性的眼光一齐集中在我身上，我实在惶恐了！终于，妈妈开口了，她用竞选演说一般的神情，不慌不忙地说道：

"李家在你姥姥时代和你老子时代都是不民主的；不尊重'主权'——'主'妇之'权'——的！现在他们的时代都过去了！我们李家要开始一个新时代！昨天晚上听你在房中读经，高声朗诵礼记里女人'幼从父兄；嫁从夫；夫死从子'那一段，我不知道你是不是故意念给我听的。不过，大少爷，你是聪明人，又是在台大学历史的，总不会错认时代的潮流而开倒车吧？我想你一定能够看到现在已经不是一个'夫死从子'的时代了……"

我赶紧插嘴说：

"当然，当然，妈妈说得是，现在时代的确不同了！爸爸死了，您老人家众望所归，当然是您当家，这是天之经、地之义、人之伦呀！还有什么可怀疑的？您做一家之主，我投您一票！"

听了我这番话，妈妈——伟大的妈妈——舒了一口气，笑了，"筹安六君子"也笑了，"咪咪"——那双被大小姐指定为波斯种的母猫，也摇了一阵尾巴。我退出来，向小少爷把手一摊，做了一个鬼脸，喟然叹曰：

"李家的外戚虽然没有了，可是女祸却来了！好男不跟女斗；识时务者为俊杰，我看咱们哥俩还是赶快'劝进'吧！"

妈妈政变成功以来，如今已经五年了！五年来，每遇家中的大事小事，妈妈都用投票的方法来决定取舍，虽然我和弟弟的意见——"男人之言"——经常在两票对七票的民主下做了被否决的少数，可是我们习惯了，我们都不再有怨言，我们是大丈夫，也是妈妈的孝顺儿子，男权至上不至上又有什么要紧——只要妈妈能实现她的梦幻！

后　记

一、这篇文章是1959年做的，原登在1959年11月20日台北《联合报》副刊。发表后，妈妈终于找到了我，向我警告说："大少爷！你要是再把我写得又贪财又好吃，我可要跟你算账了！"（1962年11月27日）。

二、我抄一段"捧"我这篇文章的信在这里：

"马戈于大陆杂志社修函致侯教之足下：长诗短片陆续收到，《水调歌头》硬是要得。人言足下国学渊博，信不诬也。上午随缘至故人处雀戏，下午至社读书，得读大作《妈妈的梦幻》于联副，隽永可喜，亦颇有古诗人轻怨薄怒温柔敦厚意，大手笔固善写各体文章，无怪向日足下视此为小道也。苟有得于心，则其表述可以论述，可以史著，可以小说，皆无伤也。而克罗齐之美学，其重点即在此。愿君才大，愿多挥毫，世之名著，非皆出于老耄也。"（1960年11月20日马宏祥来信。）

妈妈的眼睛

◎约翰·威尔雄

我记得小时候有一段时期，我非常害怕母亲会死掉。对我来说，那是最可怕的事情了。我每天都很担心这件事情会发生。

母亲的身体看起来很健康，可是我还是很担心。

我父亲酗酒酗得很厉害，想到要独自跟他一起生活，我就感到恐慌。

等到我十五六岁的时候，我就变得比较独立，恐惧感也逐渐消失了。我能把握自己照顾自己，也可以搬出去，不要跟我父亲一起住，所以我便不再担心了。

结果，我18岁那年，母亲就去世了。她那时才54岁。很讽刺的是，她的死让我学会一件事，有时我们最害怕发生的事情反而是件可喜的事。

母亲那时得了快速发展的恶性脑瘤，诊断过后，医生表示她只剩不到3个月的生命。我父亲疯狂地找寻世上最好的内科医生、外科医生与肿瘤专家。他说他的太太一定会得到最好的医疗照顾。

可是医生的判断却是一致的——妈妈已经无药可救了。一些实验性的测试与新的化学疗法也都宣告无效，医生只能试着减轻她的病痛。

母亲死前的6个星期，负责治疗她的医疗小组宣布她已经没救了。我们的家庭医生建议我们将她送到私人疗养院去。可是她并不想到疗养院去，她想要呆在自己的家里。

我们最后终于同意将她带回家。这是一件很可怕的事，因为我们不知道她会遇到什么事，也不知道发生在她身上的事情会对我们有什么影响。当时我们并没有找到处理死亡与痛苦的沟通工具。

所以我们只能依赖自己的直觉，我们也必须相信天地万物。在那几个星期，我感到相当平静，那是一种我无法用理智去解释的感觉。当我摆脱恐惧之后，母亲的死亡开始让我觉得是个自然的过程。

几年之后，我听到有人说："死亡是绝对安全的事情。"母亲临终前，在我和她共处的那几个星期里，我便直觉地感受到了这一点。她的身体逐渐地改变，然后衰弱。不知道为什么，我总觉得她很安全。最后她不能再说话了。我们总是用轻柔、肃静的语调说话，所以家里变得静悄悄的，甚至有种庙宇或是殿堂的气氛。

她的病床、药物还有她本人都被移到客房去了。一天24小时都有护士在值班。有时我会避免进去看她，因为我不知道该说些什么。平常在这种时候，我们会有一些琐碎而不自然的闲聊，可是此刻这样的闲聊似乎有些卑俗。在如此令我恐惧的事件之前，无意义的闲聊让我作呕。

有一天下午，我走进她的房间，然后坐在她的床边。我的母亲是个优雅而有魅力的女人。她看起来是那么地平静，她静静地躺在床上看着我。我也看着她，我握着她的手。她已经没有力气了，可是我却可以感受到她轻柔地抓着我的手。我凝视着她晶莹的蓝眼睛。我一直看着她的眼睛，她的眼睛变得愈来愈深，愈来愈深。我们的眼神相交，在接下来的半小时内，我们的眼神部没有离开过对方的身体，我们就坐在那里互相凝视着。我不断地回顾，一直往她的灵魂深处看去。

这就好像穿越隧道，直到她灵魂的中心。忽然，在母亲衰弱的身体深处，我发现了一个事实——我的母亲，她的爱、她的关怀、她的养育之恩，还有她的同情心，这一切都无比灿烂地闪耀着。我们之间的藩篱都被她所散发出来的光芒所融化。我察觉到在她的身体枯萎的同时，她的灵魂却变得更为坚强而有力。

她握着我的手。她一边抓着我的手，一边轻轻地点了两三次头。那时我们虽然没有彼此交谈，可是我知道，该说的话，我们都已经说了。这样很好，她也很好。我们彼此深爱着，我们彼此完全尊敬。对于这些年来，我们所共同分享的爱，我们的心里充满了感激。她会坚持下去，我也会坚持下去。我们所共同保存的记忆也永远不会消失。因为这一天，在她的房间里，我们已经共享了永恒的光辉。

我感觉泪水流了出来，不过这是敬畏的眼泪，而不是悲伤的眼泪。我知道这一点，因为我已经愿意克服我的恐惧，无视她身体上的残缺，看到她的灵魂深处去，我可以更清晰地看到她，也比以往更亲密地接触到她。

几天后，她去世了，那是一个美丽而平静的星期天下午。灿烂的暮色将屋子笼罩在金色的光辉里，温暖的和风抚慰着我们。我们家充满了祥和氛围。

父亲、我的两个姐妹，还有我，握着彼此的手，围在母亲的床边，向她吻别。接着我们彼此拥抱，这或许是我们全家第一次如此拥抱。我们的头抵在一起，轻轻地哭泣。过了一会儿，我们悄悄地走到屋外去，太阳几乎已经下山了。我看着夕阳的余晖，忽然想到一件我从来没有注意过的事情。夕阳的光辉是最灿烂的，虽然太阳消失在我们的视线之外，它却从来也没有死去。

我母亲也是这样。她跟太阳一样，消失在视线之外。可是我知道她永远跟我在一起，即使是在最黑暗的时刻。

我看着我的家人，很惊讶于彼此间的亲密感情，此刻我们所感到的惊奇与悲伤已经将隔离家人的墙壁给融化了。在这一刻，怨恨、微不足道的怒气与责难全都溶解在我们彼此的爱里，我们合而为一。我母亲在付出她的生命的同时，也让我们全家人可以亲密地团结在一起。我们既感到悲伤万分，也同时感到喜悦无比。

我母亲学海豹叫

◎海明威

我小时候，母亲是我的大包袱。她与众不同。我最初到别的孩子家串门子的时候，很早就领会到这一点。到了别人家门口，那家母亲开门的时候，总会说些合情合理的话，例如"擦擦你的鞋底"，或者"你别把这种垃圾带进屋里"。

但是在我们家，你按了门铃，投信口会打开，一个尖细的声音告诉你："我是这里的老妖怪。"或者会用甜蜜的假嗓唱歌。

别的时候，门会打开一条缝，我母亲蹲到齐我们眼睛的高度，对我们说："我是这里新来的小女孩，请你等一下，我去喊我母亲来。"接着门会开上一秒钟，我母亲就现出了平常的个子。"哦，哈罗，小姑娘，"她总是那么说，"我没想到你们在这儿。"

我的新朋友会带着"这是什么鬼地方"的神色转身朝我看，那一刻很可怕，我体会到打开壁橱，迎面扑来的是什么滋味。"妈，"我会大吼抗议，但是我母亲绝不承认她是原先开门的那个小女孩。"你们这些小姑娘在跟我开玩笑，"她说。我们结果只好承认有个小姑娘"开过"门，而我们真正的意思是说，"并没有"任何小孩开过门。

这种事把人搞得非常窘迫。而且与众不同。那才是吃不消的部分。她跟别的母亲不同。

就如地下室的海豹。我们在房子外面，我母亲在地下室洗衣服或熨衣服的时候，我们常会听到欢欣的动物叫声从那下面传出来。母亲的解释是，那是我们的海豹。每星期五，她大张旗鼓，打开纸包，取出给海豹吃的鱼（那条末了总是上了家里的餐桌）。虽然一伙孩子无数次急急忙忙冲到地下室，想捉到那只海豹，这只畜生总是"刚刚搭面包店送货车出去兜风了"，或者"在上游泳课"。

这只海豹很聪明，会用叫声回答问题，一声表示"对"，两声表示"不对"。畜生的名气不久四播。周围好几个街区的孩子都跑来在我们地下室窗口问那只海豹问题。海豹总不辜负孩子的好意，叫几声。

别人指出我就是养那只海豹的女孩子，弄得我很难为情，但是我母亲碰到这种场合却应付自如。常常会有一大群小男孩一起挤在我家窗口，等叫声。遇到这种情形，我母亲会打开大门，高高兴兴地喊一声："哈罗，小姑娘。"

我母亲对待大人也并无二致。她常常在招呼熟人的时候用一根手指顶住那个人的背，粗声粗气地说："举手。"成年人喜欢我母亲，这是实情，不过我并没有因此心里就舒服。他们无所谓，她又不是"他们的"母亲。

再说，他们也不必受那位"好奇观察家"的罪。我母亲常常跟这位隐形人谈关于我们的事。

"请你看看我们的厨房地板好吗，"我母亲说。

"上面全是烂泥，而你才刚把它擦过，"好奇观察家同情地说，"你没告诉他们用地下室的门吗？"

"告诉了两次啰！"

"你工作这么辛苦，他们没放在心里吗？"好奇观察家希望知道。

"我想他们不过是忘记罢了。"

"那么，假如他们肯拿水槽下面的干净抹布把烂泥抹掉，将来他们就记得了。"好奇观察家出主意。

立刻，我们就拿抹布去抹了。

那位好奇观察家的语调非常公正，因此从来没有人怀疑有没有他这个人。明明有他这个人，观察我们的家庭生活，注意我们的家庭问题，所以朋友从来不问："你母亲在跟谁讲话？"却只问："跟你母亲讲话的是谁？"

我从来没找到适当的答案。

幸好年纪大些，我母亲人就更好些。不是她的年纪——是我的年纪。我差不多到十岁才初次发现，有位"与众不同的"母亲可能是件好事。

我们那条街尽头儿童游戏场有一簇高得怕人的树。谁被人发现攀登这些大树，好几个街区的母亲全会出来，大叫："下来！你会跌断脖子的！"

有一天，我们一群人正在树顶枝桠上摇晃得头昏眼花，我母亲刚好经过那里，发现我们映着晴空的身影。我们吓呆了，但是她仰头打量我们的时候，脸色叫人摸不清她的意思。"我没想到你们能够爬得那么高，"她大声说，"了不起！别跌下来！"接着就走了。我们默默地望着她，一直望到看不见她为止。然后有个男孩说出了我们大家心里想说的话。"哇，"他轻轻地说。大家随声附和："哇。"

从那天起，我渐渐注意到我们班上的同学常在回家以前到我家呆一会儿；社团总是选在厨房里开会；在家沉默寡言的朋友会跟着我母亲哈哈大笑，跟她说笑话。

后来，我和我的朋友都靠母亲的乐天幽默支持，应付青春期的危机。再后来，我和男孩子约会了，那些孩子都马上认我母亲做干妈，十几岁的孩子在我家发疯发狂，不仅绝不成问题，还讨人喜欢，这真了不起。

认识我母亲的人个个都喜欢她。许多人爱她。大家都称赞她。不过我想，把她形容得最传神的人是很久以前高踞树顶的那个男孩。

"哇，"他轻轻地说。

我随声附和："哇。"

回忆爸爸

◎海明威

我至今不能忘怀的那个人是个善良、纯朴和胸襟开阔的人……我们总是叫他爸爸，这倒并不是怕他，而是因为爱他。我所了解的那个人是个真正的人……

我这就给你们谈谈他的情况。

秋天，打野鸭的季节开始了。多亏爸爸对妈妈好说歹说，妈妈才答应我请几个星期假，不去上学，这样我又多逍遥了一段时间。……那年秋天，有许多人来同我们一起打猎。其中我最喜欢的是加莱·古柏。我看过他拍的好多影片，他本人不怎么像他所扮演的那些角色，他极其英俊，为人温和可亲，彬彬有礼，有一种与众不同的生来就有的高尚气度。我记得有一次打猎后我们决定去买些东西，进了一家商店，有一位老太太认出了古柏，要求他签名留念：

"古柏先生，我是那样地喜欢您的影片。您知道是什么原因吗？因为您在所有影片里都是一模一样的。"古柏只是笑了笑，签好名后对她说："谢谢您，太太。"

要是人家对一个演员讲，他在各部影片里都演得一模一样，这很难说是恭维。可爸爸发誓说，古柏对话语中这种微妙的差别一向辨别不出来。我想未必见得。否则为什么爸爸尽管很喜欢谈关于这个老太婆的故事，可是只要古柏在场，就绝口不提这事呢。

每当吃午饭的时候，菜都是用我们猎获的野鸡做的。爸爸总是同古柏久久地交谈，不过基本上都是闲聊，谈谈打猎和好莱坞什么的。虽然从气质上来说，他们两人毫无共同之处，但是他们的关系却亲密得融洽无间，他们两人从相互交往中都得到了真正的欢乐，这从他们谈话时的声调、眼神，就可以看出这一点。他们周围只有妻子儿女，并无一个需要使之留下强烈印象的人，——这倒是很好的。本来用不着讲这些，但要知道他们俩都是大人物，已习惯于出人头地，有时是自觉的，有时是不自觉的。他们俩都是时代的英雄和崇拜的偶像。他们彼此从未竞争过，也没有必要竞争。两人那时都已达到了顶峰。

许多人都断言，跟古柏在一起很可能会感到枯燥乏味。我虽然还是个孩子，我可一点也没有这种感觉。我也不认为他是"跟所有的人一样"或者相貌虽然漂亮，但漂亮得很一般的一个来到好莱坞的"风度翩翩的先生"……

古柏用来复枪射击非常出色，跟我父亲射得一样好，甚至更好，但是当他手里握着一支普通的猎枪时，那种本来有利于射击的镇静和信心，反而使他成为一个动作迟钝的射手。爸爸的情况也是如此，如果他是个职业猎手的话，倒是出色的，但作为一个业余猎手，却是平凡的。的确，爸爸还有麻烦事，他的视力有问题，他要戴着眼镜才能看清野鸡，这需要花很长时间，结果本来轻而易举就可射中目标却变得困难了。这就像打垒球一样，站在场地最远的一个垒里，一球飞来，迟迟不接，最后只好在一个不可思议的跳跃中去接住球，而本来只要及时奔过去就可轻而易举地把球接住的。

这次到森瓦利来的还有英格丽·褒曼。我第一次看到褒曼是在一个星期天，她容光焕发，脸上简直射出光来。我曾经看过她的影片《间奏曲》。那次是特地为我父亲试映。她本人比在影片中要美丽得多。

有一些女演员能够使自己的影迷在一段时间内对她们神魂颠倒。但是褒曼却可使这种神魂颠倒持久不衰。

嗬！要走到她身边几乎是不可能的，像霍华德·霍克斯。加莱·古柏或者我父亲总是团团地围住她。看到他们当她在场时那种精神百倍的样子，真是好笑。

秋天过去了，我必须回到基韦斯特，回到温暖的地方，回到妈妈身边，回到学校去了……

我满十八岁了，已中学毕业，我想考大学，我在反复思考我的前途……

当然，我是有打算的，我在中学成绩不错，因此基本上可以考取任何一个大学……但是我最想当的是海明威笔下的主人公。

然而，海明威笔下的主人公应该是个什么样的人呢？这可以通过分析海明威的全部作品来求得答案。但归根结蒂，有个最简单的答案，海明威笔下的主人公就是海明威本人，或者说是他身上最好的东西。然而要过海明威那样的引人入胜的生活方式，就要在最困苦的情况下也能表现得轻松自如，高尚风雅，而同时又能赚钱养家活口，还必须有本事把这一切都写出来。而要进入这种美好生活的通行证是天才，天才是与生俱来的。此外，还要掌握写作技巧，这是可以学到手的。我决定当一个作家。今天我讲这话很容易，可当时却是极其困难的。

"爸爸，在你小时候，哪些书对你影响最大？"有一次在哈瓦那过暑假时我问他。

我的问题使爸爸十分高兴，他给我开了一张必读书的书单。于是我开始了学习。爸爸建议我说："……好好看，深入到人物的性格和情节发展中去，此外，当然喽，看书也是一种享受。"

在哈瓦那度过的那年夏天，我读完了爸爸喜欢的全部小说，从《哈克贝里·芬历险记》到《一个青年艺术家的肖像》。有时，我也像爸爸一样，同时看两、三部小说。此后爸爸就要我阅读短篇小说大师莫泊桑和契诃夫的作品。

"你别妄想去分析他们的作品，你只要欣赏它们就是了，从中得到乐趣。"

有天早晨，爸爸说："好吧，现在你自己试着写写短篇小说看，当然喽，你别指望能写出一篇惊人的小说来。"

我坐到桌子旁，拿着爸爸的一支削得尖尖的铅笔，开始想呀，想呀。我望着窗外，听着鸟啼声，听着一只雌猫呜呜地叫着想和鸟作伴，听着铅笔机械地在纸上画着什么所发出的沙沙声。我把一只猫赶走了，但立刻又出现了另一只。

我拿过爸爸的一只小型打字机来，他那时已不用这只打字机了。我慢慢地打出了一篇短篇小说，然后，拿给父亲看。

爸爸戴上眼镜，看了起来。我在一旁等着。他看完后瞅了我一眼。"挺好，吉格。比我在你这个年纪时写得强多了。只有一个地方，要是换了我的话，我是要改一改的。"接着他给我指出了需要修改的地方，那是写一只鸟从窝里摔了下来，突然，谢天谢地，它发现自己张开翅膀站着，没有在石头上摔得粉身碎骨。他讲：

"你写的是：'小鸟骤然间意想不到地明白了：它是可以飞的。''骤然间、意想不到地'不如改成'突然'的好，你应当力求不要写得啰里啰嗦，这会把情节的发展岔开去。"爸爸微微一笑，他好久没有对我这样笑过了。"你走运了，孩子，要写作就得专心致志地钻研，律己要严，要有想象力。你已经表明你是有想象力的。你已经做成功了一次，那你就再去做成功一千次吧，想象力在相当长的时间内是不会离弃人的，甚至永远也不会离弃。"

"我的天哪，在基韦斯特，日子真是难过，"他接着说，"不少人把他们的作品寄给我，我只消看完第一页就可以断定：他没有想象力，而且永远也不会有。我回信时，总是在每封信上讲明：要掌握写作的本事，而且还要写得好，那是一种很侥幸的机会，至于要才气卓绝，就更像中头彩一样了，一百万人中只有一个人交此好运。如果你生来缺乏这种才气，无论你对自己要求多么严，哪怕世界上的全部知识你都掌握，也帮不了你忙。如果来信中提到什么'大家讲，我可以成为一个出色的工程师。但是，我却很想写作'这类话，那我就回答他：'也许大家讲对了，您确实很可能成为一名优秀的工程师，您还是忘掉想当个作家的念头吧，放弃这个念头会使您感到高兴的。'"

"这类信我写过几百封。后来，我的回信越来越简略了，只说写作是件艰苦的事情，如果可能，还是别卷进去的好，也许人们会这样埋怨我：'这个自以为了不起的狗娘养的，十之八九的我写的东西他连看也没看。他以为既然他会写作，那么写作这件事就不是人人都干得了的了。'"

"主要的是，孩子，现在我能够指导你了，因为看来可能不会白费工夫。我可以毫不狂妄地说，这个行当我是了如指掌的。"

"我早就想少写点东西了，现在对我来说写作不像过去那么容易了，但是我如果能对你有所帮助，这对我来说就像自己写作一样幸福。让我们来庆祝一番吧。"

我记得，只有一回爸爸对我也这么满意，那是有一次我在射击比赛中同一个什么人分享冠军的时候。当我的短篇小说在学校的比赛中得到一等奖时，他深信，我们家里又出了一个头面人物。

其实，应当获得这份奖金的是屠格涅夫，这是他的短篇小说，我不过是抄了一遍，仅仅把情节发生的地点和人物的名字改了改。我记得，我是从一本爸爸没来得及看完的书里抄下来的，我说他没看完是因为剩下好些书页还没有裁开……

他发现我的剽窃行为时，算我运气好，我没在他身旁，后来别人告诉我，有个人问他，你儿子格雷戈里在写作吗？"是呀，"他马上得意地回答说，并粲然一笑，这是他那种职业性的笑容，总是能使人入迷。"格雷戈里算是开出了张支票，虽然他写得不怎么的。"不消说，大家对这件事嘲笑了一番。

爸爸常常讲，他在动笔之前，总是能清楚地意识到句子是怎么在他的头脑中形成的。他总是试着用各种不同的方案来写这句句子，再从中选出最好的方案。他指出，当他笔下的人物讲话时，话就滔滔不绝地涌出来。有时，打字机都跟不上他们的讲话。因此我不懂，爸爸在四十年代末和五十年代时为什么要写信给批评家说作家的劳动是一种"艰苦的行当"等诸如此类的话，指望用这些话来引起他们对他的怜悯。

现在我懂得了，爸爸是指他写作起来已不如以前那么轻松自如。过去是一口喷水井，而现在却不得不用抽水机把水抽出来。他对语文的非凡的敏感并没有背弃他。而且，不消说他更富有经验，更明智了。然而他早先那种无所顾忌的态度却已丧失殆尽。世界已不再像流过净化器那样流过他的头脑，他如果在净化器里净化一番的话，他就更加是个真正的、优秀的人了。他已不再是诗人……他变成了一个匠人，埋怨自己的命运，叹息他的打算成了泡影。

其中只有一个不长的时期是例外，那时有一位出身豪门的意大利少妇来访问爸爸在古巴的田庄，爸爸对她产生了柏拉图式的倾慕之情，于是创作的闸门重又打开了。在此期间，爸爸写完了《老人与海》，以及他未完成的作品《海流中的岛屿》的第一、三两章，诺贝尔奖金基金委员会指出，他对人类的命运充满忧虑，对人充满同情，并认为这是"创作的发展"。这一切乃是他那种新的幻觉的结果。这种新的幻觉是：他意识到自己才气已尽，不知该怎样才能"在现实中"生活下去，因为他是知道其他许多几乎不具备天才的人是如何生活的。

他总是竭力要赢，输他是受不了的，他经常对我说："孩子，成功是要靠自己去争取的。"或者说："你知道赌博的方法吗？要一刻不停地行动。"也许，他在才气已尽的情况下，懂得了赌博的方法，输赢全凭命运。

他一生可谓应有尽有。年轻时他像电影明星一样漂亮，经常被女人所包围。她们那种崇拜他的样子，非亲眼目睹是决不会相信的。他天生极为敏感，身体非常强壮，精力充沛，为人又十分乐观，这就可以使他不顾惜自己的身体，却很快就能从肉体和精神的创伤中恢复过来。而这种创伤如果是意志比较脆弱的人遭受到，就很可能把他们毁了。他是一个想象力非常丰富，同时又具有健全的思维能力，遇事能冷静思考的人——像这么些品质能兼备于一身是很罕见的。因此他的成功几乎是自然而然的事。遗传方面的有利条件使他在受到濒临死亡的重伤之后还能康复如初。

　　可是，像他这样的人在《丧钟为谁而鸣》问世后，发觉自己的才华每况愈下，就变得动辄发怒，无法自制，这是不是应当感到奇怪呢？如果一个人具有上述的种种品质，而且又善于把因为具备了这些品质才得以理解的东西描绘得栩栩如生，那是不可能表现出夸大狂的。但如果才气耗尽后，却完全有此可能。

　　后来，犹如小阳春一样，他的天才又回来了，从而孕育出了一部杰作，规模虽然不大（因为短暂的小阳春天气来不及产生大规模的作品），却充满了爱、洞察力和真理。但随后就是——而且永远是——漫长的秋天和严寒的冬天了。

　　要是你们在我爸爸年轻时就认识他的话，不会不爱他，不会不钦佩他，可是等他到了老年，你们就只会难过地回忆起他的过去，或者只会可怜他，因为你们记得他年轻的时候是多么地美好！

　　他是无论如何也不会去找那种可以眼看自己日益衰老而无动于衷的职业的。但凡是具有他那样的才华，具有他那样的对生活的洞察力和深刻、丰富的想象力的人，恐怕也很难做到这一点的吧……

爸 爸

◎凯莉·瓦特金斯

　　我三岁时父亲过世，七岁时父母再婚，我变成世上最幸运的女孩。你知道吗？之前我对父亲的人选精挑细选，当妈妈和"爸爸"的约会一阵子后，我跟妈妈说："就是这个人，我们接受他吧！"

　　妈妈和爸爸结婚时，我当花童，单单这件事就够奇妙了，有多少人能说他们曾参加自己父母的婚礼（而且真的走上红毯）？我爸爸很以自己的家庭为傲（两年之后，我们家添了个小妹妹）。不太认识我们的人会对母亲说："查理跟你们母女在一起，看起来总是很得意。"但不只是在外而已，爸爸还很欣赏我们的聪明、信仰、常识及对人的爱（还有我可爱的笑容）。

　　好景不常，就在我满十七岁之前，可怕的事发生了。爸爸生病，医生检查了几天，也找不出原因，"如果像我们这样彻底的检查都找不出毛病，他一定是没问题。"他们就告诉爸爸可以回去工作了。

　　第二天他下班回家时，泪流满面，我们才知道他病得很严重，我从未见过父亲哭泣，因为他认为哭是懦弱的表现（这就形成一种有趣的关系，因为我是个荷尔蒙主导的少女，看到什么就哭，连贺氏卡片的告诉也不例外）。

　　最后，我们还是把爸爸送进医院，这才诊断出他得的是胰脏癌，医生说他随时可能离开人世，而我们更清楚，他至少还有三周的时间，因为下周是我妹妹的生日，再下周是我的生日，父亲会抗拒死亡，向上帝祷告来获取力量，撑到我们的生日之后。他不会让我们往后的生日都带着难受的回忆。

　　当有人面临死亡时，其他人的日子还是得照常过下去。爸爸非常希望我们的生命还是照旧，我们则希望维持生活中有他，妥协的结果是，我们同意继续进行"正常"的活动，他则尽量参与，即使是人在医院。

　　有一天，我们看到父亲从病房中出来，与父亲同病房的人也跟着从后面走到走廊。"你们在这里时，查理一直都很安静，好像没什么问题，但我想你们不了解他有多痛苦，他只是尽力忍受掩饰而已。"

　　母亲回答："我知道他在掩饰，但他就是这样，他不要我们难过，他知道我们看到他痛苦时会很伤心。"

　　母亲节时，我们把所有礼物都带到医院，爸爸在医院大厅等我们（因为妹妹太小，不能进入他的病房）。我帮他买礼物，让他送给妈，我们就在大厅角落愉快地小小庆祝一番。

　　第二周是妹妹的生日，爸的病情不太乐观，不方便下楼，所以我们就拿礼物和蛋糕在他那层楼的等候区庆祝。

　　接下来的周末是我的舞会，按惯例先在我家及舞伴家照过相后，我们到医院去，没错，我就穿着有箍衬的拖地长礼服走过医院（差点挤不进电梯。）我有点不好意思，但看到爸爸脸上的表情，我知道这一切都值得，他已经等了这么多年，等着看他的小女孩参加第一次舞会。而妹妹的年度舞蹈发表会前一天通常会有正式彩排，此时家人可尽量照相，彩排后，我们当然又去了医院，妹妹穿着舞蹈服装昂步踏过走廊，跳舞给爸看，虽然爸那样找节拍让他的头相当痛，但他从头到尾还是都保持着笑容。

　　我生日那天，因为爸无法离开房间，我们就偷偷把妹妹带进去（护士善良地故意不看我们）。我们一起庆祝，但爸的状况已经不太乐观，该是他走的时候了，但他仍坚持到底。

　　那晚，医院打电话来，说爸的病情急剧恶化，几天后，他就离我们而去了。

　　从死亡中最难学的功课便是日子仍得过下去，爸坚持我们要好好活下去，直到末了，他仍关心我们，以我们为荣。他临死的要求是，下葬时将一张全家福放在他的口袋中。

第二部分

长辈深情

怀晚晴老人

◎夏丏尊

壁间挂着一张和尚的照片，这是弘一法师。自从八一三前夕，全家六七口从上海华界迁避租界以来，老是挤居在一间客堂里，除了随身带出的一点衣被以外，什么都没有，家具尚是向朋友家借凑来的，装饰品当然谈不到，真可谓家徒四壁，挂这张照片也还是过了好几个月以后的事。

弘一法师的照片我曾有好几张，迁避时都未曾带出。现在挂着的一张，是他去年从青岛回厦门，路过上海时请他重拍的。

他去年春间从厦门往青岛湛山寺讲律，原约中秋后返厦门。"八一三"以后不多久，我接到他的信，说要回上海来再到厦门去。那时上海正是炮火喧天，炸弹如雨，青岛还很平静。我劝他暂住青岛，并报告他我个人损失和困顿的情形。他来信似乎非回厦门不可，叫我不必替他过虑。且安慰我说："湛山寺居僧近百人，每月食物至少需三百元。现在住持者不生忧虑，因依佛法自有灵感，不致绝粮也。"

在大场陷落的前几天，他果然到上海来了。从新北门某寓馆打电话到开明书店找我。我不在店，雪邨先生代我先去看他。据说，他向章先生详问我的一切，逃难的情形，儿女的情形，事业和财产的情形，什么都问到。章先生逐项报告他，他听到一项就念一句佛。我赶去看他已在夜间，他却没有详细问什么。几年不见，彼此都觉得老了。他见我有愁苦的神情，笑对我说道："世间一切，本来都是假的，不可认真。前回我不是替你写过一幅金刚经的四句偈了吗？'一切有为法，如梦幻泡影，如露亦如电，应作如是观。'你现在正可觉悟这真理了。"

他说三天后有船开厦门，在上海可住二日。第二天又去看他。那旅馆是一面靠近民国路一面靠近外滩的，日本飞机正狂炸浦东和南市一带，在房间里坐着，每几分钟就要受震惊一次。我有些挡不住，他却镇静如常，只微动着嘴唇。这一定又在念佛了。和几位朋友拉他同到觉林蔬食处午餐，以后要求他到附近照相馆留一摄影——就是这张相片。

他回到厦门以后，依旧忙于讲经说法。厦门失陷时，我们很记念他，后来知道他已早到了漳州了。来信说："近来在漳州城区弘扬佛法，十分顺利。当此国难之时，人多发心归信佛法也。"今年夏间，我丢了一个孙儿，他知道了，写信来劝我念佛。秋间，老友经子渊先生病笃了，他也写信来叫我转交，劝他念佛。因为战时邮件缓慢，这信到时，子渊先生已逝去，不及见了。

厦门陷落后，丰子恺君从桂林来信，说想迎接他到桂林去。我当时就猜测他不会答应的。果然，子恺前几天来信说，他不愿到桂林去。据子恺来信，他复子恺的信说："朽人年来老态日增，不久即往生极乐。故于今春在泉州及惠安尽力宏法，近在漳州亦尔。犹如夕阳，殷红绚彩，随即西沉。吾生亦尔，世寿将尽，聊作最后之记念耳。……缘是不克他往，谨谢厚谊。"这几句话非常积极雄壮，毫没有感伤气。

他自题白马湖的庵居叫"晚晴山房"，有时也自称晚晴老人。据他和我说，他从儿时就欢喜唐人"人间爱晚晴"（李义山句）的诗句，所以有此称号。"犹如夕阳，殷红绚彩，随即西沉"这几句话，恰好就是晚晴二字的注脚，可以道出他的心事的。

他今年五十九岁，再过几天就六十岁了。去年在上海离别时，曾对我说："后年我六十岁，如果有缘，当重来江浙，顺便到白马湖晚晴山房去小住一回，且看吧。"他的话原是毫不执著的。凡事随缘，要看"缘"的有无，但我总希望有这个"缘"。

再 会

◎许地山

　　靠窗棂坐着那位老人家是一位航海者，刚从海外归来底。他和萧老太太是少年时代底朋友，彼此虽别离了那么些年，然而他们会面时，直像忘了当中经过底日子。现在他们正谈起少年时代底旧话。

　　"蔚明哥，你不是二十岁底时候出海底么？"她屈着自己底指头，数了一数，才用那双被阅历染浊了底眼睛看着她底朋友说，"呀，四十五年就像我现在数着指头一样地过去了！"

　　老人家把手捋一捋胡子，很得意地说："可不是！……记得我到你家辞行那一天，你正在园里饲你那只小鹿；我站在你身边一棵正开着花底枇杷树下，花香和你头上底油香杂窜入我底鼻中。当时，我底别绪也不晓得要从哪里说起；但你只低头抚着小鹿。我想你那时也不能多说什么，你竟然先问一句'要等到什么时候我们再能相见呢'？我就慢答道：'毋须多少时候。'那时，你……"

　　老太太截着说："那时候底光景我也记得很清楚。当你说这句底时候，我不是说'要等再相见时，除非是黑墨有洗得白底时节'。哈哈！你去时，那缕漆黑的头发现在岂不是已被海水洗白了么？"

　　老人家摩摩自己底头顶，说："对啦！这也算应验哪！可惜我总不（见）着芳哥，他过去多少年了？""唉，久了！你看我已经抱过四个孙儿了。"她说时，看着窗外几个孩子在瓜棚下玩，就指着那最高的孩子说，"你看鼎儿已经十二岁了，他公公就在他弥月后去世的。"

　　他们谈话时，丫头端了一盘牡蛎煎饼来。老太太举手嚷着蔚明哥说："我定知道你底嗜好还没有改变，所以特地为你做这东西。

　　"你记得我们少时，你母亲有一天做这样的饼给我们吃。你拿一块，吃完了才嫌饼里底牡蛎少，助料也不如我底多，闹着要把我底饼抢去。当时，你母亲说了一句话，教我常常忆起，就是'好孩子，算了罢。助料都是搁在一起渗匀底。做底时候，谁有工夫把分量细细去分配呢？这自然是免不了有些多，有些少底；只要饼底气味好就够了。你所吃底原不定就是为你做底，可是你已经吃过，就不能再要了。'蔚明哥，你说末了这话多么感动我呢！拿这个来比我们底境遇罢：境遇虽然一个一个排列在面前，容我们有机会选择，有人选得好，有人选得歹，可是选定以后，就不能再选了。"

老人家拿起饼来吃，慢慢地说："对啦！你看我这一生净在海面生活，生活极其简单，不像你这么繁复，然而我还是像当时吃那饼一样——也就饱了。"

"我想我老是多得便宜。我底境遇底饼虽然多一些助料，也许好吃一些，但是我底饱足是和你一样底。"

谈旧事是多么开心底事！看这光景，他们像要把少年时代底事迹——回溯一遍似地。但外面底孩子们不晓得因什么事闹起来，老太太先出去做判官；这里留着一位矍铄的航海者静静地坐着吃他底饼。

个人的美德

◎邹韬奋

有一位老前辈在某机关里办事，因为他的事务忙，那机关里替他备了一辆汽车，任他使用。有一天他对我说，他想念到中国有许多苦人，在饿寒中过可怜的日子，觉得非常难过，已把汽车取消，不再乘坐了。我问他什么用意，他说改造社会，要以身作则。他这样做是要把自己的俭苦来感化别人的。我说我很怀疑这种"感化"的实效究竟有多少，因为许多"苦人"根本就坐不起汽车，用不着你去感化；至于上海滩上的富翁阔少，买办官僚，决不会因为你老不坐汽车，他们也把汽车取消。就是我这样出门只能乘乘电车，或有的地方没有电车可乘，因为要赶快，不得不忍心坐上把人当牛马的黄包车，也无法领略你老的"感化"作用。他听了没有话说。

就一般说，这位老前辈算是有着他的个人的美德，但他要想把这"个人的美德"的"感化"作用来"改造社会"，便发生我在上面所说的困难了。他真正要想改造社会，便应该努力促成一种社会环境，使白坐汽车的剥削者群无法存在，劳苦大众在需要时都有汽车可坐，这才是根本的办法；但是这种合理的社会环境是要靠集体的力量实际斗争得来的，决不是像"取消汽车，不再乘坐"的"个人的美德"所能由"感化"而造成的。

有人羡称列宁从革命时代到他握着政权以后，只有着一件陈旧破烂的呢大衣，连一件新大衣都没有，叹为绝无仅有的个人的美德，好像要想学列宁的人只须学他始终穿着一件破旧的大衣便行！其实列宁并非有意穿上一件破旧的大衣来"感化"什么人，他的伟大是在能领导大众为着大众革命，在努力革命中忘却了自己的衣服享用，恰恰是无意中始终穿着一件破旧的大衣。倘若不注意他为解放大众所积极进行的工作，而仅仅有意于什么个人美德的感化作用，那就等于上面那位老前辈的感化论了。无疑地列宁决不是要提倡穿着破旧的大衣，他所领导的革命成功之后，劳苦大众不但无须穿着破旧的大衣，而且因社会主义建设的着着成功，大家还都得穿上新的好的大衣！

我在德国的时候，听见有人不绝口地称赞希特勒的俭德，说他薪俸都不要，把它归还到国库里。我觉得他的重要任务是所行的政策能否解决德国人民的经济问题，是否有益于德国的大众，倒不在乎他个人的薪俸的收下或归还。老实说，像我们全靠一些薪俸来养家活命的人们，便无从领受这样"个人的美德"的"感化"。

我们的意思，当然不是反对个人的美德，更不是说奢侈贪污之有裨于社会，不过鉴于有一班人夸大"个人的美德"对于改造社会的效用，反而忽略或有意模糊对于改造现实所需要的积极的斗争。

原载 1936 年 2 月 26 日《大众生活》第 1 期第 16 期

祝赵母王太夫人的寿

◎邹韬奋

　　刚从天台雁荡旅行了回来，勉强写成了万把字的游记；这中间又有林语堂的来杭，哥哥嫂嫂的来杭，陪他们玩玩自然也费去了我不少的时日，现在偶尔将日历一翻，十二月竟已过去了三分之一了。日子过去得快，原是一件可惊的事实，而尤其可惊的，是我在这些日子中间，把一件重要的事情，竟忘记得干干净净；若今天不翻日历的话，不看见日历上记在那里的必做事件的项目的话，怕这一篇文字，也不会写成的。

　　所谓重要的事情，就是今年夏天，于去青岛之前，答应为祖姑岳母做的一篇寿序，当时的计划，以为从青岛回来，天气总也凉爽了，十一月中无论如何总可以把这篇寿序做好的，所以在日历十一月末日的空白备忘事项中，记入了这一条要件。

　　我对于平时杭州人家的那一种做寿做亲的铺张耗费，一向是不赞成的，尤其是那一种只重仪式不重实际的恶习惯；但这一次的事情，可有点儿不同。赵母王太夫人，是映霞的外祖父王二南先生的三妹妹，今年八十，二南先生的姐妹中间，仅存而健在的，只有她老人家了；另外的一位四妹妹哩，在虽则还在，但双目失明，龙钟老熟，看过去只像是一个影子。二南先生的对于我，是如何的一位知己，我在学问上，人格上，处世上受了他多少的影响，这一盘账，恐怕就是用了二十档的算盘来算，也有点儿不大算得清楚，而这一位三姑母奶奶哩，却是他生前最亲信痛爱的一位同胞的女弟。

　　三姑母奶奶的声音相貌，丰度言谈，存心才干，简直和二南先生是一个样子（王二南先生的传，我也只作成了一半，搁起在这里），而最使我羡慕得了不得的，是她的那一种健康的福德。虽然是八十岁了，头发自然是银丝样的白，但眼睛还能不戴眼镜而在灯下读同文石印本《全唐诗》，牙齿能咬昌化小核桃，腰胸挺直，打起五千文的麻将来，竟经得起两个通宵；我年未四十，而盘牙掉尽，眼睛乱视，近来且感到了时时的腰痛，本来是不大直的背脊，现在更驼得像督脉伤了的人，这样来一比较，我想谁也要对我们的这位老寿星发生惊异的吧？一个人在这世界上唯一的所有，除了长生之外，更还有什么？就说钱吧，有了几万万，而无人或无力来用它们，那有什么意思呢？再说权势吧，名誉吧，你本身的生命若不坚固，那这些附着物将于何处去生根？我对于平常的喜庆铺张，不大赞成，大半也不去登门拜贺，而这一回却非去喝它一天酒不可的最大原因，就在这里。

三姑母奶奶的德性如何，大约另外总有人在那里之乎者也地赞颂，我可不愿意只用了些形容词或典故来做空文章。据我所晓得的说出来，却有底下的几件细事，是我所佩服的。一，我们的那位祖姑岳丈，早就去世了；迄今二十余年，三姑母奶奶非但把旧产守得好好，并且还娶媳妇，嫁女儿，周济亲族，用得很有余裕的样子；不久之后，并且孙子也就要娶孙媳妇了。二，三姑母奶奶门前的车夫，摊贩，以及那一段的乞丐们，一看见三姑母奶奶立在门口，都会得挤拢来向她去诉苦诉难，拱手作揖的，不晓得是什么缘故。三，他们家里的佣人，个个都是勤工在三十年以上的人；我们初搬来杭州，佣人还用不落的时候，向她去借了一个来用，这女佣人日日在催我们赶快雇定一个，好让她回去侍候老太太，仿佛老太太就是她自己的母亲。四，前几年我来杭州，在汪庄的琴室外遇见一位本地的老乡绅，他于一阵闲谈之后，就问起这位三姑母奶奶来，说："她老人家近来弹琴弹不弹了？杭州的女子，能把《潇湘夜雨》弹得那么幽咽的，恐怕只有她了。"这是对于古琴很有研究的那位老先生的批评。五，她老人家空下来很喜欢念诗；三年前，我自上海来看她，她留我吃饭，饭后也打了四圈牌；在打牌的杂谈声中，她念了四句诗给我听：

行年七十七，软硬都会吃，
日日游竹林，神仙中之一。

这岂不比"煮豆燃豆萁"更真而有意思么？而她自家还在客气说："我是不懂诗的，但像寒山子似的山歌，倒也会唱两句。"

她膝下还有一位老莱子鹤年娘舅，日日在那里事母教子，过他的最舒适的生活。今年已经五十多岁了，而性情的恬淡，说话的朴素，酒兴的飞扬，行事的无邪，简直还像比我年纪要轻，这真是名副其实的老莱子，当然也是三姑母奶奶的老年的福气。这一回祝寿称觞，这一回的一定要我写一篇寿序，本来也就是这一位老莱子的发起。我本想请孙鏖才先生去做一篇古文写一堂屏幅送去的，但时间已经来不及了。自己本也想学学唐荆川归熙甫的老调，或翻翻类书，做两句四六出来，使她老人家笑笑的；可是荒疏了二三十年的文言文，向班门去弄起斧来总觉得有点儿不入调。因此就匆匆写下了这一篇变相的祝寿文，想使这位看不惯白话文的老寿星，好笑得更厉害一点。当然寿对是一定要写一副的，对句是：

　　　　柔比刚坚，如来云液，
　　　　冬行春令，王母蟠桃。

　　如来的生日是在旧历的十一月十日。

祖父和灯火管制

◎冰　心

一九一一年秋，我们从山东烟台回到福州老家去。在还乡的路上，母亲和父亲一再地嘱咐我，"回到福州住在大家庭里，不能再像野孩子似的了，一切都要小心。对长辈们不能没大没小的。祖父是一家之主，尤其要尊敬……"

到了福州，在大家庭里住了下来，我觉得我在归途中的担心是多余的。祖父、伯父母、叔父母和堂姐妹兄弟，都没有把我当作野孩子，大家也都很亲昵平等，并没有什么"规矩"。我还觉得我们这个大家庭是几个小家庭的很松散的组合。每个小家庭都是各住各的，各吃各的，各自有自己的亲戚和朋友，比如说，我们就各自有自己的"外婆家"！

就在这一年，也许是第二年吧，福州有了电灯公司。我们这所大房子里也安上电灯，这在福州也是一件新鲜事，我们这班孩子跟着安装的工人们满房子跑，非常地兴奋欢喜！我记得这电灯是从房顶上吊下来的，每间屋子都有一盏，厅堂上和客室里的是五十支光，卧房里的光小一些，厨房里的就更小了。我们这所大房子里至少也有五六十盏灯，第一夜亮起来时，真是灯火辉煌，我们孩子们都拍手欢呼！

但是总电门是安在祖父的屋里的。祖父起得很早也睡得很早，每晚九点钟就上床了。他上床之前，就把电闸关上，于是整个大家庭就是黑沉沉的一片！

我们刚回老家，父母亲和他们的兄弟姊娌都有许多别情要叙，我们一班弟兄姐妹，也在一起玩得正起劲，都很少在晚九点以前睡的。为了防备这骤然的黑暗，于是每晚在九点以前，每个小家庭都在一两间屋里，点上一盏捻得很暗的煤油灯。一到九点，电灯一下子都灭了，这几盏煤油灯便都捻亮了，大家相视而笑，又都在灯下谈笑玩耍。

只有在这个时候，我才体会到我们这个大家庭是一个整体，而祖父是一家之主！

一九八二年七月二十二日

祖父死了的时候

◎萧　红

祖父总是有点变样子，他喜欢流起眼泪来，同时过去很重要的事情他也忘掉。比方过去那一些他常讲的故事，现在讲起来，讲了一半下一半他就说："我记不得了。"

某夜，他又病了一次，经过这一次病，他竟说："给你三姑写信，叫她来一趟，我不是四五年没看过她吗？"他叫我写信给我已经死去五年的姑母。

那次离家是很痛苦的。学校来了开学通知信，祖父又一天一天地变样起来。

祖父睡着的时候，我就躺在他的旁边哭，好像祖父已经离开了我死去似的，一面哭着一面抬头看他凹陷的嘴唇。我若死掉祖父，就死掉我一生最重要的一个人，好像他死了就把人间一切"爱"和"温暖"带得空空虚虚。我的心被丝线扎住或铁丝绞住了。

我联想到母亲死的时候，母亲死以后，父亲怎样打我，又娶一个新母亲来。这个母亲很客气，不打我，就是骂，也是指着桌子或椅子来骂我。客气就是越客气了，但是冷淡了，疏远了，生人一样。

"到院子去玩玩吧！"祖父说了这话之后，在我的头上撞的一下，"喂！你看这是什么？"一个黄金色的桔子落到我的手中。

夜间不敢到茅厕去，就说："妈妈同我到茅厕去趟吧。"

"我不去！"

"那我害怕呀！"

"怕什么？"

"怕什么？怕鬼怕神？"父亲也说话了，把眼睛从眼镜上面看着我。

冬天，祖父已经睡下，赤着脚，开着钮扣跟我到外面茅厕去。

学校开学，我迟到了四天。三月里，我又回家一次，正在外面叫门，里面小弟弟嚷着："姐姐回来了！姐姐回来了！"大门开时，我就远远注意着祖父住着的那间房子。果然祖父的面孔和胡子闪现在玻璃窗里。我跳着笑着跑进屋去。但不是高兴，只是心酸，祖父的脸色更惨淡更白了。等屋子里一个人没有时，他流着泪，他慌慌忙忙地一边用袖口擦着眼泪，一边抖动着嘴唇说："爷爷不行了，不知早晚……前些日子好险没跌……跌死。"

"怎么跌的？"

"就是在后屋，我想去解手，招呼人，也听不见，按电铃也没有人来，就得爬啦。还没爬到后门口，腿颤，心跳，眼前发花了一阵就倒下去。没跌断了腰……人老了，有什么用处！爷爷是 81 岁呢。"

"爷爷是 81 岁。"

"没用了，活了 81 岁还是在地上爬呢！我想你看不着爷爷了，谁知没有跌死，我又慢慢爬到炕上。"

我走的那天也是和我回来那天一样，白色的脸的轮廓闪现在玻璃窗里。

在院心我回头看着祖父的面孔，走到大门口，在大门口我仍可看见，出了大门，就被门窗遮断。

从这一次祖父就与我永远隔绝了。虽然那次和祖父告别，并没有说出一个永别的字。我回来看祖父，这回门前吹着喇叭，幡杆挑得比房头更高，马车离家很远的时候，我已看到高高的白色幡杆了，吹鼓手们的喇叭怆凉地在悲号。马车停在喇叭声中，大门前的白幡、白对联、院心的灵棚、闹嚷嚷许多人，吹鼓手们响起呜呜的哀号。

这回祖父不坐在玻璃窗里，是睡在堂屋的板床上，没有灵魂地躺在那里。我要看一看他白色的胡子，可是怎样看呢！拿开他脸上蒙着的纸吧，胡子、眼睛和嘴，都不会动了，他真的一点感觉也没有了？我从祖父的袖管里去摸他的手，手也没有感觉了。祖父这回真死去了啊！

祖父装进棺材去的那天早晨，正是后园里玫瑰花开放满树的时候。我扯着祖父的一张被角，抬向灵前去。吹鼓手在灵前吹着大喇叭。

我怕起来，我号叫起来。

"咣咣！"黑色的，半尺厚的灵柩盖子压上去。

吃饭的时候，我饮了酒，用祖父的酒杯饮的。饭后我跑到后园玫瑰树下去卧倒，园中飞着蜂子和蝴蝶，绿草的清凉气味，这都和 10 年前一样。可是 10 年前死了妈妈。妈妈死后我仍是在园中扑蝴蝶；这回祖父死去，我却饮了酒。

　　过去的10年我是和父亲打斗着生活。在这期间我觉得人是残酷的东西。父亲对我是没有好面孔的，对于仆人也是没有好面孔的，他对于祖父也是没有好面孔的。因为仆人是穷人，祖父是老人，我是个小孩子，所以我们这些完全没有保障的人就落到他的手里。后来我看到新娶来的母亲也落到他的手里，他喜欢她的时候，便同她说笑，他恼怒时便骂她，母亲渐渐也怕起父亲来。

　　母亲也不是穷人，也不是老人，也不是孩子，怎么也怕起父亲来呢？我到邻家去看看，邻家的女人也是怕男人。我到舅家去，舅母也是怕舅父。

　　我懂得的尽是些偏僻的人生，我想世间死了祖父，就没有再同情我的人了，世间死了祖父，剩下的尽是些凶残的人了。

　　我饮了酒，回想，幻想……

　　以后我必须不要家，到广大的人群中去，但我在玫瑰树下颤怵了，人群中没有我的祖父。

　　所以我哭着，整个祖父死的时候我哭着。

姑姑语录

◎张爱玲

我姑姑说话有一种清平的机智见识，我告诉她有点像周作人他们的。她照例说她不懂得这些，也不感到兴趣——因为她不喜欢文人，所以处处需要撇清。可是有一次她也这样说了："我简直一天到晚的发出冲淡之气来！"

有一天夜里非常的寒冷。急急地要往床里钻的时候，她说："视睡如归。"写下来可以成为一首小诗："冬之夜，视睡如归。"

洗头发，那一次不知怎么的头发很脏很脏了，水墨黑。她说："好像头发掉色似的。"

她有过一个年老唠叨的朋友，现在不大来往了。她说："生命太短了，费那么些时间和这样的人在一起是太可惜——可是，和她在一起，又使人觉得生命太长了。"

起初我当做她是说：因为厌烦的缘故，仿佛时间过得奇慢。后来发现她是另外一个意思：一个人老了，可以变得那么的龙钟糊涂，看了那样子，不由得觉得生命太长了。她读了苏青和我对谈的记录，（一切书报杂志，都要我押着她看的。她一来就声称"看不进去。"我的小说，因为亲戚份上，她倒是很忠实地篇篇过目，虽然嫌它大不愉快。原稿她绝对拒绝看，清样还可以将就。）关于职业妇女，她也有许多意见。她觉得一般人都把职业妇女分开作为一种特别的类型，其实不必。职业上的成败，全看一个人的为人态度，与家庭生活里没有什么不同。普通的妇女职业，都不是什么专门技术的性质，不过是在写字间里做人罢了。在家里有本领的，如同王熙凤，出来了一定是个了不起的经理人才。将来她也许要写本书关于女人就职的秘诀，譬如说开始的时候应当怎样地"有冲头"，对于自己怎样地"隐恶扬善"……然而后来她又说："不用劝我写了，我做文人是不行的。在公事房里专管打电报，养成了一种电报作风，只会一味的省字，拿起稿费来太不上算了！"

她找起事来，挑剔得非常厉害，因为："如果是个男人，必须养家活口的，有时候就没有选择的余地，怎么苦也得干，说起来是他的责任，还有个名目。像我这样没有家累的，做着个不称心的事，愁眉苦脸嫌了钱来，愁眉苦脸活下去，却是为什么呢？"

从前有一个时期她在无线电台上报告新闻，诵读社论，每天工作半小时。她感慨地说："我每天说半个钟头没意思的话，可以拿好几万的薪水，我一天到晚说着有意思的话，却拿不到一个钱。"

她批评一个胆小的人吃吃艾艾的演说："人家睡珠咳玉，他是珠玉卡住了喉咙了。""爱德华七世路"（爱多亚路）我弄错了当作是"爱德华八世路"，她说："爱德华八世还没来得及成马路呢。"她对于我们张家的人没有多少好感——对我比较好些，但也是因为我自动地粘附上来，拿我无可奈何的缘故。就这样她也常常抱怨："和你住在一起，使人变得非常唠叨（因为需要嘀嘀咕咕）而且自大（因为对方太低能）。"有一次她说到我弟弟很可怜地站在她眼前："一双大眼睛吧嗒吧嗒望着我。""吧嗒吧嗒"四个字用得真是好，表现一个无告的男孩子沉重而潮湿地目夹着眼。

她说她自己："我是文武双全，文能够写信，武能够纳鞋底。"我在香港读书的时候顶喜欢收到她的信，淑女化的蓝色字细细写在极薄的粉红拷贝纸上，（是她办公室里省下来的，用过的部分裁了去，所以一页页大小不等，读起来淅沥煞辣作脆响。）信里有一种无聊的情趣，总像是春夏的晴天。语气很平淡，可是用上许多惊叹号，几乎全用惊叹号来做标点，十年前是有那么一派的时髦文章的罢？还有，她老是写着"狠好，""狠高兴，"我同她辩驳过，她不承认她这里应当用"很"字。后来我问她："那么，'凶狠'的'狠'字，姑姑怎么写呢？"她也写作"狠"。我说："那么那一个'很'字要它做什么呢？姑姑不能否认，是有这么一个字的。"她想想，也有理。我又说："现在没有人写'狠好'了。一这样写，马上把自己归入了周瘦鹃他们那一代。"她果然从此改了。

她今年过了年之后，运气一直不怎么好。越是诸事不顺心，反倒胖了起来，她写信给一个朋友说，"近来就是闷吃闷睡闷长。……好容易决定做条裤子，前天裁了一只腿，昨天又裁了一只腿，今天早上缝了一条缝，现在想去缝第二条缝。这条裤子总有成功的一日罢？"

去年她生过病，病后久久没有复元。她带一点嘲笑，说道："又是这样的恹恹的天气，又这样的虚弱，一个人整个地象一首词了！"

　　她手里卖掉过许多珠宝，只有一块淡红的披霞，还留到现在，因为欠好的缘故。战前拿去估价，店里出她十块钱，她没有卖。每隔些时，她总把它拿出来看看，这里比比，那里比比，总想把它派点用场，结果又还是收了起来，青绿丝线穿着的一块宝石，冻疮肿到一个程度就有那样的淡紫红的半透明。襟上挂着做个装饰品罢，衬着什么底子都不好看。放在同样的颜色上，倒是不错，可是看不见，等于没有了。放在白的上，那比较出色了，可是白的也显得脏相了。还是放在黑缎子上面顶相宜——可是为那黑色衣服的本身着想，不放，又还要更好些。

　　除非把它悬空宕着，做个扇坠什么的。然而它只有一面是光滑的。反面就不中看；上头的一个洞，位置又不对，在宝石的正中。

　　姑姑叹了口气，说："看着这块披霞，使人觉得生命没有意义。"

两代人

◎贾平凹

一

爸爸，你说你年轻的时候，狂热地寻找着爱情。可是，爸爸，你知道吗？就在你对着月光，绕着桃花树一遍一遍转着圈子，就在你跑进满是野花的田野里一次一次打着滚儿，你浑身沸腾着一股热流，那就是我，我也正在寻找着你呢！

爸爸，你说你和我妈妈结婚了，你是世上最幸福的人。可是，爸爸，你知道吗？就在你新喜之夜和妈妈合吃了闹房人吊的一颗枣儿，就在你蜜月的第一个黎明，窗台上的长明烛结了灯彩儿，那枣肉里的核儿，就是我，那光焰中的芯儿，就是我。——你从此就有了抗争的对头了！

二

爸爸，你总是夸耀，说你是妈妈的保护人，而善良的妈妈把青春无私地送给了你。可是，爸爸，你知道吗？妈妈是怀了谁，才变得那么羞羞怯怯，似莲花不胜凉风的温柔；才变得绰绰雍雍，似中秋的明月丰丰盈盈？又是生了谁，才又渐渐褪去了脸上的一层粉粉的红晕，消失了一种迷迷离离的灵光水气？

爸爸，你总是自负，说你是妈妈的占有者，而贤惠的妈妈一个心眼儿关怀你。可是，爸爸，你知道吗，当妈妈怀着我的时候，你敢轻轻撞我一下吗？妈妈偷偷地一个人发笑，是对着你吗？你能叫妈妈说清你第一次出牙，是先出上牙，还是先出下牙吗？你的人生第一声哭，她听见过吗？

三

爸爸，你总是对着镜子忧愁你的头发。你明白是谁偷了你的头发里的黑吗？你总是摸着自己的脸面焦虑你的皮肉。你明白是谁偷了你脸上的红吗？爸爸，那是我，是我。在妈妈面前，咱们一直是决斗者，我是输过，你是赢过，但是，最后你是彻底地输了的。所以，你嫉妒过我，从小就对我不耐心，常常打我。

爸爸，当你身子越来越弯，像一棵曲了的柳树，你明白是谁在你的腰上装了一张弓吗？当你的痰越来越多，每每咳起来一扯一送，你明白是谁在你的喉咙里装上了风箱吗？爸爸，那是我，是我。在妈妈的面前，咱们一直是决斗者，我是输过，你是赢过，但是，最后你是彻底地输了。所以，你讨好过我，曾把我架在你的脖子上，叫我宝宝。

四

啊，爸爸，我深深地知道，没有你，就没有我，而有了我，我却是将来埋葬你的人。但是，爸爸，你不要悲伤，你不要嫉恨，你要深深地理解：孩子是当母亲的一生最得意的财产，我是属于我的妈妈的，你不是也有过属于你的妈妈的过去吗？

啊，爸爸，我深深地知道，有了我，我就要在将来埋葬了你。但是，爸爸，你不要悲伤，你不要嫉恨，你要深深地相信，你曾经埋葬过你的爸爸，你没有忘记你是他的儿子，我怎么会从此就将你忘掉了呢？

孝心无价

◎毕淑敏

我不喜欢一个苦孩子求学的故事。家庭十分困难，父亲逝去，弟妹嗷嗷待哺，可他大学毕业后，还要坚持读研究生，母亲只有去卖血……我以为那是一个自私的学子。求学的路很长，一生一世的事业，何必太在意几年蹉跎？况且这时间的分分秒秒都苦涩无比，需用母亲的鲜血灌溉！一个连母亲都无法挚爱的人，还能指望他会爱谁？把自己的利益放在至高无上位置的人，怎能成为为人类献身的大师？我也不喜欢父母重病在床，断然离去的游子，无论你有多少理由。地球离了谁都照样转动，不必将个人的力量夸大到不可思议的程度。在一位老人行将就木的时候，将他对人世间最后的期冀斩断，以绝望之心在寂寞中远行，那是对生命的大不敬。

我相信每一个赤诚忠厚的孩子，都曾在心底向父母许下"孝"的宏愿，相信来日方长，相信水到渠成，相信自己必有功成名就衣锦还乡的那一天，可以从容尽孝。

可惜人们忘了，忘了时间的残酷，忘了人生的短暂，忘了世上有永远无法报答的恩情，忘了生命本身有不堪一击的脆弱。

父母走了，带着对我们深深的挂念。父母走了，遗留给我们永无偿还的心情。你就永远无以言孝。

有一些事情，当我们年轻的时候，无法懂得。当我们懂得的时候，已不再年轻。世上有些东西可以弥补，有些东西永无弥补。

"孝"是稍纵即逝的眷恋，"孝"是无法重现的幸福。"孝"是一失足成千古恨的往事，"孝"是生命与生命交接处的链条，一旦断裂，永无连接。

赶快为你的父母尽一份孝心。也许是一处豪宅，也许是一片砖瓦。也许是大洋彼岸的一只鸿雁，也许是近在咫尺的一个口信。也许是一顶纯黑的博士帽，也许是作业簿上的一个红五分。也许是一桌山珍海味，也许是一只野果一朵小花。也许是花团锦簇的盛世华衣，也许是一双洁净的旧鞋。也许是数以万计的金钱，也许只是含着体温的一枚硬币……但"孝"的天平上，它们等值。

只是，天下的儿女们，一定要抓紧啊！趁你父母健在的光阴。

我家的亲戚

◎张小娴

　　我家的亲戚一向不多。爸爸只有一个妹妹，妈妈只有一个哥哥。祖父母和外祖父母早已蒙主宠召，我只见过我的祖母。我总共有四个表哥两个表姐三个表妹。这就是我全部的亲戚。

　　然而，关于亲戚的数目，在我和我爸爸的心目中，是不相同的。他口中好像有很多亲戚。一天，他兴高采烈地回来告诉我：

　　"我今天在街上遇到几十年没见的伯公和伯婆！改天我们去他们那里拜年！"

　　什么？伯公和伯婆？

　　一天，他又会摇着头说：

　　"你的堂姑丈刚刚去了。"

　　我甚么时候多了一个姑丈？

　　一天，他又会多了一个堂叔。

　　"他是你祖父的兄弟的儿子。"

　　所谓兄弟，根本是没血缘的。

　　一天，我妈又多了一个表舅父和姨甥。

　　"我要回乡探望他们。"她满怀期待。

　　我家真的有那么多亲戚吗？

　　终于有一天，我发现，他们总爱把亲戚和同乡混淆。时间久了，同乡就变成亲戚，同村变成兄弟。时间再久一点，亲戚的子侄又变成自己的子侄。人老了，就会有一整条村的亲戚。不像我们这一代，朋友和亲戚都愈来愈少。

爱的遗物

◎霍普·萨克斯顿

今天我收到了一个包裹，还没打开之前，我就知道那是奶奶寄来的。

两个月前，我到英格兰去跟爷爷道别。他在睡梦中辞世了，这个世界失去了一位杰出的人士，而我则失去了最要好的朋友。

我陪了奶奶两个星期。很不幸的，她现在已经成了一具行尸走肉。她的眼睛不再有神，脚步也不再轻盈。我从来也没有看过她哭。

我想要她跟我一起回家，可是她拒绝了。她的家中没有爷爷的影子，她想要呆在那里。

我要回家的前一天，奶奶问我想不想要带爷爷的什么遗物回家。她带我到他们的卧房去，然后开始在爷爷的手表、戒指与袖口链扣间挑选着。我想到爷爷生前很不喜欢盛装打扮，也不喜欢"装腔作势"，所以我就要了一样他特有的东西——他整理花园的时候所穿的毛衣。

奶奶笑了起来，她说好几年以来，她就一直劝爷爷把那件旧衣服丢掉。我很难过她并不了解我的意思，最后只好收了一对链扣。

那天晚上，我被一个声音给吵醒，我蹑手蹑脚地走到小书房去的时候，我发现一件事情——奶奶身上穿着爷爷种花时穿的那件毛衣。

第二天早晨，我心情沉重地离开。随着时间流逝，从奶奶写来的信以及她所打来的电话中，我发现她的心情已经逐渐恢复了，她撑下来了。

接着我接到她的好朋友打来的电话。她告诉我，前一天晚上奶奶在睡梦中死去了。她临终前有一个要求，她希望我不要去参加她的丧礼，因为在丧礼上，我已经没有亲人可以看了。我心情沉重地接受了她的心愿。挂断电话之前，奶奶的朋友说，奶奶交待她寄一个包裹来给我。

我泪眼朦胧地看着放在桌上的包裹，一边啜泣，一边慢慢地将包裹打开。包裹里有一些小盒子，里面放着我祖父母的珠宝，将来有一天，我会将这些东西传给我的下一代。更重要的是，我会告诉我的小孩，我的祖父母是多么棒的人。

我把盒子拿起来的时候，发现盒子底部铺着一层厚厚的布。我把手伸进去把布拿出来，结果发现祖父那件心爱的园艺手衣被整整齐齐地折放在那里。

我把毛衣拿出来，然后快速地将它穿上。在洗衣肥皂、阳光、蔬果园以及些许的烟草味之中，祖父的回忆停留不去。我微笑地回忆起，以前他总喜欢躲在车棚后面抽烟斗，因为他不想让奶奶知道。

有一天，我会建立自己的家庭以及产生有关家庭的回忆。可是我却永远也不会忘记这两个我所挚爱的人。

天堂没有轮椅

◎纯妮达·杭特

我祖父是佛教徒，地位尊崇。但每当祖父在场时，大家注意到的不是他的权位，而是他内在散发出来的能量，他明亮的绿眼闪烁着神秘的活力。他虽然话不多，在群众中仍引人注目，我想这是他内在发散出来的光辉。沉默反而使他更为突出。

而我祖母是个天主教徒，她聪颖过人且活力充沛，在她的那个时代算是个前卫的女性。我叫她"家奇"，因为我小时开口所说的第一句话是"家家"，她相信我是要叫她，因此沿用至今日，我仍叫祖母家奇。

五十年的婚姻中，祖母的生活一直是以先生为中心，同时也成为养活一家七口的经济来源，使祖父无后顾之忧，能专心他传教的工作，帮助有需要的人，接待世界各处来访的教会显要及高僧。祖父死时，祖母生命中的光亮消失，代之以深沉的忧郁，一如失去生命的重心，她便从现实世界中退缩回哀伤的领域。

这段期间，我习惯每周去看她一次，让她知道，如果她需要我，我随时都在。

时光流逝，心灵的伤口也随时间的推移而渐渐复原。几年之后，有一天我照常去看祖母，走进屋里，发现她坐在轮椅上，笑容可掬，两眼闪闪发光，对她这种明显的态度改变，我没有马上发表意见，她反倒先开口：

"你不想知道我为什么这么快乐吗？你难道一点都不好奇？"

"我当然想知道，"我道歉，"告诉我，你为什么这么快乐？什么让你改变心情？"

"昨天晚上我得到答案，我终于知道为什么上帝带走你祖父而留下我。"她轻声地说。

"为什么？"我问。

然后，她好像在告知世界上最大的秘密般，压低声音，身体向前倾，向我吐露："你祖父在世时即知美好生活的秘密，而且每天力行，后来他本人就具体实现无条件的爱，这就是为何他必须先走，而我必须留着的原因。"她若有所思地停顿一下，接着继续说，"我本来认为是惩罚的，原来是礼物。上帝让我留在人间，让我能将自己的生命转变为爱。"她接着说："昨晚我知道你无法在那边学到爱的功课，"她一边说，一边指着天空，"爱要活在地球才有用，一旦你离开了，一切都已太迟。上帝给我生命的礼物，因而我能在此时此刻身体力行爱的意义。"

自那日起，我去探望祖母时，总是充满分享和不断的惊奇，即使她的健康在衰退，她还是真的很快乐，她终于再度生活得充满活力与理想。

有一次我去看她，她兴奋地拍打轮椅的扶手说："你绝不会知道今早发生了什么事。"

我回答说我当然不知道，她继续兴致高昂地说："今天早上你叔叔对我发脾气，我连逃避都没有，我接受他的愤怒，用爱包起来，回报以喜乐！"她眼光发亮，再补充说："还很好玩吧！当然，他就不再生气了。"

日复一日，祖母一直实行她爱的功课。每次同她分享故事，使得探望她成为我心灵的探险，她的确征服了内心生情的高山，让自己历久弥新，产生出崭新而有活力的新自我。

岁月不饶人，祖母的健康状况逐渐恶化，她常常进出医院，当她九十七岁时，在感恩节后又入院，我搭电梯上楼，问值班护士："请问杭特太太在哪一间病房？"

护士马上抬眼看我，摘下眼镜说："你一定是她孙女，她在等你，而且她要我们注意看你来了没有。"她从工作台后走出来，"我带你去。"我们走过走廊，护士突然站住，看着我说："你知道吗？你祖母是个很特别的人，她像光一样照亮别人，这层楼的护士值班时都指定要去她房间，她们喜欢拿药去给她，因为大家都说她很不一样。"她顿了一下，好像觉得自己话太多，而有点不好意思。"但是，你当然早已知道。"

"她是很特别，"我想着，但有个微弱的声音却从我心里面说，"祖母已经完成了她的目标，她的时间快到了。"

圣诞节过后两天，早上我已跟祖母在一起过，晚上就在家休息，突然有个声音告诉我，"起来，到医院去，现在就去，别犹豫了，现在就去。"

我套上 T 恤和牛仔裤，跳上车，火速赶往医院，迅速停了车，奔跑进电梯，上到四楼，我一进门就看到姑姑抓着祖母的手，眼中噙着泪水。"纯，她刚走，她五分钟前才走，你是第一个来的人。"

我向祖母的床边移动，内心感到一阵晕眩，我不想相信，伸手去摸她的心跳，寂然无动静，家奇走了，祖母走了。我握住她仍然温暖的手臂，低头看这美丽而年老的身体，曾经藏有我所崇拜的女人的灵魂。祖母曾在我年幼时照顾过我，让我衣食无缺，当我父母仍年轻，仍在为生活奋斗时，她为我付学费。我怅然若失，无法相信我所敬爱的祖母，我最亲爱的家奇走了。

我记得那晚绕着她的床，抚摸她宝贵身躯的每一部分，我所感到的心痛和空虚，使我无法自持，脑中充塞着从未有过的想法，这是我熟悉的手和脚，但她在哪里？她的身体已空，她往何处去了？我内心深处想乞求个答案，前一刻有灵魂而生气蓬勃的身体，待灵魂一走，就成了僵硬无法动弹的躯壳，如果人死后仍有生命，家奇将会去哪里？

突然间有一道光芒和一股热量，祖母飘浮在她躯壳的天花板上，轮椅不见了，她在光亮中跳舞。

"纯，我没走"她大叫，"我离开身体，但我还在这里，看，天堂没有轮椅，所以我又能用双腿走路了。我现在和你祖父在一起，快乐无穷，当你往下看我虚空的身体，就会了解生命的奥秘，记住，外在的物质是生不带来，死不带去的。我无法带走身体，带走在世时所赚的钱或是我积攒的任何东西，即使是我最宝贵的财产，你曾祖母送我的结婚戒指，也一样带不走。"

家奇继续说着，光非常明亮："纯，你将会认识很多人，你必须和他们提及事实，告诉他们，人死时唯一带走的是一张爱的记录，孩子，我们的生命是以施予衡量，而非以接受多少来衡量。"然后祖母的光消失了。

床边宝贵时刻的醒悟已过去多年，但祖母的话言犹在耳，永久刻在我心中，在诸多琐碎小事上，都让我每天试着改变自己的性情。家奇曾全心全意地爱我，在她有生之年，她曾给我难以数计的礼物，不过我知道她也给了我最后及最大的礼物：她的死更新了我的生命。

外婆从天国送来的毯子

◎比尔·霍顿

有一天晚上，我从床上爬起来，蹑手蹑脚地下楼去找外婆，我那时顶多只有 7 岁。外婆喜欢熬夜看《神医马库斯·威尔比》，有时候我喜欢穿着睡衣偷偷跑下楼去，安静地站在她的椅子后面，这时她就看不到我，我就可以和她一起看电视。可是这天晚上，外婆并没有在看电视。我上楼去找她时，她也不在房间里。

"外婆？"我喊着，年幼的心惊慌地"怦怦"跳。每次当我叫外婆的时候，她总是会回答。后来我想起外婆是跟朋友去旅行了，一下子觉得安心了，可是我的眼中还是有泪水。

我飞快地跑回自己的房间，然后躲进外婆织的阿富汗式毛毯里，这条毯子就跟外婆的怀抱一样舒服而温暖。外婆明天就会回家了，我这样安慰自己。她不能不回来的。

我出生之前，罗斯外婆就跟我们住在一起了：包括我的父母，还有我哥哥格雷戈。我们住在密歇根州的荷兰市，后来当我读五年级的时候，我们就买了一栋新的大房子。妈妈必须出去工作以偿还抵押贷款。

我有很多的朋友放学回家的时候，家里都没有人，因为他们的父母都在工作。我算是比较幸运的，因为我妈妈的妈妈总是会在门口等我，她会为我准备一杯牛奶，还有一片刚出炉的厚奶油香蕉面包。

坐在餐桌旁时，我会告诉外婆，今天学校里发生了什么事情，接着我们会玩几局纸牌。外婆总是会让我赢——至少直到我自己真的有能力迎接挑战之前，她总是在让我。

跟其他的小孩一样，有时候我在学校也会遇到不愉快的事情，或是跟朋友打架。有时我极想要一辆新的自行车，可是父母却跟我说他们买不起。不管是什么理由，每当我难过的时候，外婆总会将我抱在她的怀里。外婆长得很高大，所以当她拥抱我的时候，我真的觉得很有安全感。这种感觉棒极了。

每当外婆将我拥在她的怀里，告诉我一切都会没事时，我都会相信她所说的话。

可是，我17岁那年，事情却不妙了。外婆的心脏病发作，医生说她可能永远也不会好，所以不能回家了。

从前有无数个夜晚，我听着外婆在隔壁房间低声祷告的声音，她不断地向上帝提到我的名字，我就在她的祷告声中睡去。那天晚上轮到我自己跟上帝说话了，我告诉他，我非常爱外婆，乞求他不要将外婆从我的身边带走。"你可不可以等到我不再需要她的时候，再将她带走？"我出于年轻人的自私心理这么问，仿佛真的有一天我会不再需要外婆似的。

几个星期后，外婆就去世了。那天晚上，还有接下来的好几个晚上，我都在哭泣中睡去。

有一天早上，我小心地把外婆织的阿富汗毯折起来拿给妈妈，我哭哭啼啼地跟她说："这条毯子让我觉得自己跟外婆很亲近，可是我又不能跟她说话，也不能拥抱她，这让我受不了。"妈妈把毯子收起来妥善保管，直到今天，这条毯子还是我最珍贵的物品之一。

我非常想念外婆。我想念她愉快的笑声，还有她充满智慧的温和话语。虽然我高中毕业的时候，她没能和我一同庆祝，我和卡拉结婚的时候，她也不在场。可是后来发生了一件事，让我知道外婆从来也没有离开过我，她默默地在看守着我。

卡拉和我搬到阿肯色州的巴黎市后的几个星期，我们便得知卡拉已经怀孕了。不过她的怀孕情况很不理想，带有严重的并发症。我们花了许多时间呆在医院里，结果卡拉生产前的几个星期，我就被炒鱿鱼了。

卡拉快要生产的时候并发了毒血症，我们的儿子要出生的那一天，医生不让我进产房，因为他们担心卡拉和小孩都有生命危险。

我在候诊室里来回地走着，小孩的生命迹象骤然下降，而卡拉的血压迅速升高，我不断地祈祷着。我的父母正在南下密歇根州的路上，可是他们还没有到，我从来不曾感到如此无助与孤单。

忽然，我感觉到外婆将我拥在她的怀里。"一切都会没事的。"我几乎可以听到她这么说。可是外婆来也匆匆，去也匆匆。

与此同时，在隔壁的房间里，医生完成了他们的急救步骤。我们的儿子出生之后，他的心跳愈来愈强，也愈来愈稳定。几分钟之后，卡拉的血压开始下降，她很快地也脱险了。

"外婆，谢谢你。"我一面低声说，一面凝视着育儿室里那个漂亮的新生儿，我们把他取名为克里斯汀。"我真希望你可以在这里，把你所给我的爱与智慧也分一半给我的儿子。"

两个星期后的一个下午，我和卡拉在家跟克里斯汀玩的时候，有人敲门。一个送货员拿着一个包裹——是给克里斯汀的礼物。

盒子上面写着是要"给一个很特别的孙子"。包裹内是一条很漂亮的手织婴儿毯，还有一双婴儿鞋。读了卡片之后，我的眼里充满了泪水。

"我知道当你出生的时候，我已经不在人世间了。我拜托别人为你织了这条毯子。鞋子则是我出发到天国去旅行前所做的。"卡片署名："曾外婆"。

外婆临终前的眼力变得非常不好，她请我的阿姨珍妮特帮忙织了那条毯子。可是她却努力地独自做好那双鞋子，这是她在死前的短短几个星期里完成的。

心中有爱

◎卡 特

1921，路易斯·劳斯（Lewis Lawes）出任星星监狱的典狱长，那是当时最难管理的监狱。可是二十年后劳斯退休时，该监狱却成为一所提倡人道主义的机构。研究报告将功劳归于劳斯，当他被问及该监狱改观的原因时，他说："这都由于我已去世的妻子——凯瑟琳，她就埋葬在监狱外面。"

凯瑟琳是三个孩子的母亲。劳斯成为典狱长时，当年，每个人都警告她千万不可踏进监狱，但这些话拦不住凯瑟琳！第一次举办监狱篮球赛时，她带着三个可爱的孩子走进体育馆，与服刑人员坐在一起。

她的态度是："我要与丈夫一道关照这些人，我相信他们也会关照我，我不必担心什么！"

一名被定有谋杀罪的犯人瞎了双眼，凯瑟琳知道仍但前去看望。

她握住他的手问："你学过点字阅读法吗？"

"什么是'点字阅读法'？"他问。

于是她教他阅读。多年以后，这个人每逢想起她的爱心还会流泪。

凯瑟琳在狱中遇到一个聋哑人，结果她自己到学校去学习手语。许多人说她是耶稣的化身。1921 年至 1937 年之间，她经常造访星星监狱。

后来，她在一桩交通意外事故中逝世。第二天，劳斯没有上班，代理典狱长代他的工作。消息似乎立刻传遍了监狱，大家都知道出事了。

接下来的一天，她的遗体被放在棺材里运回家，她家距离监狱四分之三里路，代理典狱长早晨散步时惊愕发现，一大群最凶悍、看来最冷酷的囚犯，竟如同牲口般齐集在监狱大门口。他走近去看，见有些人脸上竟带着悲哀和难过的眼泪。他知道这些人极爱凯瑟琳，于是转身对他们说："好了，各位，你们可以去，只要今晚记得回来报到！"然后他打开监狱大门，让一大队囚犯走出去，在没有守卫的情形之下，走四分之三里路去看凯瑟琳最后一面。结果，当晚每一位囚狱都回来报到。

无一例外。

爱是生命唯一充实的活动

◎托尔斯泰

除了把自己的整个心灵献给自己的朋友之外，不会有另外一种爱。只有在其本身就是一种牺牲时爱才能是爱。只有当一个人向别人献出了不仅仅是自己的时间、自己的力量，而且是为了所爱的对象失掉了自己的肉体、献出了自己的全部生命时，我们大家才能承认它是爱。只有这样，我们才从这个爱中找到幸福，找到爱的奖赏。只是因为人类有了这种爱，世界才能存在。母亲哺育孩子，直接把自己，把自己的身体供给孩子吃，没有这种献身，孩子就不能活，这就是爱。那些为了别人的幸福在工作中损伤自己的肉体并不断使自己身体走向死亡的任何一个工人，同样也是在把自己，把自己的身体供给别人做食品。只有对于那种在自我牺牲的可能性和他所爱的生命之间不存在任何障碍的人，这种爱才是可能的。把自己的孩子交给奶妈的母亲，这不是爱孩子的表现。夺得金钱，并保住金钱的人也不存在真正的爱。

谁要是说他在光明之中还憎恨着自己的兄弟，那么这个人还是在黑暗之中。谁要是爱着自己的兄弟，那么他就会长留在光明之中，在他身上就没有诱惑。而一个人要是憎恨自己的兄弟，那他就会永处黑暗之中，他行走在黑暗之中，不知向何处去，因为黑暗弄瞎了他的眼睛……我们将要用事实和真情去爱，而不是用词汇和语言，这就是我们为什么知道我们会由于真情而使我们的心灵得到安静的原因。我们是可以获得达到了这么完善程度的爱的，就是到了最后审判日，我们也充满了勇气，因为我们在这个世界的行为是经得起审判的。爱是没有恐惧的，而且完善的爱可以驱赶恐惧，因为恐惧中有痛苦。害怕的人在爱方面是不完善的。

只有这样的爱，才能给人以真正的生命。

"用你的全部心灵，用你的全部灵魂，用你的全部理智去爱你的上帝吧。这就是第一的、最大的圣训。"

与此相似的第二条圣训是："爱你的邻人，就像爱你自己。"懂得法律的人这样回答基督。耶稣说："你回答得对，就这样做吧，爱你的上帝和邻人吧，那么你就会永生。"

真正的爱就是生命本身。"我们知道我们在从死转向生，因为我们爱我们的兄弟。"基督向教徒们说，"不爱兄弟的人永远是死。谁在爱，谁就有生命。"

按基督教义，爱就是生命本身。但是这个生命不是没有理智的、充满痛苦的、必将死亡的生命，而是幸福无限的生命。我们所有的人早都知道这一点。爱不是理智的结论，不是某种活动的结果，而是生命的愉快活动本身，它就在我们身边，我们大家从最初的可以回忆起来的童年开始都知道这一点，一直到世界上的虚伪学说搞乱了我们的心灵，夺去了我们体验它的可能性。

爱不是对能增加人的肉体的短暂幸福的东西的偏爱，例如不是对挑选出来的某些人和事物的爱，而是对人之外的幸福的追求，它在人抛弃了动物性躯体的幸福之后仍留在人的心间。

活着的人中间有谁没有体会过这种幸福的感情呢？至少总会有一次，尤其是在最初的童年，当心灵还没有被虚伪搅混，生命还没有被虚伪淹没的时候。在这种感情中人就想去爱一切人：父亲、母亲、兄弟、凶恶的人、敌人，甚至狗、马、小草。人就只有一个愿望——让所有人生活得好，让所有人幸福。而且他还更想亲自去做。为了让所有人永远生活得幸福愉快，他愿自己献出自己，这就是爱，也只有这才是爱，人的生命就在于此。

这种生命在于其中的爱，出现在人的心灵里，就像一株不显眼的嫩芽出现在与其相似的一大堆杂草中一样。人们正是把人的各种性欲的杂草叫做爱。最初，人们会觉得这个细芽将来可以成为大树，树上将会落满小鸟，同所有别的芽苗完全一样。人们甚至还会更加偏爱那些长得快一点的杂草的芽苗，却让生命的唯一细芽枯死了。然而，更经常发生的是更坏的情形：人们听到在这一片芽苗之中有一棵真正的最有生命力的叫做爱的细芽后，于是便踩死它，开始培育另外的杂苗，并称杂芽苗为爱。还有比这更糟的：人们用粗鲁的手拔起这棵真正的细芽，高喊："噢，它在这儿！我们找到它了，我们现在知道它了，我们要使它长大。爱！爱！多么高尚的情感，瞧，它就在这里！"于是人们便栽种它，改良它，占有它，揉搓它，以至于细芽还没有长到开花时就死掉了。于是便有人说：所有这些都是胡扯、荒诞，都是无聊的感伤。

爱的嫩芽，在刚刚出现时是细弱的，是经不起摸碰的，只有长起来的时候，它才强大无比。上面说的那些人所做的一切只能使它遭殃。爱的细芽所需要的只有一个，那就是不能挡住理智之阳光对它的照射，理智的阳光是唯一使它成长的东西。

老　人

◎屠格涅夫

黑暗、沉重的日子来到了……

你自己的疾病，亲人们的苦痛，老年的凄凉和悲哀……你所钟爱过的一切，你曾献身过的一切都一去不复返了，都消失和毁灭了。你走的是一条下坡路。

怎么办呢？悲伤？哀悼？你这样做对你自己，对别人都无所帮助。

在弯曲的正在枯萎的树上，叶子零落、稀疏了，但它还是一样翠绿。

那么，你感到憋闷时请追溯往事，回到自己的记忆中去吧。在那儿，深深地，深深地，在百感交集的心灵深处，你往日可以理解的生活会重现在你的眼前，为你闪耀着光辉，发出自己的芬芳，依然饱孕着新绿和春天的明媚与力量。

但你得小心……可不要朝前看啊，可怜的老人！

终点站

◎罗勃特·海斯丁

　　有好多美丽的田园风光深藏在我们的潜意识里，我们仿佛看到自己在一片广阔陆地上，坐着火车长途旅行。而窗外，那些令我们陶醉的过往感觉，像是高速公路上的汽车、小孩在十字路口上玩耍、牛羊在远方山丘上吃草、大树顶端呈放射状的山岚、一排排玉米和麦田组成的波浪、平原和山谷、山脉和连绵不断的山丘、城市的天空以及乡村的剪影。

　　但是在我们脑海里几乎都有个终点站。在某一天的某个时候，我们都会到达那里，那里会有乐队演奏音乐，旗帜飘扬；而当我们到达时，许多美梦都将成真，而我们破碎的生活将会像拼图一样被完整拼合。为什么总是有一步之遥呢？那些闲逛的时间里，我们都在做什么呢？——等待，等待，等待到达终点站。

　　我们哭着说："只要当我们到达终点站时，就可以了"、"等我十八岁时"、"等我买一台新的奔驰 450SL 时"、"等我把最小的小孩送上大学时"、"等我还了所有恩情时"、"等我得到晋升时"、"等我到达退休的年龄时"……"我应该会活得愈来愈好"。

　　不论如何，我们必须了解到，根本没有所谓的终点站，终究没有一个人可以到达终点的。人生的最大乐趣是在旅程中。终点站只是一个梦想而已，它一直和我们有一段距离。

　　"把握现在"是一个很好的座右铭，尤其和诗篇——八篇二十四节结合时，"这是耶和华所定的日子，我们在其中要高兴欢喜！"令人疯狂的艰难问题并不是只存在于今天。而是有太多对昨日的后悔以及对明日的畏惧。后悔和害怕是掠夺今日的两个小偷。

　　所以，不要再永远和梦想保持着一步之遥，或只停留在那里计算里程。而是要去爬更多的山，吃更多的冰激凌，常常赤足走路，游过更多的河，看更多的夕阳，笑得更多，哭得更少，生活将因我们的持续而更加生动，真实的终点站将会来到。

蚂蚁人生

◎威尔伦

布奇是位鳏夫，今年已九十岁了。不过，看样子他至少还能活二十个年头。

布奇从来不谈论自己的长寿之道。其实这也没有什么奇怪的，他平时就是个寡言少语的人嘛！

布奇虽然不爱说话，却很乐于帮助别人。因此他结识了不少莫逆之交。据他的朋友透露，他母亲生他时难产死了；他五岁那年，他家乡发生水灾，大水一直漫过房顶。他坐在一块木板上，他的父亲和几个哥哥扶着木板在水里游着。在那个生命之舟上，他眼睁睁地看着巨浪把自己的几个哥哥一个个地卷走。当他看到陆地的时候，父亲也身心俱竭，随水而走。他是全家唯一的幸存者。经此磨难，他活泼的眼神变得呆滞了，他的眼前似乎总是弥漫着一片茫茫大水。

布奇长大成人，结了婚，美丽的妻子为他生了五个可爱的孩子——三个男孩与两个女孩。他渐渐忘记了过去的痛苦，刻板的脸又有了微笑。天有不测风云，人有旦夕祸福。他们全家出去郊游，布奇雇了一辆汽车，可是汽车不够宽敞，他只好骑着自行车兴致勃勃地跟在后面。这时车祸发生了。布奇又成了孤身一人。那一瞬间，他的眼神又变得像木头一样呆滞了。

此后，布奇再也没结过婚。他当过兵，出过海。他没日没夜地跟苦难的朋友们呆在一起，倾尽全力帮别人的忙。布奇也经历了各种各样的惊涛骇浪，然而，死神逼近的时候，总是拥抱别的灵魂，好像他有主的护身符一样。

不知什么时候，九十岁的布奇已站在我们身后，他苍凉的声音像远古时期的洪流冲击着每一个人：

"在离我十米远近的水面上，一窝蚂蚁抱成足球那么大的一团漂浮着。每一秒钟都有蚂蚁被洪水冲出这个球。当这窝蚂蚁跟五岁的我一起登上陆地时，它们竟还有网球那般大小。"

第三部分

儿女情长

上海的少女

◎鲁　迅

在上海生活，穿时髦衣服的比土气的便宜。如果一身旧衣服，公共电车的车掌会不照你的话停车，公园看守会格外认真地检查入门券，大宅子或大客寓的门丁会不许你走正门。所以，有些人宁可居斗室，喂臭虫，一条洋服裤子却每晚必须压在枕头下，使两面裤腿上的折痕天天有棱角。

然而更便宜的是时髦女人。在商店里最看得出；挑选不完，决断不下，店员也还是很能忍耐的。不过时间太长，就须有一种必要的条件，是带着一点风骚，能受几句调笑。否则，也会终于引出普通的白眼来。

惯在上海生活了的女性，早已分明地自觉得这种自己所具的光荣，同时也明白着这种光荣中所含的危险。所以凡有时髦女子所表现的神气，是在招摇，也在固守，在罗致，也在抵御，像一切异性的亲人，也像一切异性的敌人，她在喜欢，也在恼怒。这神气也传染了未成年少女，我们有时会看见她们在店铺里购买东西，东西暗，侧着头，佯嗔薄怒，如临大敌。自然，店员们是能像对于成年的女性一样加以调笑的，而她也早明白这样调笑的意义。总之：她们大抵早熟了。

然而我们在日报上，确也常常看见诱拐女孩，甚至于凌辱少女的新闻。

不但《西游记》里的魔王，吃人的时候必须童男和童女而已，在人类中的富户豪家，也一向以童女为侍奉，纵欲，鸣高，寻仙，采补的材料，恰如食品的餍食了普通的肥甘，就想乳猪芽茶一尝。现在这现象并且已经见于商人和工人里面了，但这乃人们的生活不能顺遂的结果，应该以饥民的掘食草根树皮为比例，和富户豪家的纵恣的变态是不可同日而语的。

但是，要而言之，中国是连少女也进了险境了。

这险境，要使她们早熟起来，精神已成人，肢体却还是孩子。俄国的作家梭罗古勃曾经写过这一种类型的少女，说还是小孩子，而眼睛却已经长大了。然而我们中国的作家是有另一种称赞的写法的：所谓"娇小玲珑"者就是。

上海的儿童

◎鲁　迅

上海越界筑路的北四川路一带，因为打仗，去年冷落了大半年，今年依然热闹了，店铺从法租界搬回，电影院早经开始，公园左近也常见携手同行的爱侣，这是去年夏天没有的。

倘若走进住家的弄堂里去，就看见便溺器，吃食担，苍蝇成群的在飞，孩子成队的在闹，有剧烈的捣乱，有发达的骂詈，真是一个乱烘烘的小世界。但一到大路，映进眼帘来的却只是轩昂活泼地玩着走着的外国孩子，中国的儿童几乎看不见。但也并非没有，只因为衣裤郎当，精神萎靡，被别人压得像影子一样，不能醒目了。

中国中流的家庭，教孩子大抵有两种法。其一，是任其跋扈，一点也不管，骂人固可，打人亦无不可，在门内或门前是暴主，是霸王，但到外面，便如失了网的蜘蛛一般，立刻毫无能力。其二则终日给以冷遇或呵斥，甚而至于打扑，使他畏葸退缩，仿佛一个奴才，一个傀儡，然而父母却美其名曰"听话"，自以为是教育的成功，待到放人到外面来，则如暂出樊笼的小禽，他决不会飞鸣，也不会跳跃。

现在总算中国也有印给儿童看的画本了，其中的主角自然是儿童，然而画中人物，大抵倘不是带着横暴冥顽的气味，甚至于流氓的模样的，过度的恶作剧的顽童，就是钩头耸背，低眉顺眼，一副死板板的脸相的所谓"好孩子"。这虽然由于画家要领的欠缺，但也是取儿童为范本的，而从此又以作供给儿童的仿效的范本。我们试一看别国的儿童画罢，英国沉着，德国粗豪，俄国雄厚，法国漂亮，日本聪明，都没有一点中国似衰惫的气象。观民风是不但可以由诗文，也可以由图画，而且可以由不为人们所重的儿童画的。

顽劣，钝带，都足以使人没落，灭亡。童年的情形，便是将来的命运。我们的新人物，讲恋爱，讲小家庭，讲自立，讲享乐了，但很少有人为儿女提出家庭教育的问题，学校教育的问题，社会改革的问题。先前的人，只知道"为儿孙作马牛"，固然是错误的，但只顾现在，不想将来，"任儿孙作马牛"，却不能不说是一个更大的错误。

我的童年

◎许地山

　　小时候的事情是很值得自己回想底。父母底爱固然是一件永远不能再得底宝贝，但自己的幼年的幻想与情绪也像孤云随着旭日升起以后，飞到天顶，便渐次地消失了。现在所留底不过是强烈的后象，以相反的色调在心头映射着。

　　出世后几年间是无知的时期，所能记底只是从家长们听得关于自己底零碎事情，虽然没什么趣味，却不妨记记实；在公元一八九三年二月十四日，正当光绪十九年十二月二十八底上午丑时，我生于台湾台南府城延平郡王祠边的窥园里。这园是我祖父置底。出门不远，有一座马伏波祠，本地人称马公庙，称我们的家为马公庙许厝。我的乳母求官是一个佃户的妻子，她很小心地照顾我。据母亲说，她老不肯放我下地，一直到我会在桌子上走两步底时候，她才惊讶地嚷出来："丑官会走了！"叔丑是我底小名，因为我是丑时生底。母亲姓吴，兄弟们都叫她"姬"，是我们几个弟兄跟着大哥这样叫底，乡人称母亲为"阿姐"，"阿姨"，"乃娘"，却没有称"姬"底，家里叔伯兄弟们呼称他们底母亲也不是这样，所以"姬"是我们兄弟对母亲所用底专名。

　　姬生我底时候是三十多岁，她说我小的时候，皮肤白得像那蜕皮的螳螂一般。这也许不是赞我，或者是由乳母不让我出外晒太阳的缘故。老家底光景，我一点印象也没有。在我还不到一周年底时候，中日战争便打起来了。台湾底割让，迫着我全家在一八九六年□日（原文空掉日子）离开乡里。姬在我幼年时常对我说当时出走底情形，我现在只记得几件有点意思底，一件是她在要安平上船以前，到关帝庙去求签，问问台湾要几时才归中国，签诗回答她底大意说，中国是像一株枯杨。要等到它底根上再发新芽底时候才有希望，深信着台湾若不归还中国，她定是不能再见到家门底。但她永远不了解枯树上发新芽是指什么，这谜到她去世时还在猜着。她自逃出来以后就没有回去过。第二件可纪念底事，是她在猪圈里养了一只"天公猪"，临出门底时候，她到栏外去看它，流着泪对它说："公猪，你没有福分上天公坛了，再见吧。"那猪也像流着泪，用那断藕般底鼻子嗅她底手，低声呜呜地叫着。台湾底风俗生到十三四岁底年纪，家人必得为他抱一只小公猪来养着，等到十六岁上元日，把它宰祭上帝。所以管它叫"天公猪"，公猪由主妇亲自豢养底，三四年之中，不能叫它生气、吃惊、害病等。食料得用好的，绝不能把污秽的东西给它吃，也不能放它出去游荡像平常的猪一般。更不能容它与母猪在一起。换句话，它是一只预备做牺牲的圣畜。我们家那只公猪是为大哥养的。他那年已过了十三岁。她每天亲自养它，已经快到一年了。公猪看见她到栏外格外显得亲切的情谊。她说的话，也许它能理会几天。我们到汕头三个月以后，得着看家的来信，说那公猪自从她去后，就不大肯吃东西，渐渐地瘦了，不到半年公猪竟然死了。她到十年以后还在想念着它。她叹息公猪没福分上天坛，大哥没福分用自养底圣畜。故乡底风俗男子生后三日剃胎发，必在囟门上留一撮，名叫"囟鬃"。长了许剪不许剃，必得到了十六岁的上元日设坛散礼玉皇上帝及天宫，在神前剃下来。用红线包起，放在香炉前和公猪一起供着，这是古代冠礼底遗意。

还有一件是妪养的一双绒毛鸡。广东叫做竹丝鸡，很能下蛋。他打了一双金耳环带在它底碧底色的小耳朵上。临出门的时候，她叫看家的好好地保护它。到了汕头之后，又听见家里出来底人说，父亲常骑的那匹马被日本人牵去了。日本人把它上了铁蹄。它受不了，不久也死了。父亲没与我们同走。他带着国防兵在山里，刘永福又要他去守安平。那时民主国底大势已去，在台南底刘永福，也没有什么办法，只好预备走。但他又不许人多带金银，在城门口有他底兵搜查"走反"的人民。乡人对于任何变化都叫做"反"，反朱一贯，反戴万生，反法兰西，都曾大规模逃走到别处去。乙未年底"走日本反"恐怕是最大的"走"了。妪说我们出城时也受过严密的检查。因为走得太仓卒，现银预备不出来。所带底只十几条纹银，那还是到大姑母底金铺现兑底。全家人到城门口，已是拥挤得很。当日出城底有大伯父一支五口，四婶一支四口，妪和我们姊弟六口，一共二十多人。先坐牛车到南门外自己的田里过一宿，第二天才出安平乘竹筏上轮船到汕头去。妪说我当时只穿着一套夏布衣服；家里底人穿底都是夏天衣服，所以一到汕头不久，很费了事为大家做衣服。我到现在还仿佛地记忆着我是被人抱着在街上走，看见满街上人拥挤得很，这是我最初印在脑子里底经验。自然当时不知道是什么，依通常计算虽叫做三岁，其实只有十八个月左右。一切都是很模糊的。

我家原是从揭阳移居于台湾底。因为年代远久，族谱里底世系对不上，一时不能归宗。爹底行止还没一定，所以暂时寄住在本家底祠堂里。主人是许子荣先生与子明先生二位昆季，我们称呼子荣为太公，子明为三爷。他们二位是爹底早年盟兄弟。祠堂在桃都底的围村，地方很宏敞。我们一家都住得很舒适。太公的二少爷是个秀才，我们称为杞南兄，大少爷在广州经商，我们称他做梅坡哥。祠堂底右边是杞南兄住着，我们住在左边的一段。妪与我们几兄弟住在一间房。对面是四婶和她底子女住。隔一个天井，是大伯父一家住。大哥与伯父儿子们辛哥住伯父底对面房。当中各隔一间厅。大伯底姨太清姨和逊姨住左厢房，杨表哥住外厢房，其余乳母工人都在厅上打铺睡。这样算是在一个小小的地方安顿了一家子。

祠堂前头有一条溪，溪边有蔗园一大区，我们几个小弟兄常常跑到蔗园里去捉迷藏；可是大人们怕里头有蛇，常常不许我们去。离蔗园不远的地方还有一区果园，我还记得柚子树很多。到开花底时候，一阵阵清香教人闻到觉得非常愉快；这气味好像在现在还有留着。那也许是我第一次自觉在树林里邀游。在花香蜂闹底树下，在地上玩泥土，玩了大半天才被人叫回家去。

妪是不喜欢我们到祠堂外去底，她不许我们到水边玩，怕掉在水里；不许到果园里去，怕糟蹋人家底花果；又不许到蔗园去，怕被蛇咬了。离祠堂不远通到村市底那道桥，非有人领着，是绝对不许去底，若犯了她底命令，除掉打一顿之外，就得受缔佛的刑罚。缔佛是从乡人迎神赛会时把偶像缔结在神舆上以防倾倒底意义得来底，我与叔庚被缔底时候次数最多，几乎没有一天不"缔"整个下午。

儿 女

◎朱自清

　　我现在已是五个儿女的父亲了。想起圣陶喜欢用的"蜗牛背了壳"的比喻，便觉得不自在。新近一位亲戚嘲笑我说，"要剥层皮呢！"更有些悚然了。十年前刚结婚的时候，在胡适之先生的《藏晖室札记》里，见过一条，说世界上有许多伟大的人物是不结婚的；文中并引培根的话，"有妻子者，其命定矣。"当时确吃了一惊，仿佛梦醒一般；但是家里已是不由分说给娶了媳妇，又有甚么可说？现在是一个媳妇，跟着来了五个孩子；两个肩头上，加上这么重一副担子，真不知怎样走才好。"命定"是不用说了；从孩子们那一面说，他们该怎样长大，也正是可以忧虑的事。我是个彻头彻尾自私的人，做丈夫已是勉强，做父亲更是不成。自然，"子孙崇拜"，"儿童本位"的哲理或伦理，我也有些知道；既做着父亲，闭了眼抹杀孩子们的权利，知道是不行的。可惜这只是理论，实际上我是仍旧按照古老的传统，在野蛮地对付着，和普通的父亲一样。近来差不多是中年的人了，才渐渐觉得自己的残酷；想着孩子们受过的体罚和叱责，始终不能辩解——像抚摩着旧创痕那样，我的心酸溜溜的。有一回，读了有岛武郎《与幼小者》的译文，对了那种伟大的，沉挚的态度，我竟流下泪来了。去年父亲来信，问起阿九，那时阿九还在白马湖呢；信上说，"我没有耽误你，你也不要耽误他才好。"我为这句话哭了一场；我为什么不像父亲的仁慈？我不该忘记，父亲怎样待我们来着！人性许真是二元的，我是这样地矛盾；我的心像钟摆似的来去。

　　你读过鲁迅先生的《幸福的家庭》么？我的便是那一类的"幸福的家庭"！每天午饭和晚饭，就如两次潮水一般。先是孩子们你来他去地在厨房与饭间里查看，一面催我或妻发"开饭"的命令。急促繁碎的脚步，夹着笑和嚷，一阵阵袭来，直到命令发出为止。他们一递一个地跑着喊着，将命令传给厨房里佣人；便立刻抢着回来搬凳子。于是这个说，"我坐这儿！"那个说，"大哥不让我！"大哥却说，"小妹打我！"我给他们调解，说好话。但是他们有时候很固执，我有时候也不耐烦，这便用着叱责了；叱责还不行，不由自主地，我的沉重的手掌便到他们身上了。于是哭的哭，坐的坐，局面才算定了。接着可又你要大碗，他要小碗，你说红筷子好，他说黑筷子好；这个要干饭，那个要稀饭，要茶要汤，要鱼要肉，要豆腐，要萝卜；你说他菜多，他说你菜好。妻是照例安慰着他们，但这显然是太迂缓了。我是个暴躁的人，怎么等得及？不用说，用老法子将他们立刻征服了；虽然有哭的，不久也就抹着泪捧起碗了。吃完了，纷纷爬下凳子，桌上是饭粒呀，汤汁呀，骨头呀，渣滓呀，加上纵横的筷子，欹斜的匙子，就如一块花花绿绿的地图模型。吃饭而外，他们的大事便是游戏。游戏时，大的有大主意，小的有小主意，各自坚持不下，于是争执起来；或者大的欺负了小的，或者小的竟欺负了大的，被欺负的哭着嚷着，到我或妻的面前诉苦；我大抵仍旧要用老法子来判断的，但不理的时候也有。最为难的，是争夺玩具的时候：这一个的与那一个的是同样的东西，却偏要那一个的；而那一个便偏不答应。在这种情形之下，不论如何，终于是非哭了不可的。这些事件自然不至于天天全有，但大致总有好些起。我若坐在家里看书或写什么东西，管保一点钟里要分几回心，或站起来一两次的。若是雨天或礼拜日，孩子们在家的多，那么，摊开书竟看不下一行，提起笔也写不出一个字的事，也有过的。我常和妻说，"我们家真是成日的千军万马呀！"有时是不但"成日"，连夜里也有兵马在进行着，在有吃乳或生病的孩子的时候！

　　我结婚那一年，才十九岁。二十一岁，有了阿九；二十三岁，又有了阿菜。那时我正像一匹野马，那能容忍这些累赘的鞍鞯，辔头，和缰绳？摆脱也知是不行的，但不自觉地时时在摆脱着。现在回想起来，那些日子，真苦了这两个孩子；真是难以宽有的种种暴行呢！阿九才两岁半的样子，我们住在杭州的学校里。不知怎地，这孩子特别爱哭，又特别怕生人。一不见了母亲，或来了客，就哇哇地哭起来了。学校里住着许多人，我不能让他扰着他们，而客人也总是常有的；我懊恼极了，有一回，特地骗出了妻，关了门，将他按在地下打了一顿。这件事，妻到现在说起来，还觉得有些不忍；她说我的手太辣了，到底还是两岁半的孩子！我近年常想着那时的光景，也觉黯然。阿菜在台州，那是更小了；才过了周岁，还不大会走路。也是为了缠着母亲的缘故吧，我将她紧紧地按在墙角里，直哭喊了三四分钟；因此生了好几天病。妻说，那时真寒心呢！但我的苦痛也是真的。我曾给圣陶写信，说孩子们的磨折，实在无法奈何；有时竟觉着还是自杀的好。这虽是气愤的话，但这样的心情，确也有过的。后来孩子是多起来了，磨折也磨折得久了，少年的锋棱渐渐地钝起来了；加以增长的年岁增长了理性的裁制力，我能够忍耐了——觉得从前真是一个"不成材的父亲"，如我给另一个朋友信里所说。但我的孩子们在幼小时，确比别人的特别不安静，我至今还觉如此。我想这大约还是由于我们抚育不得法；从前只一味地责备孩子，让他们代我们负起责任，却未免是可耻的残酷了！

正面意义的"幸福"，其实也未尝没有。正如谁所说，小的总是可爱，孩子们的小模样，小心眼儿，确有些教人舍不得的。阿毛现在五个月了，你用手指去拨弄她的下巴，或向她做趣脸，她便会张开没牙的嘴格格地笑，笑得像一朵正开的花。她不愿在屋里待着；待久了，便大声儿嚷。妻常说，"姑娘又要出去溜达了。"她说她像鸟儿般，每天总得到外面溜一些时候。闰儿上个月刚过了三岁，笨得很，话还没有学好呢。他只能说三四个字的短语或句子，文法错误，发音模糊，又得费气力说出；我们老是要笑他的。他说"好"字，总变成"小"字；问他"好不好？"他便说"小"，或"不小"。我们常常逗着他说这个字玩儿；他似乎有些觉得，近来偶然也能说出正确的"好"字了——特别在我们故意说成"小"字的时候。他有一只搪瓷碗，是一毛来钱买的；买来时，老妈子教给他，"这是一毛钱。"他便记住"一毛"两个字，管那只碗叫"一毛"，有时竟省称为"毛"。这在新来的老妈子，是必需翻译了才懂的。他不好意思，或见着生客时，便咧着嘴痴笑；我们常用了土话，叫他做"呆瓜"。他是个小胖子，短短的腿，走起路来，蹒跚可笑；若快走或跑，便更"好看"了。他有时学我，将两手叠在背后，一摇一摆的；那时他自己和我们都要乐的。他的大姊便是阿菜，已是七岁多了，在小学校里念着书。在饭桌上，一定得罗罗唆唆地报告些同学或他们父母的事情；气喘喘地说着，不管你爱听不爱听。说完了总问我："爸爸认识么？""爸爸知道么？"妻常禁止她吃饭时说话，所以她总是问我。她的问题真多：看电影便问电影里的是不是人？是不是真人？怎么不说话？看照相也是一样。不知谁告诉她，兵是要打人的。她回来便问，兵是人么？为什么打人？近来大约听了先生的话，回来又问张作霖的兵是帮谁的？蒋介石的兵是不是帮我们的？诸如此类的问题，每天短不了，常常闹得我不知怎样答才行。她和闰儿在一处玩儿，一大一小，不很合式，老是吵着哭着。但合式的时候也有：譬如这个往床底下躲，那个便钻进去追着；这个钻出来，那个也跟着——从这个床到那个床，只听见笑着，嚷着，喘着，真如妻所说，像小狗似的。现在在京的，便只有这三个孩子；阿九和转儿是去年北来时，让母亲暂时带回扬州去了。

阿九是欢喜书的孩子。他爱看《水浒》，《西游记》，《三侠五义》，《小朋友》等；没有事便捧着书坐着或躺着看。只不欢喜《红楼梦》，说是没有味儿。是的，《红楼梦》的味儿，一个十岁的孩子，那里能领略呢？去年我们事实上只能带两个孩子来；因为他大些，而转儿是一直跟着祖母的，便在上海将他俩丢下。我清清楚楚记得那分别的一个早上。我领着阿九从二洋泾桥的旅馆出来，送他到母亲和转儿住着的亲戚家去。妻嘱咐说，"买点吃的给他们吧。"我们走过四马路，到一家茶食铺里。阿九说要熏鱼，我给买了；又买了饼干，是给转儿的。便乘电车到海宁路。下车时，看着他的害怕与累赘，很觉恻然。到亲戚家，因为就要回旅馆收拾上船，只说了一两句话便出来；转儿望望我，没说什么，阿九是和祖母说什么去了。我回头看了他们一眼，硬着头皮走了。后来妻告诉我，阿九背地里向她说："我知道爸爸欢喜小妹，不带我上北京去。"其实这是冤枉的。他又曾和我们说，"暑假时一定来接我啊！"我们当时答应着；但现在已是第二个暑假了，他们还在迢迢的扬州待着。他们是恨着我们呢？还是惦着我们呢？妻是一年来老放不下这两个，常常独自暗中流泪；但我有什么法子呢！想到"只为家贫成聚散"一句无名的诗，不禁有些凄然。转儿与我较生疏些。但去年离开白马湖时，她也曾用了生硬的扬州话（那时她还没有到过扬州呢），和那特别尖的小嗓子向着我："我要到北京去。"她晓得什么北京，只跟着大孩子们说罢了；但当时听着，现在想着的我，却真是抱歉呢。这兄妹俩离开我，原是常事，离开母亲，虽也有过一回，这回可是太长了；小小的心儿，知道是怎样忍耐那寂寞来着！

我的朋友大概都是爱孩子的。少谷有一回写信责备我，说儿女的吵闹，也是很有趣的，何至可厌到如我所说；他说他真不解。子恺为他家华瞻写的文章，真是"蔼然仁者之言"。圣陶也常常为孩子操心：小学毕业了，到什么中学好呢？——这样的话，他和我说过两三回了。我对他们只有惭愧！可是近来我也渐渐觉着自己的责任。我想，第一该将孩子们团聚起来，其次便该给他们些力量。我亲眼见过一个爱儿女的人，因为不曾好好地教育他们，便将他们荒废了。他并不是溺爱，只是没有耐心去料理他们，他们便不能成材了。我想我若照现在这样下去，孩子们也便危险了。我得计划着，让他们渐渐知道怎样去做人才行。但是要不要他们像我自己呢？这一层，我在白马湖教初中学生时，也曾从师生的立场上问过丏尊，他毫不踌躇地说，"自然略。"近来与平伯谈起教子，他却答得妙，"总不希望比自己坏略。"是的，只要不"比自己坏"就行，"像"不"像"倒是不在乎的。职业，人生观等，还是由他们自己去定的好；自己顶可贵，只要指导，帮助他们去发展自己，便是极贤明的办法。

予同说，"我们得让子女在大学毕了业，才算尽了责任。"SK 说，"不然，要看我们的经济，他们的材质与志愿；若是中学毕了业，不能或不愿升学，便去做别的事，譬如做工人吧，那也并非不行的。"自然，人的好坏与成败，也不尽靠学校教育；说是非大学毕业不可，也许只是我们的偏见。在这件事上，我现在毫不能有一定的主意；特别是这个变动不居的时代，知道将来怎样？好在孩子们还小，将来的事且等将来吧。目前所能做的，只是培养他们基本的力量——胸襟与眼光；孩子们还是孩子们，自然说不上高的远的，慢慢从近处小处下手便了。这自然也只能先按照我自己的样子："神而明之，存乎其人，"光辉也罢，倒楣也罢，平凡也罢，让他们各尽各的力去。我只希望如我所想的，从此好好地做一回父亲，便自称心满意。——想到那"狂人""救救孩子"的呼声，我怎敢不悚然自勉呢？

1928 年 6 月 24 日晚写毕，北京清华园

卖艺童子

◎戴望舒

　　他也是个人吗？为甚他不受世人的同等待遇呢？唉，他不过家里少了几个钱罢。他父亲原是个好好的商人，后来因为投机事业大大失败，所以，就在他五岁那年宣告破产，在他六岁那年，他父亲便将他卖给了马戏班子里。从此以后他就堕落在这悲惨的世界里，永无翻身之日了。

　　说起来委实可怜咧。他们的老板是个残忍的人，生性暴躁，动不动就要发火，要打人。可怜他今年不过十一岁咧。他老板又要鞭他，他同伙又要欺他，终日里挨打挨骂。到晚上还须到游艺场里去耍把戏，忍着饥，耐着苦。不要说是偶然失了手闯下了祸，定然打个半死，饿他半天，就是有所痛苦也只好藏在心头，不敢现在颜面上。要是脸上稍有点不快活的样子，就派他是有意得罪看客，回来，少不得又是一顿皮鞭子。我时常见他是张着小口嘻嘻地笑着，可是我却深晓得他那浅浅的笑涡里，却含蕴着万种的痛苦悲怨呢。

　　我真不懂这提倡人道主义的世界，博爱还及到禽兽身上，鸡鸭倒提着就要受罚，可是他呢，他在演技的时候，倒立在地上还不算，还要他唱一支小曲，喝三杯冷水，吃一只香蕉。那时全身儿倒立着已经够受用了，何况再迫他唱小曲、灌食物下去呢！那自然有一种剧烈的痛苦，而且于他身体发育上当然又是个极大的阻碍。他现在已十一岁了，可是那小小的身子看过去总不过像七八岁，这就是个大大的明证。最可怪的就是这些看客，越是看到这惨无人道的把戏越是拼命地喝彩，好似幸人之灾，乐人之祸一般。原来呢，他们花了钱来寻快活的。不过总该存点恻隐之心啊！唉，他也是个人吗？为什么倒不如畜生呢？

　　我记得那天是冬季极冷的一天，呼呼的北风刮得厉害。他只着了一件夹袄，因为他班主不准他穿多，说穿得多了和耍把戏有妨碍的。到晚上又到游艺场里去演技了，他索索地抖着，那刀一般的风直刮得他的皮肤都裂开了。他浑身已麻木，几乎不能动弹了。他身上所受的痛苦，他心中所受的痛苦，已达到极点了。他又不敢反抗他老板的命令畏缩不前，他依旧打起精神丝毫不敢懈。他这夜演的是"爱神之舞"，他就在那玎玎的妙乐里现身在演技圈中，背上背着一双洁白的翼翅扮作爱神的模样，苹果般的面庞娇红得怪可人怜。他举首望望那场中五丈多高的木架子就有些胆寒了。这时，他老板又发下命令喊他上去。他心中恐惧极了。可是，他总不敢反抗，只得张开了一双冻得通红的小手，攀住了那根从木架子上垂下来的绳子。他老板便将绳子的那一端垂下来，他就平空的吊了上去，达到最高的地点。他老板又发下暗示，他松了一只手攀住了前面的木杠，想腾身过去，可怜他这时一双小手被风刮得出血了，他的神经已失了知觉了，只觉得眼前忽地一黑，他支持不住了，一松手一个倒栽葱向下落下去……唉！我也不忍说下去了。

我仿佛还记得当时的看客同声喝了个倒彩。

载《半月》第二卷第七期，一九二二年十二月

婴

◎缪崇群

婴儿的哭声，妇人的哭声，谛听着风声里还夹着急切的雨点击打着枯叶的音响。

窗外漆黯，夜才是一个开始，四周异常的冷落，季候也才是冬天的一个开始。

婴儿哭了一刻便停止了，风声和雨声也似乎在间歇着，唯有妇人的哭声不曾住。

此刻，渗穿着一切的是这个妇人的哭声。夜，淹没不了什么，这绵绵的音波，却搅和着使夜的颜色更加浓厚了。冷落的四周，仿佛溢进了一圈一圈凛肃的气氛。

不知怎么我握紧了拳头，想一下捣破了这个夜！

明天，我问着邻人：

——一个婴儿的死亡吗？——

——不。婴儿是×机空袭那天，在大轰炸的时候出生的。就在那巷口的露天底下，大人惊骇不知所以地生了这个孩子。

——哭的？……

——伤痛了大人的心。

夜晚，这个不幸的妇人的哭声又传过来了。

我不知道有多少个母亲以她的哭声给孩子们当作儿歌了；我不知道有多少个母亲以她的眼泪洗着她自己的伤痕，并且津湿了孩子们身上的褓褓，像清露似的润泽着嫩草的根。

愿望着一个一个的黑夜过去，一个一个的隆冬过去，孩子们离开了褓褓，离开了摇床，站立起来：

母亲！儿子是同×人的爆弹一起落生，儿子是在父亲的血泊里长成。即使大地上埋满了我们战死的兄弟，从白骨中还会生出一个复仇人！

选自《废墟集》

童年的悲哀

◎鲁 彦

这是如何的可怕，时光过得这样的迅速！

它像清晨的流星，它像夏夜的闪电，刹那间便溜了过去，而且，不知不觉地带着我那一生中最可爱的一叶走了。

像太阳已经下了山，夜渐渐展开了它的黑色的幕似的，我感觉到无穷的恐怖。像狂风卷着乱云，暴雨掀着波涛似的，我感觉到无边的惊骇。像周围哀啼着凄凉的鬼魅，影闪着死僵的人骸似的，我心中充满了不堪形容的悲哀和绝望。

谁说青年是一生中最宝贵的时代，是黄金的时代呢？我没有看见，我没有感觉到。我只看见黑暗与沉寂，我只感觉到苦恼与悲哀。是谁在这样说着，是谁在这样羡慕着，我愿意把这时代交给了他。

呵，我愿意回到我的可爱的童年时代，回到那梦幻的浮云的时代！

神呵，给我伟大的力，不能让我回到那时代去，至少也让我的回忆拍着翅膀飞到那最凄凉的一隅去，暂时让悲哀的梦来充实我吧！我愿意这样，因为即使是童年的悲哀也比青年的欢乐来得梦幻，来得甜蜜呵！

那是在哪一年，我不大记得了。好像是在我十一二岁的时候。

时间是在正月的初上。正是故乡锣声遍地，龙灯和马灯来往不绝的几天。

这是一年中最欢乐的几天。过了长久的生活的劳碌，乡下人都一致地暂时搁下了重担，用娱乐来洗涤他们的疲乏了。街上的店铺全都关了门。词庙和桥上这里那里的一堆堆地簇拥着打牌九的人群。平日最节俭的人在这几天里都握着满把的瓜子，不息地剥啄着。最正经最严肃的人现在都背着旗子或是敲着铜锣随着龙灯马灯出发了。他们谈笑着，歌唱着，没有一个人的脸上会发现忧愁的影子。孩子们像从笼里放出来的一般，到处跳跃着，放着鞭炮，或是在地上围作一团，用尖石划了格子打着钱，占据了街上的角隅。

母亲对我拘束得很严。她认为打钱一类的游戏是不长进的孩子们的表征，她平日总是不许我和其他的孩子们一同玩耍，她把她的钱柜子锁得很紧密。倘若我偶然在抽屉的角落里找到了几个铜钱，偷偷地出去和别的孩子们打钱，她便会很快地找到我，赶回家去大骂一顿，有时挨了一场打，还得挨一餐饿。

但一到正月初上，母亲给予我自由了。我不必再在抽屉角落里寻找剩余的铜钱，我自己的枕头下已有了母亲给我的丰富的压岁钱。除了当着大路以外，就在母亲的面前也可以和别的孩子们打钱了。

打钱的游戏是最方便最有趣不过的。只要两个孩子碰在一起，问一声"来不来"？回答说"怕你吗"？同找一块不太光滑也不太凹凸的石板，就地找一块小的尖石，划出一个四方的格子，再在方格里对着角划上两根斜线，就开始了。随后自有别的孩子们来陆续加入，摆下钱来，许多人簇拥在一堆。

我虽然不常有机会打钱，没有练习得十分凶狠的铲法，但我却能很稳当地使用刨法，那就是不像铲似的把自己手中的钱往前面跌下去，却是往后落下去。用这种方法，无论能不能把别人的钱刨到格子或线外去，而自己的钱却能常常落在方格里，不会像铲似的，自己的钱总是一直冲到方格外面去，易于发生危险。

常和我打钱的多是一些年纪不相上下的孩子，而且都知道把自己的钱拿得最平稳。年纪小的不凑到我们这一伙来，年纪过大或拿钱拿得不平稳的也常被我们所拒绝。

在正月初上的几天里，我们总是到处打钱，祠堂里，街上，桥上，屋檐下，划满了方格。我的心像野马似的，欢喜得忘记了家，忘记了吃饭。

但有一天，正当我们闹得兴高采烈的时候，来了一个捣乱的孩子。

他比我们这一伙人都长得大些，他大约已经有了十四五岁，他的名字叫做生福。他没有母亲也没有父亲。他平时帮着人家划船，赚了钱一个人花费，不是挤到牌九摊里去，就和他的一伙打铜板。他不大喜欢和人家打铜钱，他觉得输赢太小，没有多大的趣味。他的打法是很凶的，老是把自己的铜板紧紧地斜扣在手指中，狂风暴雨似的錾了下去。因此在方格中很平稳地躺着的钱，在别人打不出去的，常被他錾了出去。同时，他的手又来得很快，每当将錾之前，先伸出食指去摸一摸被打的钱，在人家不知不觉中把平稳地躺着的钱移动得有了蹊跷。这种打法，无论谁见了都要害怕。

孩子的讲演

◎ 萧 红

这一个欢迎会，出席的有五六百人，站着的，坐着的，还有挤在窗台上的。这些人多半穿着灰色的制服。因为除了教授之外，其余的都是这学校的学生。而被欢迎的则是另外一批人。这小讲演者就是被欢迎之中的一个。

第一个上来了一个花胡子的，两只手扶着台子的边沿，好像山羊一样，他垂着头讲话。讲了一段话，而后把头抬了一会，若计算起来大概有半分钟。在这半分钟之内，他的头特别向前伸出，会叫人立刻想起在图画上曾看过的长颈鹿。等他的声音再一开始，连他的颈子，连他额角上的皱纹都一齐摇震了一下，就像有人在他的背后用针刺了他的样子。再说他的花胡子，虽然站在这大厅的最后的一排，也能够看到是已经花的了。因为他的下巴过于喜欢运动，那胡子就和什么活的东西挂在他的下巴上似的，但他的胡子可并不长。

"他……那人说的是什么？为什么这些人都笑！"

在掌声中人们就笑得哄哄的，也用脚擦着地板。因为这大厅四面都开着窗子，外边的风声和几百人的哄声，把别的一切会发响的都止息了；咳嗽声，剥着落花生的声音，还有别的也从群众发出来的特有的声音，也都听不见了。

当然那孩子问的也没有人听见。

"告诉我！笑什么……笑什么……"他拉住了他旁边的那女同志，他摇着她的胳臂。

"可笑呵……笑他滑稽，笑他那样子。"那女同志一边用手按住嘴，一边告诉那孩子，"你看吧……在那边，在那个桌子角上还没有坐下来呢……他讲演的时候，他说日本人呵哈你们说，你们说……中国人呵哈，你们说……高丽人呵哈……你们说，你们说……你们说，你们说，他说了一大串呀……"

那孩子起来看看，他是这大厅中最小的一个，大概也没看见什么，就把手里剥好的花生米放在嘴里，一边嚼着一边拍着那又黑又厚的小肥手掌。等他团体里的人叫着：

"王根！小王根……"他才缩一缩脖颈，把眼睛往四边溜一下，接着又去吃落花生，吃别的在风沙地带所产的干干的果子，吃一些混着沙土的点心和芝麻糖。

王根他记得从出生以来，还没有这样大量地吃过。虽然他从加入了战地服务团，在别处的晚会或欢迎会上也吃过糖果，但没有这样多并且也没有这许多人，所以他回想着刚才他排着队来赴这个欢迎会路上的情景。他越想越有意思。比方那高高的城门楼子，走在城门楼子里说话那种空洞的声音，一出城门楼子，就看到那么一个圆圆的月亮而且可以随时听到满街的歌声。这些歌子他也都会唱。并且他还骄傲着，他觉得他所会的歌比他所听到的还多着哩！他还会唱小曲子，还会打莲花落……这些都是来到战地服务团里学的。

"……别看我年纪小，抗日的道理可知道得并不少……唾登唾……唾登唾……"他在冒着尘土的队尾上，偷着用脚尖转了个圈，他一边走路一边作着唱莲花落时的姿式。

现在他又吃着这许多东西，又看着这许多人。他的柔和的眼光，好像幼稚的兔子在它幸福饱满的时候所发出的眼光一样。

讲演者一个接着一个，女讲演者，老讲演者，多数的是年轻的讲演者。

由于开着窗子和门的关系，所有的讲演者的声音，都不十分响亮，平凡的，拖长的……因为那些所讲的悲惨的事情都没有变样，一个说日本帝国主义，另一个也说日本帝国主义。那些过于庄严的脸孔，在一个欢迎会是不大相宜。只有蜡烛的火苗抖擞得使人起了一点宗教感。觉得客人和主人都是虔诚的。

被欢迎的宾客是一个战地服务团。当那团里的几个代表讲演完毕，一阵暴风雨似的掌声。不知道是谁提议叫孩子王根也走上讲台。

王根发烧了，立刻停止了所吃的东西，血管里的血液开始不平凡地流动起来。好像全身就连耳朵都侵进了虫子，热，昏花。他对自己的讲演，平常很有把握，在别的地方也说过几次话，虽然不能够证明自己的声音太小，但是并不恐惧。就像在台上唱莲花落时一样没有恐惧。这次他也并不是恐惧，因为这地方人多，又都是会讲演的，他想他特别要说得好一点。

他没有走上讲台去，人们就使他站上他的木凳。

于是王根站上了自己的木凳。

人们一看到他就喜欢他。他的小脸一边圆圆的红着一块，穿着短小的，好像小兵似的衣服，戴着灰色的小军帽。他一站上木凳来，第一件事是把手放在帽沿前行着军人的敬礼。而后为着稳定一下自己，他还稍稍地站了一会，还向四边看看。他刚开口，人们禁止不住对他贯注的热情就笑了起来。这种热情并不怎样尊敬他，多半把他看成一个小玩物，一种蔑视的爱起浮在这整个的大厅。

"你也会讲演吗？你这孩子……你这小东西……"人们都用这种眼光看着他，并且张着嘴，好像要吃了他。他全身都热起来了。

王根刚一开始，就听到周围哄哄的笑声，他把自己检点了一下：

"是不是说错啦？"因为他一直还没有开口。

他证明自己没有说错，于是，接着说下去，他说他家在赵城……

"我离开家的时候，我家还剩三个人，父亲、母亲和妹妹，现在赵城被敌人占了，家里还有几个，我就不知道了。我跑到服务团来，父亲还到服务团来找我回家。他说母亲让我回去，母亲想我。我不回去，我说日本鬼子来把我杀了，还想不想？我就在服务团里当了勤务。我太小，打日本鬼子不分男女老幼。我当勤务，在宣传的时候，我也上台唱莲花落……"

又当勤务，又唱莲花落，不但没有人笑，不知为什么反而平静下去，大厅中人们的呼吸和游丝似的轻微。蜡烛在每张桌上抖擞着，人们之中有的咬着嘴唇，有的咬着指甲，有的把眼睛掠过人头而投视着窗外。站在后边的那一堆灰色的人，就像木刻图上所刻的一样，笨重，粗糙，又是完全一类型。他们的眼光都像反映在海面上的天空那么深沉，那么无底。窗外则站着更冷静的月亮。

那稀薄的白色的光，扫遍着全院子房顶，就是说扫遍了这全个学校的校舍。它停在古旧的屋瓦上，停在四周的围墙上。在风里边卷着的沙土和寒带的雪粒似的，不住地扫着墙根，扫着纸窗，有时更弥补了阶前房后不平的坑坑洼洼。

1938 年的春天，月亮行走在山西的某一座城上，它和每年的春天一样。但是今夜它在一个孩子的面前做了一个伟大的听众。

那稀薄的白光就站在门外 5 尺远的地方，从房檐倒下来的影子，切了整整齐齐的一排花纹横在大厅的后边。

大厅里像排着什么宗教的仪式。

小讲演者虽然站在凳子上，并不比人高出多少。

"父亲让我回家，我不回家，让我回家，我……我不回家……我就在服务团里当了勤务，我就当了服务团里的勤务。"

他听到四边有猛烈的鼓掌的声音，向他潮水似的涌来，他就心慌起来。他想他的讲演还没有完，人们为什么鼓掌？或者是说错了！又想，没有错，还不是有一大段吗？还不是有日本帝国主义没有加上吗？他特别用力镇定自己，把手插进口袋去，他的肚子好像胀了起来，向左边和右边摇了几下，小嘴好像含着糖球胀得圆圆的。

"我当了勤务……当了服务团里的勤务……我……我……"

人们接着掌声，就来了笑声，笑声又接起着掌声。王根说不下去了。他想一定是自己出了笑话。他要哭。他想马上发现出自己的弱点以便即刻纠正。但是不成，他只能在讲完之后，才能检点出来，或者是衣服的不齐整，或者是自己的呆样子。他不能理解这笑是人们对他多大的爱悦。

"讲下去呀！王根……"

他本团的同志喊着他。

"日本帝国主义……日本鬼子。"他就像喝过酒的孩子，从木凳上跌落下来的一样。

他的眼泪已经浸上了睫毛，他什么也看不见，他不知道他是站在什么地方，他不知道他自己是在做什么。他觉得就像玩着的时候，从高处跌落下来一样的瘫软，他觉得自己的手肥大到可怕而不动的程度。当他用手背揩抹着滚热的眼泪的时候。

人们的笑声更不可制止。看见他哭了。

王根想：这讲演是失败了，完了，光荣在他完全变成了懊悔，而且是自己破坏了自己的光荣。他没有勇气再作第三次的修正，他要从木凳坐下来。他刚一开始弯曲他的膝盖，就听到人们向他呼喊：

"讲得好，别哭啊……再讲再讲……没有完，没有完……"

其余的别的安慰他的话，他就听不见了。他觉得这都是嘲笑。于是更感到自己的耻辱，更感到不可逃避，他几乎哭出声来，他便跌到不知道是什么人的怀里大哭起来。

这天晚上的欢迎会，一直继续到半夜。

王根再也不吃摆在他面前的糖果了。他把头压在桌边上，就像小牛把头撞在栏栅上那么粗蛮，他手里握着一个红色上面带着黄点的山楂。那山楂就像用热水洗过的一样。当用右手抹着眼泪的时候，那小果子就在左手的手心里冒着气，当他用左手抹着眼泪的时候，那山楂就在他右手的手心里冒着气。

为什么人家笑呢？他自己还不大知道，大概是自己什么地方说错了，可是又想不起来。好比家住在赵城，这没有错。来到服务团，也没有错。当了勤务也没有错，打倒日本帝国主义也没说错……这他自己也不敢确信了。因为那时候在笑声中，把自己实在闹昏了。

退出大厅时，王根照着来时的样子排在队尾上，这回在路上他没有唱莲花落，他也没有听到四处的歌声。但也实在是静了。只有脚下踢起来的尘土还是冒着烟儿的。

这欢迎会开过了，就被人们忘记了，若不去想，就像没有这么回事存在过。

可是在王根，一个礼拜之内，他常常从夜梦里边坐起来。但永远梦到他讲演，并且每次讲到他当勤务的地方，就讲不下去了。于是他怕，他想逃走，可是总逃走不了，于是他叫喊着醒来了。和他同屋睡觉的另外两个比他年纪大一点的小勤务的鼾声，证明了他自己也和别人一样地在睡觉，而不是在讲演。

但是那害怕的情绪，把他在小床上缩作了一个团子，就仿佛在家里的时候，为着夜梦所恐惧缩在母亲身边一样。

"妈妈……"这是他往日是自己做孩子时候的呼喊。

现在王根一点声音也没有就又睡了。虽然他才九岁，因为他做了服务团的勤务，他就把自己也变作大人。

殇儿记

◎叶　紫

　　一个月之前，当我的故乡完全沉入水底的时候，我接到我姊姊和岳家同时的两封来信，报告那里灾疫盛行，儿童十有九生疟疾和痢疾，不幸传染到我的儿子身上来了。要我赶快寄钱去求神，吃药；看能不能有些转机。孩子的病症是：四肢冰冷，水泻不停，眼睛不灵活，……

　　我当时没有将来信给我的母亲和女人看，因为她们都还在病中。而且，我知道：水灾里得到这样病症，是决然不可救治的。

　　我将我的心儿偷偷地吊起来了！我背着母亲和女人，到处奔走，到处寻钱。有时，便独自儿躲到什么地方，朝着故乡的黯淡的天空，静静地，长时间地沉默着！我慢慢地，从那些飞动的，浮云的絮片里，幻出了我们的那一片汪洋的村落，屋宇，田园。我看见整千整万的灾民，将叶片似的肚皮，挺在坚硬的山石上！我看见畜生们无远近地飘流着！我看见女人和孩子们的号哭！我看见老弱的，经不起磨折的人们，自动地，偷偷地向水里边爬——滚！……

　　我到处找寻我的心爱的儿子，然而，我看不见。他是死了呢？还是仍旧混在那些病着的，垃圾堆似的，憔悴的人群一起呢？我开始埋怨起我的眼睛来。我使力地将它睁着！睁着！我用手巾将它擦着！终于，我什么都看不出：乌云四合，雷电交加，一个巨大的，山一般的黑点，直向我的头上压来！

　　我的意识一恢复，我就更加明白：我的孩子是无论如何不会有救的！他也和其他的灾民一样，将叶片似的肚皮挺在坚硬的山石上，哭叫着他的残酷的妈妈和狠心的爸爸！

　　我深深地悔恨：我太不应该仅仅因了生活的艰困，而轻易地，狠心地将他一个人孤零零地抛在故乡的。现在如何了呢？如何了呢？……啊啊！我怎样才能够消除我的深心的谴责呢？

　　也许还有转机的吧！赶快寄钱吧！我的心里自宽自慰地想着。我极力地装出了安闲镇静的态度来，我一点都不让我的母亲和女人知道。

一天的下午，我因为要出去看一个朋友，离家了约莫三四个钟头，回来已经天晚了。但我一进门——就听见一阵锐声的，伤痛的嚎哭，由我的耳里一直刺入到心肝！我打了一个跟跄，在门边站住了。我知道，这已经发生了如何不幸的事故！我的身子抖战着，几乎缩成了一团！

我的母亲，从房里突然地扑了出来，扭着我的衣服！六十三岁的老人，就像喝醉了酒的一般，哭哑她的声音了！她骂我是狠心的禽兽，只顾自己的生活，而不知爱惜儿女！甚至连孩子的病信都不早些告诉她。我的女人匍匐在地上，手中抱着孩子的照片，口里喷出了黑色的血污！我的别的一个，已经有了三岁的女孩，为了骇怕这突如其来的变乱，也跟着哇哇地哭闹起来了！

我的眼睛朦胧着，昏乱着！我的呼吸紧促着！我的热泪像脱了串的珠子似地滚将下来！我并不顾她们的哭闹，就伸手到台子上去抓那封湿透了泪珠和血滴的凶信：

"……没有钱医治，死了……很可怜的，是阴历七月二十七日的早晨！……这里的孩子死得很多！……大人们也一样！……这里的人都过着鬼的生活，一天一天地都走上死亡的路道了！……"

眼睛只一黑，以后的字句便什么都看不出来了。

夜深时，当她们的哭声都比较缓和了的时候，我便极力地忍痛着，低声地安慰着我的女人：

"还有什么好哭的呢？像我们这样的人，生在这样的世界，原就不应该有孩子的！有了就有了，死了就死了！哭有什么裨益呢？孩子跟着我们还不是活的受罪吗？我们的故乡不是连大人们都整千整万的死吗？饥寒，瘟疫！……你看：你才咳出来的这许多血和痰！……"

我的女人朝着我，咬了一咬她那乌白色的嘴唇，睁着通红的眼；绝望地，幽幽地说：

"为什么呢？我们为什么要遭这样的苦难呢？我们的孩子！我们的故乡！……"

致吾女

◎陈建功

女儿：

几天前我和你妈妈一起翻找东西，意外地发现了你来到人世间时穿的第一件宝宝装。我看着那长不盈尺的衣裤实在有些意外，以至一时转不过弯儿来，以为面对的是一件芭比娃娃的衣服。我相信你妈妈也和我一样感到意外，因为随后我们都忍不住异口同声地感慨起来："啊，好像我们的女儿昨天还不过是这么一点点，怎么今天忽然就成了一个大姑娘！"

真是巧得很，今天贵校来了一纸信函，说是小姐您十八大寿将至，为父母者须出席您的"成人典礼"且给您一番成年的训示。

我真后悔平常净和你嘻嘻哈哈地穷开心了，现在可好，哪儿还端得出丝毫为父的威严。呜呼，年过半百才忽然发现，我居然一次也没有享受过一个中国老爷子发号施令的权利。

岂止是我，令堂大人也是如此啊！还记得你小时候吃药的细节吗？我们一而再、再而三地给你讲道理，最终让你满噙着泪水，自己张嘴把药吃了下去。我们甚至未曾捏着你的鼻子灌过一次。我们更是一次也没有打过你，没有训斥过你。你当然做过错事，可我们除了认认真真地和你讨论是非曲直，从来也没有强加给你任何你尚未理解的东西。

这个世界上不给人以平等、不给人以尊重的事情太多太多，你的父母一生所见所闻，亲身遭遇的屈辱和不平也太多太多。我们相信，你既然来到人世，所遭屈辱所遇不平庶几难免，可是如果在我们自己的家里，我们自己的女儿都得不到平等和尊重，这样的人生还有什么幸福可言？

我和你妈妈都在庆幸，庆幸我们一直坚持着既定的原则，否则，我们还能培养出你这么一块料吗？

女儿，说老实的，你老爸老妈为你感到骄傲。骄傲的绝不是世俗的所谓成绩与名次，而是你的尊严感并没有被摧毁，你不会蝇营狗苟察言观色活得猥琐而可怜；你的个性没有泯灭，你不会随波逐流人云亦云活得圆滑而压抑，你维护着自己的尊严和个性，又懂得尊重别人的尊严和个性。这是一种健康、健全的人格。能以这样的人格追求去做学问，将会坚守自己的发现和创造，也尊重别人的发现与创造。这就是我一直和你说的"北大精神"。我为自己的女儿在 18 岁前能奠定健康的人格基础而欣慰。

人生得吾女足矣。

我知道，你妈妈知足，你可千万别知足。你得想想，18 岁以后的你应该怎么做？我们对你有如下建议：

第一，18 岁你得抱定主意去"行万里路"了。我知道你得笑我假模假式地说套话。可是你爸 18 岁那年去挖煤了，你妈 18 岁那年去种地了，而你，或许能够自省到自己的视野尚嫌狭窄、性格尚嫌脆弱吧？除了抱定领略大千世界拓展人生视野的渴望，去经风雨、见世面，又有什么办法？18 年来，我们对你的一切培养，其实都是为了你能够离开我们，自己去面对世界。

第二，又是一句套话，18 岁你得开始"破万卷书"了。我早就说过，读书的妙处，就在于它能使有限的人生得到无限的拓展。我是从 15 岁开始手不释卷的，如今仍觉"书到用时方恨少"。"日月忽其不淹兮，春与秋其代序"，"年一过往，何可攀援？"逝者如斯夫，望吾女莫做老父蹉跎之叹。

第三，18 岁，你得准备迎接蹉跎磨难。"西伯拘而演《周易》，仲尼厄而作《春秋》。"须牢记，一切磨难都是对有声有色的人生新的赐予，因此，从事人文科学的知识分子的最高境界，是对降临人生的磨难永远作艺术化或哲学化的观照，将其变为丰富自己、激励自己的机会。太史公曰："古者富贵而名磨灭，不可胜记，唯倜傥非常之人称焉。"愚以为，富贵无须羡，名利亦不足道，做一个倜傥非常之人，无论面对什么挫折，永不委顿，永远生活得超迈而乐观。是为至要。

好啦，吾家有女初长成，老夫不能不唠叨。杂谈如上，不知能复命否？陈朗小姐，前进前进前进进！

你爸执笔

你妈圈阅

儿 子

◎何立伟

我儿七岁，名宽，是他奶奶取的。我一翻《辞海》，原来还是蛮不错的一个词。宽者，君子宽而不慢也。给他上户口时还有小笑话一则，现实录如右：启籍是一个年轻女同志，问我儿叫什么。我说是"宽"。女同志便又问："kuan？哪一个kuan？"我总不能文诌诌来一句君子宽而不慢吧，只答说是宽广的"宽"，又努力张开两臂作辽阔无垠状。这女同志脸上浮出美丽的迷惑，我便又在空气里一笔一划着"宽"字，派出所这位女同志，恍然明白过来，仰天大笑，说："哦——不就是宽大处理的'宽'么?!"

正是正是，宽大处理的"宽"！

他这一生，皆需得我这做父亲，完完全全取一个"宽"的态度，真是始料未及。

我儿从小即很俏皮。不会走路时，小名叫何小狗。形容他状如稚犬，四处乱爬，家有无数玻璃杯陶瓷罐一类什物被他打翻在地粉身碎骨不奇怪。几乎一岁一个小名，是他俏皮形象的文学概括。现在，新近的小名是：昆虫学家。这是他外婆院子里的大人给他加的冕。因为他中午不睡觉，大惊小呼，在壁角的粉苔上分期分批逮捕虫蚁们，又把虫蚁装在火柴盒里，带到这个家里玩，带到那个家里玩，还要叫我买显微镜（实际上是放大镜，但他不知从哪里听说了显微镜，故这么叫），好好来研究这些行为不端的家伙。虫蚁从火柴盒里爬出来，上到大人的床，晚上大人觉到自己被什么古怪的小东西入侵了，腿上手上一遍遍的痒，便想起我儿子的行状来。我去那院子，便有抗议之声不绝于耳。他外婆的讨伐更加直接，是"可恨！"或"我要打他的屁股，用鸡毛帚子！"这便使得我儿极快活，一点小小的把戏，就与这么多的喜怒哀乐纠葛到一处，他于是觉到了自己的重要，他不快活似无道理。

近来我又有了一个发现，我儿像花花公子贾宝玉。送他去上学，临到校门时，四处与他打招呼的，都是女孩子。我就奇怪，问他，与班上什么同学最要好，儿子答曰："当然都是女同学！"又问他为什么只同女同学耍，不同男同学耍，回答是极认真："男同学俏皮呵，女同学不俏皮，又听话，又穿花衣裳！"这样的态度，真叫我木在那里不能动。而我儿轻轻巧巧走开去，旁边飞翔着粉蝶一样他的女同学！这样觑来，他比一个大人要更加明白怎样使自己的日子幸福愉快。他走路一弹一闪像草间的蚱蜢，恰好似一个完全的证明。

我儿也是极情绪的一个人，他高兴时什么事情都能做得好，吊吊环（我在门上装了一个这玩艺，他耍起来依然似山中活泼的一只猴子），唱歌（他的乐感真还是蛮不错），画画（他的画还发表过好几回！）……无一不显出一个七岁的小孩子天赋的灵性；但他若阴了下来，百事厌厌，恍若是一个小老头，着他一鞭也懒得动弹一两回，但是，我不能怪他，因为他的父亲便是一个情绪的人。我知道一个人的生命发展若单单受到情绪的耸恿，那是多么不可能的一桩事！怎么办呢？花自飘零水自流，任它去。宠儿也算是"宽"的一种。

我儿生性敏感。这大约是他为什么很瘦的原因。在我看来，敏感与瘦，多半是有些干系的。我经常出差，我妻有时送一送，有时也在门内说一句：保重。算是道别。我儿习以为常，没有额外的割舍，往往只是叮咛，要给他带玩具（或者："给我捉些昆虫回来！"）但八八年夏，我单独去美国访问，我父亲也来送，我儿便感到此非寻常，一路无语到车站，临别时我说，宽儿你要好好在家听妈妈的话。他不搭话，脸扭向别处，眼里泪花晶莹着，我有些感动，去吻他，他更加把脸扭过去，而这时他就哭了，什么话却不说，他仿佛明白这是长别离，虽然，那时他才三岁，根本不知道美国是一个怎样遥远的所在。敏于事理，这当然不错，但这也很伤人。一个敏感的人，他的烦恼必是比常态的人多很多。我希望我儿不那么敏感——为他未来的日子计。但是，恐怕我们希望要落空。因为，我儿很瘦。

我儿出世时是哇哇哇哇哭着闹着的一团肉。那时节我没别的想法，只想他快快长到三两岁。到三两岁时，心里又想，要长到七岁，读书，就好办多了。现在，他已是七岁了，于是我整日地为他伤着脑子，于是想法又来了：要是十三四岁，念中学了，那就省事了。然而我又明白，到那时，新的麻烦必定又被生产了出来。有什么办法呢？办法或许只有一个：就是，做父亲的，永远永远的，对儿子取一个"宽"的态度。

童 年

◎马克·吐温

1849 年，我们家还在密西西比河畔的汉尼堡居住，那一年我 14 岁。当时我们住在我父亲五年前刚盖的大房子里。家里有几个人住新屋，剩下的人还住后面连着的老房子。

那年秋天，我姐姐主办了一次晚会，邀请全村的男女青年参加。我还太小，不够参加这种社交活动的年龄。再说我也过于腼腆，跟年轻姑娘们合不到一块。

不过，他们邀请我在一出小神话剧里扮演一只熊。我得以进场的全部时间只有十分钟，演出时我得穿上一件熊皮似的毛茸茸的棕色紧身衣服。

大约十点钟时，有人叫我回自己的屋去穿上那件熊皮衣服。我走了几步，忽然灵机一动，决定先练习一番。可是那个房间太小了。我穿过大街，来到拐角处一栋很大的空房子里。可我根本没想到有十来个年轻人也正去那里换装，准备演戏呢。

我和小伙伴桑迪一起在二楼选了一间大而空旷的屋子。我们一边说话一边走了进去，里面正穿了一半衣服的姑娘听到说话声都藏到一架屏风后面。她们的长裙服和其他东西都挂在门背后的钩子上，可我没看见。

屋里摆着一架旧屏风，上面有好些窟窿。我压根儿就不知道屏风后还有女孩子，所以对那些窟窿也没在意。我要是知道屏风后面有人，打死我也不会在窗外射入的一片冷酷的月光里脱衣解带，简直羞死人了！

当时我一点儿都没想到这些，坦然地脱了个一丝不挂，然后就开始练习。我野心勃勃地想来个一鸣惊人，成为扮演熊的专家，那样他们就会常常请我演出了。

于是，我就带着为了立身扬名而忘我工作的那种热情投入了练习。我在两间屋子里满地乱爬，桑迪喝彩叫好；接着又直立行走，嘴里发出我认为像熊的咆哮声；我又是倒立，又是左蹦右跳。

　　总而言之，凡是熊能做的动作我全表演了一遍，熊做不了的动作我也发明了不少，还有一些动作是稍有点自尊心的熊都不屑一做的。

　　当然，我丝毫没有想到在我丢人现眼的时候，除了桑迪还有别人在场。最后，我来了个倒立，就那样停在空中稍事休息。不知我的这些动作是否可笑，但我确实听到了一阵突如其来的笑声。

　　我的劲一下子全泄了，身子一软，摔了下来，撞倒了屏风，把那些年轻姑娘给压在了下面。她们吓得尖声大叫。我抓起衣服就跑，桑迪跟在后面。眨眼工夫，我已经穿上了衣服，从后门溜之大吉。我让桑迪保证不吐一个字，然后一道找了个地方，一直躲到晚会开完。

　　屋里沉寂下来，静悄悄的，我一直等到大家都入睡了才敢回家。我摸黑躺在床上，我对自己丢人现眼的表演有一种辛酸凄楚的感觉。第二天，我看见枕头上别着一张小纸条，上面写着："你演熊可能演不好，但你演光屁股可真是精彩至极——哎哟，别提有多精彩啦！"

　　但是，孩子的生活里并不全是欢乐和笑声，也有许多令人伤感的事件闯入他的小天地里。有个醉鬼流浪汉在村里的班房被火烧死了。随后一百多个晚上，这件事都压在我的心头，每夜做恶梦——梦见他那张哀求的脸，跟活着时看见的可怜面容一模一样，他的脸紧贴在窗子的铁栏杆上，身后是血红的地狱，那张脸似乎在对我说："如果你不给我那包火柴，这一切就不会发生，你要对我的死亡负责！"我根本没责任，借给他火柴完全是出于善意，哪想过要伤害他呢？这个流浪汉——他才是有罪的——只遭了十分钟的难，然而清白无辜的我却受了整整三个月的折磨。

　　后来村里又发生了几起惨剧，凑巧的是，我目击了每场惨剧的全过程。我的学识和受过的锻炼使我能对这些惨剧看得比未受教育的人更深刻一些。不过这些惨剧一般到了光天化日之下就失去了吓人的力量，它们逐渐退去，消失在灿烂欢欣的阳光里。它们是黑暗和恐惧的宠儿。白昼给我带来宁静和欢愉。但一到夜晚，我重又回到痛苦不堪的梦魇中。在我的整个童年时代，我从没设想过怎样改善自己的生活条件，过上更好的日子。年事增长后，我也没有如此奢求过。但就是到了现在，夜里的情况还没有变，和年轻时一样：给我带来对自己过去所作所为的沉痛感慨。从出生到现在，由于经历了太多不同寻常的事情，所以一到夜晚，脑子里就乱七八糟，从来没有平静过。

夏克玲和米劳

◎法朗士

　　夏克玲和米劳是朋友。夏克玲是一个小女孩，米劳是一只大狗。他们来自同一个世界，他们都是在乡下长大的，因此他们彼此的理解都很深。他们彼此认识了多久呢？他们也说不出来。这都是超乎一只狗儿和一个小女孩记忆之外的事情。除此以外，他们也不需要认识。他们没有希望、也没有必要认识任何东西。他们所具有的唯一概念是他们好久以来——自从有世界以来，他们就认识了；因为他们谁也无法想象宇宙会在他们出生之前就已经存在。按照他们的想象，世界也像他们一样，是既年轻、又单纯，也天真烂漫。夏克玲看米劳，米劳看夏克玲，都是彼此彼此。

　　米劳比夏克玲要大很多，也强壮得多。当它把前脚搁到这孩子的肩上时，它足足比她高一个头和胸。它可以三口就把她吃掉；但是它知道，它觉得她身上具有某种优良品质，虽然她很幼小，她是很可爱的。它崇拜她，它喜爱她。它怀着真诚的感情舐她的脸。夏克玲也爱他，是因为她觉得它强壮和善良。她非常尊敬她。她发现它知道许多她所不知道的秘密，而且在它身上还可以发现地球上最神秘的天才。她崇敬它，正如古代的人在另一种天空下崇敬树林里和田野上的那些粗野的、毛茸茸的神仙一样。

　　但是有一天她看到一件惊奇的怪事，使她感到迷惑和恐怖：她看到她所崇敬的神物、大地上的天才、她那毛茸茸的米劳神被一根长皮带系在井旁边的一棵树上。她凝望，惊奇着。米劳也从它那诚实和有耐性的眼里望着她。它不知道自己是一个神、一个多毛的神，因而也就毫无怨色地戴着它的带子套圈一声不响。但夏克玲却犹疑起来了，她不敢走近前去。她不理解她那神圣和神秘的朋友现在成了一个囚徒。一种无名的忧郁笼罩着她整个稚弱的灵魂。

孩童之道

◎泰戈尔

只要能讨得孩子的欢心，他愿意此刻飞上天。

他所以不离开我们，是有着一定原因的。

他爱把他的头偎在妈妈的胸前，他即使是一刻不见她，也是不行的。

孩子知道的聪明话非常之多，虽然世间的人很少懂得这些话的意义。

他所以永不想说，也是有一定原因的。

他所要做的一件事就是要学习从妈妈的嘴唇里说出来的话，这就使得他看上去天真浪漫。

孩子虽有为数可观的财宝，但他到这个世界上来却像一个乞丐。

他所以这样假装着来，是有一定原因的。

这个可爱的小小的裸着身体的乞丐，所以假装着完全无助的样子其目的便是想获取妈妈的爱。

孩子在纤小的新月的世界里是全无牵挂的。

他所以放弃了他的自由是有一定原因的。

他知道有无穷的快乐藏在妈妈的心里的小小一隅，被妈妈亲爱的手臂拥抱着，其甜美要胜过任何形式的自由。

孩子永不知道如何哭泣，他所住的是完全的乐土。

他所以要流泪是有一定原因的。

虽然他用了可爱的脸儿上的微笑，引逗得他妈妈的热切的心向着他，然而他同样有目的的哭声，却编成了怜与爱的双重约束的带子。

儿童的世界

◎雷切尔·卡森

儿童的世界绚丽多彩，有着许多惊人的发现和无比的兴奋。可是对我们多数人来说，这种锐利的目光，爱一切美丽的和令人敬畏的事物的天性，等不到成年就已经迟钝，甚至丧失殆尽，这不能不说是一种遗憾。我知道掌管天下儿童洗礼的是一位好心的天使。假如我能对她有所要求的话，我倒有这么一个希望：请她赋予世间的儿童以新奇感——无可摧毁的、能伴随他们终身的新奇感，并使它成为万灵的解药。有了它他们在以后的岁月中就会永远陶醉在新奇之中，不致产生厌倦感，不至劳心费神于世俗的偏见上，不至于成为无源之水，无本之木。

如果要保持一个儿童终身的新奇感而又没有天使的恩惠，那么至少需要有一个能同他共享新奇感的成年人和他作伴，并且跟他一起不断去发现我们生活的这个世界的一切欢乐刺激和神秘。而多数父母都心有余而力不足，因为他们一方面既要尽最大努力满足孩子适应世界、感觉世界、要求世界的各种需求；另一方面他们又要承受着复杂的物质世界对他们的冲击，这个世界的生活形形色色，他们自己都感到生疏，好像没有理出头绪、弄个明白。他们无奈地举起白旗："我该用什么办法教我的孩子认识大自然？唉！我自己都常把两种动植物搞混淆呢？"

父母们应该有这样一个共识，培养孩子养好感觉比灌输孩子知识要重要得多。如果说事实等于种子，以后会萌发知识和智慧，那么，激情以及感官得到的印象就等于肥沃的土壤，是种子赖以生存的基地。童年早期是准备土壤的时期。一旦唤起了种种感情——美感、对新鲜事物和未知事物的兴奋感、同情心、恻隐之心、感激之心、爱慕之心……那么，我们就有希望获得引起感情反应的事物的知识。而这种知识一旦获得，就有深远的意义。这种培养实际是为孩子获取知识架桥铺路，它的作用是使孩子过早掌握那些死知识所无法比拟的。

爱的眼睛

◎卡尔斯

那是一个晴朗的星期日，米姬老师带着孤儿院的 20 个孩子来到了父母的农场。她想让这些没有父母的孩子找到家的感觉，而且，农场里的各种蔬菜水果都熟透了，鸡妈妈也刚孵出了一群可爱的小鸡崽。

除了 4 岁的兰特，差不多所有的孩子都欢天喜地的。兰特性格孤僻倔强，对所有人都抱仇视态度，最要命的是他有同龄人所少有的反抗精神。饭桌上，只有兰特一个人埋头狼吞虎咽；花园里，只有他故意掐断火红的玫瑰花；课堂上，也只有他敢无理取闹。也许这一切都是因为兰特的父亲进了监狱，以及他母亲的随后出走吧。对于一个 4 岁的小孩来说，具有这样的性格也未免太可怕了些。米姬在他身上花费了很大的心血，但总是不见效果，她真的担心兰特的性格会毁了他一生。

孩子们在花园里已经玩得精疲力尽了，米姬悄悄地把鸡崽和鸡妈妈领到了花园。看到活泼可爱的小鸡，孩子们顿时精神大振，他们高兴得又唱又跳。有的学着小鸡的样子叽叽喳喳满地乱跑，有的则争先恐后地喂小鸡食物。是啊，善良而富有爱心是孩子们的天性，几乎所有的小孩都喜欢动物。教育家研究发现：养宠物家庭的孩子要比没有养宠物家庭的孩子要细心善良得多。

米姬看见只有兰特一个人坐在旁边发呆，活泼可爱的小鸡和憨态可掬的鸡妈妈并没有吸引他的注意力。他的眼睛里似乎蕴含着连成年人也少有的迷茫、孤独甚至是愤怒，这不是一双 4 岁小孩所应该拥有的眼睛啊。

这时，两只小鸡经过兰特的脚旁，他突然弯下腰，飞快地一手拎起一只小鸡，恶狠狠地骂道："我讨厌你们乱蹿，你知不知道打扰了我的休息！"

小鸡拼命挣扎，米姬大叫："兰特，放下它们！"可兰特不听。忽然，鸡妈妈从对面冲过来，一跃而起，照准兰特露在外面的肚脐，狠狠地一啄！兰特尖叫一声，立即松开了双手，哭着按住了自己鲜血淋漓的肚脐。获胜的鸡妈妈带着两只小鸡迅速逃开了。

　　米姬赶紧替兰特清洗伤口，兰特很快止住了哭声，他开始不停地重复一句话："我要报复！我要报复……"依兰特的脾气，只要有机会，杀掉鸡妈妈都不会让米姬感到意外。

　　接下来的两个星期里，兰特每天都独自一人坐在一旁，他为自己肚脐上留下的这个清晰的印迹既惭愧又懊恼。看到兰特闷闷不乐的样子，想起母鸡张臂保护一群小鸡的情景，米姬不由得感慨万千：既然动物都能为下一代撑起一片爱的晴空，那么我们人类难道不应该多几双爱的眼睛吗？

　　为了帮兰特掩盖这个印迹，让他淡忘不快乐的事情，米姬找出一个圆球，在上面刻了4个字："爱的眼睛"。这天，米姬当着所有小朋友的面宣布：上帝知道兰特肚脐被啄伤后，特地送给他一个脐环，让他从此拥有一只既能保护自己又能关爱别人的眼睛。

　　兰特先是一副无所谓的样子，可当他看见小朋友们都用羡慕的眼神望着他时，终于第一次露出了开心的笑容，他高兴地戴上了"爱的眼睛"。

　　小朋友都嚷出了也要戴脐环，米姬笑着说："当你们有一天犯一个小小的错误，但从此学会发现爱、宽容并且为爱奋斗后，你们才有机会戴上脐环。"从这一刻起，兰特成了孩子们心中的英雄，也是从这一刻起，他突然改变了许多：变得爱说爱笑，更重要的是他会关心照顾别人了。

　　从此，每当兰特遇到不开心的事，他都会告诉"爱的眼睛"，每当别人需要帮忙时，"爱的眼睛"就好像具有一种魔力，指引着兰特去帮助别人……

　　兰特一直在孤儿院健康快乐地成长，他变得坚强、执著而富有爱心。

　　兰特懂事后，终于明白了米姬老师的苦心。他30岁时，成了一家大型孤儿院的院长。孤儿院的名字就叫："爱的眼睛"……

自强不息的男孩

◎马里昂·怀特

在伦敦一个破败不堪的马房里，住着一个名叫迈克尔·法拉第的穷孩子。他每日里背着一大捆报纸到街上叫卖，以一便士一份的价格将它们出售给路上的行人，以此来维持生计。他还曾在装订商和图书出版商那里当过7年的学徒。有一次，在装订大不列颠百科全书时，他的眼睛无意间看到一篇介绍电的文章，这篇文章像磁铁一样吸引了他，直到他一口气读完为止。他找到了一个玻璃药水瓶、一个旧的平底锅，再加上几样简单的工具，就开始做起了实验。

一位顾客被这个小男孩的求知欲深深地感动了，他把法拉第带去听著名化学家汉弗莱·戴维先生的精彩讲座。迈克尔·法拉第鼓足了勇气，给这位伟大的科学家写了一封信，并把自己做的讲座笔记送给戴维先生本人审阅。

此后不久的一个夜晚，正在迈克尔即将上床休息时，汉弗莱·戴维先生的马车停在了他那简陋的住处前，一位仆人下了车并递给一封亲笔书写的邀请信——汉弗莱·戴维先生请法拉第在第二天早上去拜访他。迈克尔读着信上的内容，几乎无法相信自己的眼睛。

次日早上，他如约拜访了汉弗莱·戴维先生，戴维先生想请他做一些清洗实验仪器和搬运设备的工作。戴维先生在用一些危险的爆炸性试剂做实验时，脸上戴了一副用玻璃制作的安全面具，而法拉第则全神贯注地观察着他的一举一动，他那充满了求知欲的眼睛始终没有离开这位大科学家。

经过一段时间的观察和学习，迈克尔自己也做起了实验。很快，因为法拉第超凡脱俗的悟性和突飞猛进的成绩，许多一流的科学研究人员邀请这位当初没有任何"机会"的穷孩子为他们作讲座。这个自强不息的男孩终于站在巨人的肩膀上，攀登上了科学的巅峰。

请帮我穿上红衣

◎仙蒂·狄荷姆斯

在我担任教育者及保健顾问的生涯中，曾见过许多感染艾滋病毒的儿童。有幸与这些特殊儿童相处，是我生命中的福分，他们教导我许多事情，我从泰勒身上就发现，最大的勇气也可以在最小的心灵中显现出来。

泰勒出生时便感染了艾滋病毒，他母亲也是病原携带者。从他生命一开始，他就得依靠药物才能存活。五岁时，他的胸腔开刀，在血管中插入一根管子，这根管子连接到背后所背的小包中的压力泵，压力泵不断经由管子输送药物到血液中。有时，他甚至需要补助氧气来帮助呼吸。

泰勒不愿因这个致命的疾病而放弃短暂的快乐童年，所以你不难发现他随时背着装有药物的背包，拖着载氧气筒的小车在后院里玩耍奔跑，认识泰勒的人，无时不对他单纯的生之喜悦及活力充沛惊讶万分。泰勒的妈妈时常跟他开玩笑，说他跑得这么快，他必须让他穿红衣服，这样，她才可以轻易地隔着窗子看他是否仍然在后院玩。

即使是像泰勒这么精力充沛的人，最后还是被这可怕的疾病折磨销蚀，他病得很严重，不幸的是，他母亲也是。当他已经确定不可能再活下去时，他母亲跟他谈了有关死亡的事，她安慰泰勒说，她也快要死了，不久他们即可在天堂相见。

泰勒去世前几天，叫我到他病床边，在我耳边低声说："我快死了，但我不害怕。我死了，请帮我穿上红衣，妈答应我也要到天堂，她到时我可能在玩，我要确定她能找到我。"

劳列达的女儿

◎乌各·奥节谛

在我的儿子从热内亚（他刚在那边的商业学校里读满了第三年级）回来之后的第二天，他在餐时之前不久走到了我的书室里来。他十分单纯地告诉我了，说他打算和裘里亚·赛尔尼订婚，因为他非常相信我是爱他的，并且一定会同意于他。

"你目前年纪太轻了。那个裘里亚·赛尔尼又是谁呢？"

"你认识她的母亲，他们对我说。她是罗马培那谛族的人，劳列达·培那谛。你一定是认识她的。"

劳列达！劳列达！这是在多少年以前了！她那小小的模样，她那灰白的小脸，和那张生得太大了一点的嘴，她那在短的，紧紧地卷着的，丰富的头发下面的小额角——劳列达·培那谛！

"不错，我记得。可是你年纪太轻了，嘉戈莫。"

或许我是说得太肯定了，其实我与其说是在答复我儿子的提议，却还不如说是在答复一些突然被提到的回想。但他是惯于把整个的心肠都向我倾吐的，因此他立刻很焦急地替自己辩护起来；当他感觉到了我的沉默的时候，他的焦急便越发加大了。

我是在想着我自己的事情：嘉戈莫究竟怎么会碰到她？哪一种注定的力量会把她从罗马赶到热内亚来，并且一到了热内亚，便立刻做了赛尔尼族里的人？现在有哪一个神明在打算从我儿子身上来酬报我的这么许多年以前的被拒绝？在跳舞会中，在那俄罗斯女人的家里——那个俄罗斯女人名字叫做波路加甫斯奇，是一个美人——她是站在我们旁边的一对中的一个。劳列达在一节跳舞中犯了两三次错误，她老是不能用从容的动作来合那音乐的拍子；到了要互相致礼的时候，她把她的手在我的嘴唇下面抽了出去，好像她一切的错误都要我来负责一般。后来，就在那一天夜里，每当我的手臂环抱着她的时候，似乎总有一种莫名其妙的惊慌占据着她，因为她跳得很坏，步步都脱了板；在她那许多装饰着花粉和珠宝的头发下面的小头脑竟愤怒了起来，她说我太高了，不会和矮小的女子跳舞。在那个时候，谁都知道，我的跳舞很轻盈而且完美，因此我对于这种埋怨只是付之一笑。她不向我道别就走了开去。

两天之后，那俄罗斯女人邀我们陪她到莪尔慕斯奇别墅去。这不知是在四月呢还是五月，我已经记不清了。那儿有一阵浓烈的蔷薇的香气；在地上，在篱笆上，在颓垣上，都是黄的、白的和红的蔷薇花瓣；沿着那小径，在园子里，从松树和柏树上面挂下来，到处都是一丛一丛的，红的、白的和黄的蔷薇花；那些孔雀的粗糙的喊声就在近旁，那钟声，远远地从村里传来，一层依微的烟雾向海边移过去。在我们走下到小鸽棚去的路上是潮滑而且峻峭的，她为要站得稳一点，便把她的手放在我的手里。我握紧了那只小手，她便离开了我，只这么说，"你这傻子！"

又一次，在一个月之后的一天早晨，我又看到她和她的几个外国朋友在一起，在许多人中，这是一次奥斯谛亚主教在拉德拉诺地方的圣乔万尼圣衣室里举行的晨餐会：可可，牛乳，果子露，蛋饼，我没有吃完，当她贴近我身边走过，对我说："你吃了许多，可不是？"这样就完了。此后我就永远没有对她说过一句话，虽然我有一次，曾经看见她在一辆车子里，背朝着车夫，很安静地坐在她母亲对面。我甚至连头也不点一点，虽然我是很近地看见她的，而她又向我注意了好一会儿，在我和我那可怜的姗谛那结了婚之后，我又碰到了她一次，我觉得她是在讥讽似地微笑着。或许我对于这个是错误的。而现在，在今天——

"我对你说，父亲，她是可爱而且和善的。正像她母亲从前一样地可爱而又和善。她的母亲从前是可爱的，他们告诉我。"

但是，我，我只是在对付我自己的思想，并且因为记起她那种带笑容的漠然的神情，不禁起了些仇意，便这样回答说：

"不错，不错，很可爱，但不是一个委奴斯。"

我停止了我的欢乐，因为想起那母亲也一定会感到和我同样的惊异，假使她真还记得——

"她母亲可知道吗？"

"知道的，要我立刻来对你说，也就是她的意思。"

"她没有说旁的话吗？"

"没有。怎么?"

"那女孩子可喜欢你吗?"

"是的,父亲,我敢断定如此。她曾经为了我而拒绝了别的更有利的请求。"

"让我再想想吧,嘉戈莫。你毕竟太年轻了!"

于是我的儿子,为了欢乐而眼睛里依微地闪着光彩,很坦白地抓住了我的两只手,把它们举到了他的嘴唇边,同时又喃喃地说着些充满了希望的话:

"不要想得太久了,父亲!她在那儿等。明天你得告诉我你的主意的,成不成?"

我过了很苦痛的一夜。我想要答应了我的儿子,因为他已经是我在这世界上所有的唯一的安慰了;同时又因为(这可不是我的最紧要的自私的理由吗?一个人到了五十岁的年纪,还有这么许多虚荣心剩着!)这可以算是一种报复,一种很温和的报复,一个我的儿子,带着我的姓氏的人,在那个曾经轻视过我的女人的女儿身上施行的报复。随后我又想起,到现在这时候,她那骄傲的前额上的小小的卷发,大概已经变得雪白的了,我又觉得很懊悔,我竟没有想到问我的儿子,那些头发究竟白了没有——因为我觉得,像这么一种外形的转变,一定会把我从旧时的回忆的束缚中解放出来,使我把这件事情解决得更聪明一点。

在这两个理由中,一个是很有意义的,而其他一个却是傻气的,但那傻气的理由却比那一个更有力;虽然如此,我毕竟还能很明白地看到许多可能的疑问。"那个女孩子可真个爱他的吗?可有一些儿她母亲的浮动性像精微的电子似地灌注在她的血液里吗?并且,嘉戈莫又是怎样的呢?像他这样年轻,他可会永远不改变吗——永远不改变而且快乐吗?我最重要的责任可不是要先去和那女子熟识吗?"同时,在那天夜里,我简直就连那女郎的名字也忘记了。这个名字在前一天嘉戈莫只说了一次,用一种很轻微的声音,好像这是一个神圣的名字,万万不能被亵渎的。甚至在这一点上,虚荣又来帮我的忙了,但是用一种反面的方式:"劳列达·培那谛(我不能强迫自己用她那不熟悉的姓氏)可不是已经把我从前所受的苦痛完全忘记了吗?"

她叫我的儿子立刻对我说,但是她却一句话也没有提起在很久的从前是认识我的,在荻尔慕斯奇别墅的蔷薇丛中,以及那场舞会中的漂亮的头发,以及那宗教典礼的热闹。我那时是一个年轻的办事员,刚从我那省份来到这里，对于我那新学会了的都市习惯还有点格格不入；那时我是总算刚偶然走上了成功之路。那个常是微笑着的小小的将继承财产的女儿一定曾经听到过许多别的像我一样的老实人，听他们说着蜜一般的言语，又发着叹息，像一架漏了气的风琴，并且，假使敌人已经把她以前的胜利都忘记了，我所希望着的复仇又是怎么回事呢？那真是愚蠢的思想。

　　我这样地使我自己安静下去，虽然免不了要伤害我那固执的虚荣心，可是我这时候只能替嘉戈莫着想。不错，他是太年轻了；他得首先让自己获得一个地位，并且固定了他自己的性格；他得有自知之明，能够管束他自己的意志和思想，要做一个独立的人，而不能单做我的好儿子，我的宗族树上的仅有的果实。虽然不必粗糙地命令他，我的责任却至少要劝他努力把那女子忘记；要他立刻忘记了她，固然我也知道是不可能的。

　　我便这样做了。他甚至流下眼泪来。于是他便到西班牙去旅行，这次旅行继续到了两个月之久。在他回来的时候又到巴尔塞罗那去住了两星期，比他预定的计划多了十天；当他在那儿的时候，他有整整一个星期没有写信。他一写起信来的时候，纸上便会有一种太强烈的气味，内容有一种太西班牙风格的疲倦，字体有一种太女性的倾斜。我并不诧异，但是我发现裴里亚·赛尔尼是已经被忘记了。

　　我对于这个事实反而觉得有点担忧，因为这可以算是一个我那嘉戈莫的未定的性格的不稳固的证据。

　　嘉戈莫回家来了。裴里亚·赛尔尼的名字永远不在我们之间的谈话中说起。他在罗马居住了一年，修毕了意大利移民问题和未经公认的意大利殖民地这两种课程，这使他在二十二岁的年龄就被派到东方去研究亚细亚土耳其的各海口。在他回来的时候，他倾心于一个名字叫什么马里亚·阿苏哀达的上流社会的女人。但是关于这个女人，她的名字却也是永远不在我们之间的谈话中提起的。

　　四个月之前的一天晚间，我刚从公署里回来，坐在自己的书房里，在熔熔的炉火旁边一面看书，一面喝茶，突然听差拿进了一张卡片来交给我，在那上面有着"劳拉·赛尔尼"这几个字。我禁不住吃了一惊，于是我便毫不迟疑地走到会客室里去，急于想去得到一种新的经验——无论这经验是否是愉快的——这种愿望依然像火一般地燃烧着，虽然我的青年时代是早已死去。

　　我永没有对嘉戈莫问起过这个问题，然而她的头发却确实已经变白的了，高高的一大堆；她的脸，虽然有点瘦，却依旧是往时的那张脸，现在是在雪下面灿烂着。她那纤细的身躯依然是像在莪尔慕斯奇别墅里时一样——真是一朵蔷薇花，甚至到现在还是，不过是已经包着一重灰色的外套了；那同样的气息——我不知道这一种香气是叫什么名字，但是她会使我记起许多新鲜的微红的苹果的芬芳或是在一只被霉的箱子里开了一整个夏天的海狸皮的气味，我一看到她那雪白的头发下的脸色的鲜艳，我便立刻好像闻到了那种香气一般了。

"你当然再也想不到我为什么要到这儿来——在——"

我想她大概要这样地说下去了吧："在我认识你以来这么许多年之后。"但是不然，她却这么说下去：

"在整整两年之后。"

"我记得。我的儿子——"

"是的。这就是我所以来的原因。我知道你的儿子已经出去旅行过，他得到了名誉又得到了地位，他有各种研究使他忙着，闲暇的时候又有女人来安慰他。这一切我都知道的。"

我沉沉地一句话也不说，我的谨慎在我的心田四周蒙上了阴影。

"我很坦白地说，照了一个母亲的本分。我的女儿还没有忘记，并且还没有停止迷恋着嘉戈莫。在过去两年之内，我和我的丈夫——"

听着这话，我的心便整个冰冻了。不但冰冻——甚至觉得有点仇意。

"两年以来，我和我的丈夫可以说什么事情都放下了，单是在设法把她这种思想，她这种迷惑医好——"

我用一种冷淡而礼貌的态度打断了她：

"你肯到我的书房里去吗，太太？想到你所对我说的事情的性质——"

她站了起来。不久之后，我注视着她，在我那开着的火炉旁边，在很大的灯的光线下面，我看出她眼睛里含着眼泪，她是在努力抑制她自己的感情。

"这样，我已经对你说了——不，我为什么要对你说呢？你早就懂得我了。我的女儿在那里受苦。"于是她流下泪来，"我的女儿害病了；据医生们说，或许她会死去也未可知。"

沉默了一会儿。

"裴里亚是在那儿受苦——你的儿子已经把她忘记了吗，完全忘记了吗？"

我不知道应当如何回答她才好，在那个雪白的冠冕下面的蔷薇一般的小脸上显然有一种苦痛的神色。那做母亲的手是在颤抖着。她粗鲁地除掉了她的手套，似乎这样可以更自然一点，似乎要在我们之间筑起一种较密切的关系来。

"我相信他已经忘记了，我敬爱的太太。"

"从那时候起，他可竟从没有，从没有一次对你说起过我女儿的名字吗？"

"从没有。"

"他可已经爱上了别个人？"

"我不知道。有一个女的——"

"她可漂亮吗？但是我在说些什么？我在问些什么？你懂得我一个做母亲的竟会从热内亚一路赶了来，没有别的特殊原因——我在今天天亮的时候到的——你懂得，你懂得吗？你想一个做母亲的，你想我竟会用到这样的办法，我的害怕当然是很大的。你懂得，告诉我你毕竟可懂得？"

"我懂得的。"

"那么——你没有话——再没有话，要说了吗？"

"你定定心吧，我敬爱的太太。我不愿意用无聊的话来空费时间。我可以断得定你到这儿来之前，一定曾经踌躇过了好一会儿。嘉戈莫自从第一次对我说起了你的女儿之后，便永远没有再说起过一次。我看他永远是在忙着别的事情，据我所知是，他有了别的恋爱事件。但是我有什么办法呢？我首先应该想到我儿子的幸福。"

"他还不知道我的裘里亚的情形呢。"

"他不知道吗？不过，就是他知道了——"

"你要告诉他，然后再看会发生什么事情。你得告诉他，你愿意吗？她并不是很坏的，你知道！你不要以为她是一个残废者，一个没办法的人。她现在还不至于弄到这地步。她是脆弱的，惨白的，没精神的，不多说话。医生们只害怕着她的将来。但是现在却还不至于此。你相信我，可以吗？"

"我并不是在想到这些。但是无论如何你得首先明白，嘉戈莫能不能同意，已经是很成问题的了，并且在他的同意之外，还无条件地必须要得到我的同意。"

我觉得那个可怜的、悲哀的母亲的苦痛在抓紧了我的喉管，在摧残我的意志力。但正为了这缘故，我的话却说得越发粗鲁了。

"假使事情是这样的——这原是无从讨论的事情——那么我明白了——"

她站了起来，开始把手套重新戴上去。

她突然停住了，更移近我的身边来，呆呆地注视着我：

"或许这是因为——在从前——啊，恕我吧，恕我吧，不要这样残酷！恕了我吧！"

这样看来，她毕竟是记得了！不错，我的复仇是现实的，完全的，显然的，悲惨的。她记得了，她承认她的过失——什么过失？她在从前可已经发现了吗？不，不！我在二十岁时的虚荣心啊，现在已经到了五十岁的年纪，这虚荣心看来是多么可笑！一点儿好胜心，这比到一个碎了心的母亲真算得什么！

"告诉我，告诉我，是为了这个缘故吗？但是我怎么会知道呢？这怎么是我现在的过失呢？啊，恕我吧，恕我吧！请你想想这事情！"

我努力做着笑容。

"倒也不是为了你所说的这原因，我敬爱的太太。我甚至记也没有记起来，并且，我也不愿意把它记起来。"

于是我们两个都一句话也不说，在这种借口之下，我们两个都发觉了这个悲惨的真实情形，虽然它在表面是显得非常细微而且无聊。那个瘦小的太太并没有弄错；她已经发现了，那个已经像树林中的残花似的被忘记了的，旧时的憎厌和旧时的侮慢，还延仁在我灵魂的深处；而她，虽然不是有意，却在无意中做了使我发现这情形的人。

"不，确实是为了这个缘故，再没有别的原因了。我感觉得到的。但是现在叫我有什么办法呢？除了感激之外还有什么补救方法呢？我一定会非常感谢——"

我是在看着火，并没有留意她，我拿起了火棒去戳一块煤，这块煤表面上似乎已经烧完了，但突然又爆出无数的火花来。

"我就去对我的儿子说吧，太太。"

"谢谢你。"

她不再说什么了。经过地毯，经过门帘，走了出去，谦卑地，静静地。她不见了。我是像从一个梦中醒来一般。

我不久就对嘉戈莫说，就在第二天。他静静地听着我，后来说要去想一想。三天之后，他只是这么对我说：

"我今天晚上要到热内亚去。"

现在他爱裘里亚的。我可以断得定。我知道他已经确实和那个姓阿苏哀达的女人断绝了，把她的信和照片都退了回去。三个月以来，他的整个生活都集中在他的未婚妻身上。我想实际上他是永远没有中止爱她过，他自己也不知道地继续爱着她。有一时是像暗自燃烧着的火一样，像在灵魂的深处闭着的花一样；但到了一天上，火焰爆发了出来，芬芳的花朵盛开了，它们的香气使我们沉醉着。

裘里亚是美丽的。她比她的母亲高一点，但是她却有完全同样的头发，而她的脸色在目前却更鲜艳一点。

她是好的，她有一种低微的、恬静的声调，轻得好像只是她的呼吸的无力的波动。而她的眼光也像她的声音一样。那双眼睛只有在看着嘉戈莫的时候才会燃烧。她老是把她的手放在他的手里；但是在当我们的面的时候，她却很少对他说话。她只是看着他，握着他的手。她是一个可爱的孩子。

有时候，甚至到现在，我还害怕着，嘉戈莫的爱她，不要不是出于真正的爱情，而是出于怜悯。那一天晚间，他们是在我书室旁边的那间房里，经过开着的门和沉重的帷幕，我还能听到轻微的笑声。

裘里亚不住地笑着，但是她永不放声大笑。好奇地（同时也照例急迫地），我走过去偷听。嘉戈莫在那儿问：

"在你决定了我对你的爱情之后，在你不再害怕了之后，你便会停止爱我了？"

她又笑着，随后便说：

"你这傻子！"这句话说出来的好像是一个亲吻似的。

我又一次想起了莪尔慕斯奇别墅里的，潮滑而又峻峭的鸽子棚。在那一天，劳列达在走下来的时候把她的手靠在我的手里，而我便把她那小手紧握住了；她立刻把手抽了去，"你这傻子！"像挥着鞭子似地把这句话说了出来。

想起了这个，我的灵魂里好像充满了音乐，十分和谐的音乐。我感觉到自己被最柔和的感谢所攻击着。可这是对于谁的感谢呢？

载《意大利短篇小说集》，商务印书馆，一九三五年九月

第四部分

手足情深

三 迁

◎许地山

花嫂子着了魔了！她只有一个孩子，舍不得教他入学。她说："阿同底父亲是因为念书念死的。"

阿同整天在街上和他底小伙伴玩，城市中应有底游戏，他们都玩过。他们最喜欢学警察、人犯、老爷、财主、乞丐。阿同常要做人犯，被人用绳子捆起来，带到老爷跟前挨打。

一天，给花嫂子看见了，说："这还了得！孩子要学坏了。我得找地方搬家。"

她带着孩子到村庄里住。孩子整天在阡陌间和他底小伙伴玩：村庄里应有底游戏，他们都玩过。他们最喜欢做牛、马、牧童、肥猪、公鸡。阿同常要做牛，被人牵着骑着，鞭着他学耕田。

一天，又给花嫂子看见了，就说："这还了得！孩子要变畜生了。我得找地方搬家。"

她带孩子到深山底洞里住。孩子整天在悬崖断谷间和他底小伙伴玩。他底小伙伴就是小生番、小猕猴、大鹿、长尾三娘、大蛱蝶。他最爱学鹿底跳跃，猕猴底攀缘，蛱蝶底飞舞。

有一天，阿同从悬崖上飞下去了。他底同伴小生番来给花嫂子报信，花嫂子说："他飞下去么？那么，他就有本领了。"

呀，花嫂子疯了！

蝉

◎许地山

急雨之后，蝉翼湿得不能再飞了。那可怜的小虫在地面慢慢地爬，好容易爬到不老的松根上头。松针穿不牢底雨珠从千丈高处脱下来，正滴在蝉翼上。蝉嘶了一声，又从树底露根摔到地上了。

雨珠，你和他开玩笑么？你看，蚂蚁来了！野鸟也决要看见他了！

原刊 1922 年 4 月《小说月报》第 13 卷第 4 号

悼胞兄曼陀

◎郁达夫

　　长兄曼陀，名华，长于我一十二岁，同生肖，自先父弃养后，对我实系兄而又兼父职的长辈，去年十一月廿三，因忠于职守，对卖国汪党，毫无容情，在沪特区法院执法如山，终被狙击于其寓外。这消息，早就在中外各报上登过一时了。最近接得沪上各团体及各闻人发起之追悼大会的报告，才知公道自在人心，是非必有正论。他们要盛大追悼正直的人，亦即是消极警告那些邪曲的人的意思。追悼会，将于三月廿四日，在上海湖社举行。我身居海外，当然不能亲往祭奠，所以只能撰一哀挽联语，遥寄春申江上，略表哀思。（天壤薄王郎，节见穷时，各有清名闻海内；乾坤扶正气，神伤雨夜，好凭血债索辽东。）

　　溯自胞兄殉国之后，上海香港各杂志及报社的友人，都来要我写些关于他的悲悼或回忆的文字，但说也奇怪，直到现在，仍不能下一执笔的决心。我自己推想这心理的究竟，也不能够明白的说出。或者因为身居热带，头脑昏胀，不适合于作抒情述德的长文，也未可知。但一最可靠的解释，则实因这一次的敌寇来侵，殉国殉职的志士仁人太多了，对于个人的情感，似乎不便夸张，执著，当是事实上的主因。反过来说，就是个人主义的血族情感，在我的心里，渐渐的减了，似乎在向民族国家的大范围的情感一方面转向。

　　情感扩大之后，在质的一方面，会变得稀薄一点，而在量的一方面，同时会得增大，自是必然的趋势。

　　譬如，当故乡沦陷之日，我生身的老母，亦同长兄一样，因不肯离去故土而被杀；当时我还在祖国的福州，接得噩耗之日，亦只痛哭了一场，设灵遥祭了一番，而终于没有心情来撰文以志痛。

　　从我个人的这小小心理变迁来下判断，则这一次敌寇的来侵，影响及于一般国民的感情转变的力量，实在是很大很大。自私的，执著于小我的那一种情感，至少至少，在中国各沦陷地同胞的心里，我想，是可以一扫而光了。

就单从这一方面来说，也可以算是这一次我们抗战的一大收获。

现在，闲谈暂且搁起，再来说一说长兄的历史性行吧。长兄所习的虽是法律，毕生从事的，虽系干燥的刑法判例；但他的天性，却是倾向于艺术的。他闲时作淡墨山水，很有我们乡贤董文恪公的气派，而写下来的诗，则又细腻工稳，有些似晚唐，有些像北宋人的名句。他的画集，诗集，虽则分量不多，已在香港上海制版赶印了。大约在追悼会开催之日，总可以与世人见面，当能证明我这话的并非自夸。至于他行事的不苟，接人待物的富有长者的温厚之风，则凡和他接近过的人，都能够说述，我也可以不必夸张，致堕入谀墓铭旌的常套。在这里，我只想略记一下他的历史。他生在前清光绪十年的甲申，十七岁就以府道试第一名入学，补博士弟子员，当废科举改学堂的第一期里，他就入杭府中学。毕业后，应留学生考试，受官费保送去日本留学，实系浙江派遣留学生的首批一百人中之一。在早稻田大学师范科毕业后，又改入法政大学，三年毕业，就在天津交涉公署任翻译二年，其后考取法官，就一直的在京师高等审判厅任职。当许公俊人任司法部长时，升任大理院推事，又被派赴日本考察司法制度。一年回国，也就在大理院奉职。直到九一八事变起来之日，他还在沈阳做大理院东北分院的庭长兼代分院长。东北沦亡，他一手整理案卷全部，载赴北平。上海租界的会审公堂，经接收过来以后，他就被任作临时高等分院刑庭庭长，一直到他殉职之日为止。

在这一个简短的略历里，是看不出他的为人正直，和临难不苟的态度来的。可是最大的证明，却是他那为国家，为民族的最后的一死。

鸿毛泰山等宽慰语，我这时不想再讲，不过死者的遗志，却总要我们未死者替他完成，就是如何的去向汪逆及侵略者算一次总账！

原载一九四〇年二月二十一日新加坡《星洲日报·晨星》

美丽的姑娘

◎庐 隐

他捧着女王的花冠，向人间寻觅你——美丽的姑娘！

他如深夜被约的情郎，悄悄躲在云幔之后，觑视着堂前的华烛高烧，欢宴将散。红莓似的醉颜，朗星般的双眸，左右流盼。但是，那些都是伤害青春的女魔，不是他所要寻觅的你——美丽的姑娘！

他如一个流浪的歌者，手拿着铜钹铁板，来到三街六巷，慢慢的唱着醉人心魄的曲调，那正是他的诡计，他想利用这迷醉的歌声寻觅你。他从早唱到夜，惊动多少娇媚的女郎。她们如中了邪魔般，将他围困在街心，但是那些都是粉饰青春的野蔷薇，不是他所要寻觅的你——美丽的姑娘！

他如一个隐姓埋名的侠客，他披着白羽织成的英雄氅，腰间挂着莫邪宝剑；他骑着嘶风啸雪的神驹，在一天的黄昏里，来到这古道荒林。四壁的山色青青，曲折的流泉冲激着沙石，发出悲壮的音韵，茅屋顶上萦绕着淡淡的炊烟和行云。他立马于万山巅。

陡然看见你独立于群山前——披着红色的轻衫，散着满头发光的丝发，注视着遥远的青天，噢！你象征了神秘的宇宙，你美化了人间。——美丽的姑娘！

他将女王的花冠扯碎了，他将腰间的宝剑，划开胸膛，他掏出赤血淋漓的心，拜献于你的足前。只有这宝贵的礼物，可以献纳。支配宇宙的女神，我所要寻觅的你——美丽的姑娘！

那女王的花冠，它永远被丢弃于人间！

童年时代

◎卢　隐

当一个成人，回忆到他童年的时代时，总有些眷怀已往的情绪吧！——本来一个人的最快乐的时代要算是无责任、无执著的童年时代了，但我却是个例外，我对于我的意外回想起来，只有可笑的叹息！

我的父亲是前清的举人，我的母亲是个不曾读书的旧式女子，在我诞生之前，母亲已经生了三个男孩，本来我的出世很凑巧，正是我父母盼望生一个女孩的时候。可是命运之神太弄人，偏偏在我生的那一天，外祖母去世了。母亲因此认为我是个不祥的小生物，无心哺乳我。只雇了一个奶妈把我远远的打发开，所以在我婴儿时代，就不曾享受到母爱的甜蜜。据说我小时最喜欢哭，而且脾气拗傲，从不听大人的调度。这一来不但失掉了母亲的爱抚，就是哥哥们也见了我讨厌，加着身体多病，在两岁的时候，长了一身疮疥，终日号哭，母亲气愤得就差一棒打死我。还是奶妈看着我可怜，同我母亲商议，把我带到她家里去养，如果能好呢，就送回来，死了呢，那也就算了，母亲听了这个提议，竟毫不踌躇的答应了。

我离开家人，同奶妈到乡下去，也许是乡村的空气好阳光充足吧，我住在乡下半年，疮疥竟痊好，身体也变强壮了。当我三岁的时候，父亲放了湖南长沙的知县，因此接我回去。这时一家人都欢天喜地，预备跟着父亲去享荣华富贵，只有我因为舍不得奶妈，和她的小女儿，我心里是悒悒的，终日哭声不止。父亲看见我坐在堂屋里哭，向我瞪着白眼怒吼道："哭什么，一天到晚看着你的哭丧脸，怎么不叫人冒火，再哭我就要打了。"我这时，只得忍住哭声，悄悄地躲到门背后去。

当我们坐着船到长沙去时，我幼小的心灵，不知为什么伤损，终日望着海面呜呜的哭，无论哥哥怎样哄骗，母亲怎能样恫吓，我依然不肯住声。这时父亲正同几个师爷，在商议办一件什么文案，被我哭得心头起火，走过来，抱起我，就向那滚滚碧流里抛下去，谁知命不该绝，正巧和一个听差的撞了个满怀，他连忙抢过我逃开了。——这一件事情，当时因为我仅仅三岁，当然记不清楚了，不过后来我年纪稍大，母亲和姨母们偶尔谈起，我才知道，同时不免激起我一种悲楚的情流，假使那时便葬身于江流，也就罢了，现在呢，在人生的路途上苦挣扎，最后还是不免一死——这一双灰色的眼镜戴上后，使我对于人生的估价是那样无聊消极。

我六岁的那年正月，父亲得了心脏病，不过十天就去世了。那时，母亲才三十六岁，而最大的哥哥仅十五岁，我下面还有一个妹妹才四岁。这一群无援无助的寡妇孤儿立刻被沦入愁河恨海之中了。母亲是一个忠厚人，对于这突如其来的狼狈局面，简直无法应付，幸喜还有一个忠心的老人家，和父亲的同僚们把父亲的丧事将就办了；一方面把父亲历年所存下的一万多两银子，和一些东西都变卖了，折成两万块钱的现款，打了一张汇到北京的汇票——因为我外祖家在北京，我舅父见父亲死的消息，立刻打电报，接我们到北京来。

我在父亲七满后，我的大哥哥同那个老人家，运父亲的灵柩回福建祖茔安葬，我母亲带着我二哥哥——这时三哥已经去世，同我们两妹妹，还有两个婢女，一个女仆，坐船到汉口，换京汉车到北京——正好半路遇见黄河水涨，堤决水奔，顷刻间平地水深三尺，铁路车轨，也浸坏了，火车停在许州，母亲这时因为哀伤操劳过度，身体也感觉不舒服。车既不能前进，旅馆又都被大水冰坏了，长困车上，就是没病的人也受不住，何况是个病人呢。这时我同二哥哥只围在母亲跟着哭，母亲呢，神志昏沉，病势似乎不轻。后来幸喜这地方的站长李君也是福建人，而且大家谈起来，他们和舅父很相熟，所以便请我母亲搬到站长家里去小住，等水退时再作行计——站长的房子位置在一座小山上面，水所淹不到的地方。李站长的母亲，是个极慈善的人，她看见我母亲遭了这个的大不幸，孩子们又小，所以非常亲切的对待我们，不过他那里房子有限，我们人太多，势不能都住在他家，因此便叫女仆和两个婢女，带着我，另住在离站不远的唯一的客栈里。我那时对母亲的病，还不懂得急，每日同婢女们，玩玩闹闹。有一天中午，我去看母亲，只见她如同发了疯，把身上的衣服，都脱了丢在地上，就是那件放汇票的贴肉的衬衫也剥了下来，幸好李老太太看见了，连忙替她收了起来，不然我们一群幼弱真不知此后如何生活呢！

母亲的病势一天重似一天，李老太太替她各庙里烧香求佛，但是苍天不仁，百唤不应，眼看得不济于事了。李站长忽听朋友们说，有一个名医，从京来由这里路过，现在也被水阻在这里，所以连忙派人请了来。诊察结果，他说母亲虽不是什么大病，只为了忧伤过度，又加着受了些感冒，所以内热不清，并且身体也虚，必要长期保养，才能望好。

母亲自从吃了这位医生的药，病势渐渐的轻了，在许州整整养了三个月，才好了。这时黄河水势已退，我舅父派我的二表兄到许州来接我们，母亲也急着要走，所以还等不到身体复原就起身了。

到了前门车站时，我的三表姐四表姐，和大表哥都来接我们。我记得她们招呼我们在接待室里，吃了一些点心，然后让我们上车——那时正在光绪末年。北平的交通用具，除了骡子还是骡子，这种车子既颠簸，又碰头，我坐在车里，左边一个爆栗，右边一个爆栗，碰得我放声大哭。好容易才到了舅舅家里。——舅舅这时候做的是农工商部员外郎，兼太医院御医，家里房子很大！并且还有一座大花园；表姐妹总在二十人左右，她们见我们来，都跑来看，黑压压拥了一屋子人。舅舅进来了，母亲望着舅舅挥眼泪，舅舅不住摇头叹气，我同哥哥因为认生，躲在母亲背后，不敢见人。后来我的四表姐，拿了许多糖果，才把我哄到里面套间里去，同小表弟们玩，——从此以后我们便在舅舅家里住下了，母亲所带来的两万块钱，舅舅替她放了一个妥实的钱庄里，每月可拿二百元的利息，因此我们的生活比较安定了。

第二年舅舅请了一个先生，教我表兄和哥哥读书，我呢，便拜姨母为师——虽然她也不曾进学校，可是一向经我舅舅教她，也能读《女四书》一类的东西，请她教我这一字不识的蒙学生，当然是绰绰有余了。

读书对于我，真是一种责罚，每天姨母把一课书教好了，便把那间小房子的门反锁上，让我独自去读。我呢，东张张西望望，见这屋里除了一张书桌，两把椅子外，一无所有，这使我内心感到一种说不出的荒凉，简直对于书一点趣味没有，站起来从门缝里向外张望，有时听见哥哥们在院子里唱歌，或捉迷藏玩，我的心更慌了，连忙把书丢在一边，一窜两跳地爬上桌子去，用口水把窗纸沾湿了，戳成一个洞，一只眼睛贴着洞口向外看，他们笑我也跟着笑；他们着急，我也跟着心跳，一上午的光阴，就这样消磨尽了，等到十一点多钟时，我听见门外姨母的脚步声，这一颗幼稚的心，便立刻沉到恐惧和愁苦的漩涡里去，如一只见了猫的老鼠般，伏贴地坐在书案旁。姨母走进门，拿过我手中的书，沉着脸说："过来背书!"唉，可怜，我连字还认不清，又从哪里背起呢！我闭着嘴，低着头，任她怎样逼我，只给她一个默然，这使得姨母的怒火冒了丈把高，一把拖过我来，"怎样，你是哑吧吗？不然就是聋子，叫你背书，怎样一声不响！"我偷偷举眼瞟了姨母一下，晓得无论如何，不能再装聋作哑了，只得放小声音说道："我背不出！"

"你怎么这样笨！一课书统共不到三十个字，念了一早晨，还背不出！……那么念给我听！"姨母是要藉此下台，所以这样说，但是天知道，我是连念也念不上来呢，可是又不敢不试着念，结结巴巴念了一句，倒念出三个别字来。这一来，姨母可真忍不住了，拉过去我的手心，狠狠地打了十下，一面叹息着说："你这孩子真不要好，你看哥哥妹妹哪个不比你强；你明天若果再这样不用心，就不许你吃饭！"

姨母托着水烟袋，怒容满面地走了，我揩干眼泪，走到母亲房里，谁知又是冤家对头，偏偏碰见姨母也在这里向母亲面前告我呢。所以母亲一见我，便狠狠地瞪了我一眼，厉声厉色骂道："天生成的下流东西，你还有脸跑来见我，为了你念书，不知叫我生多少气！"母亲越说越有气，拿起门后头的鸡毛帚子，按在床上，拼命地抽了一顿。姨母见打得怨了，才过来劝开，我负着痛躲在帐子里啜泣。可是我心里总不明白，他们为什么这样虐待我。有时也想从此改了吧，用点心读书，可是到了第二天，一走进那间牢狱般的书房，我从心里厌倦，我情愿把白粉墙上的粉，一块块剜了下来，再不愿意去看那本短命的书。结果呢，自然又不免一顿毒打了。有时候也真因念不出书挨饿。可是这种刻毒的责罚，再也不能制服我这拗傲的脾气。

我的表兄们

◎冰 心

中国人的亲戚真多！除了堂兄姐妹，还有许许多多的表兄弟姐妹。正如俗语说的："一表三千里。"姑表、舅表、姨表；还有表伯、表叔、表姑、表姨的儿子，比我大的，就都是我的表兄了；其中有许多可写的，但是我最敬重的，是刘道铿（放园）先生。他是我母亲的表侄，怎么"表"法，我也说不清楚，他应该叫我母亲"表姑"，但他总是叫"姑"，把"表"字去掉。据我母亲说是他们从小在一个院住，因此彼此很亲热。从民国初年，我们到北京后，每逢年节或我父母亲的生日，他们一家必来拜贺。他比我大十七岁，我总以长辈相待，捧过茶烟，打过招呼，就退到一边，带他的儿女玩去了。那时他是《晨报》的编辑，我们家的一份《晨报》就是他赠阅的。"五四"运动时，我是协和女大学生会的文书，要写些宣传的文章，学生会还让我自己去找报刊发表。这时我才想起这位当报纸编辑的表兄，便从电话里和他商量，他让我把文章寄去。这篇短文，一下便发表出来了，我虽然很兴奋，但那时我一心一意想学医，写宣传文章只是赶任务，并不想继续下去。放园表兄却一直鼓励我写作，同时寄许多那时期出版的刊物，如《新青年》，《新潮》，《少年中国》，《解放与改造》等等，让我阅读。我寄去的稿子，从来没有被修改或退回过，有时他还替上海的《时事新报》索稿。他就像我的亲哥哥一样，关心我的一切。一九二三年我赴美时，他还替我筹了一百美元，作为旅费——因为我得到的奖学金里，不包括旅费——但是这笔款，父亲已经替我筹措了。放园表兄仍是坚持要我带在身边，以备不时之需，我也只好把这款带走，但一直没有动用。一九二六年我得了硕士学位，应聘到母校——燕京大学——任教，旅费是学校出的。我一回到上海——那时放园表兄在上海通易信托公司任职——就把这百元美金，还给了他。

放园表兄很有学问，会吟诗填词，写得一笔好字。母亲常常夸他天性淳厚。他十几岁时，父母就相继逝世，他的弟妹甚至甥侄，都是他一手扶持起来的。自我开始写作，他就一直和我通讯，我在美期间，有一次得他的信，说："前日到京，见到姑母，她深以你的终身大事为念，说你一直太不注意这类事情，她很不放心。我认为你不应该放过在美的机会，切要多多留意。"原文大概是这些话，我不太记得了。我回信说："谢谢你的忠告，请您转告母亲，我'知道了'！"一九二六年，我回到家，一眼就看见堂屋墙上挂的红泥金对联，是他去年送给父亲六十大寿的：

明珠一颗　宝树三株

把我们一家都写进去了。

五十年代初期，他回到北京，就任文史馆馆员，我们又时常见面，记得他那时常替人写字，评点过《白香山全集》，还送我一部。一九五七年他得了癌疾，在北京逝世。

还有一位表兄，我只闻其声，从未见过其人，但他的一句笑话，我永远也忘不了，因为他送给我的头衔称号，是我这一辈子无论如何努力，也争取不到的！

我有一位表舅——也不知道是我母亲的哪一门表姑，嫁到福州郊区的胪下镇郑家——因为是三代单传，她的儿子生下来就很娇惯，小名叫做"皇帝"。他的儿子，当然就是"太子"了，这"太子"表兄，大约比我大七八岁。这两位"至尊"，我都没有拜见过。一九一一年的冬天，我回到福州，有一夜住在舅舅家。福州人没有冬天生炉子的习惯，天气一冷，大家没事就都睡得很早。我躺在床上睡不着，听见一个青年人的声音，从外院一路笑叫着进来，说："怎么这么早皇亲国戚都困觉了?!"我听到这个新奇的称呼，我觉得他很幽默！

1985 年 7 月 25 日

小 苹

◎石评梅

五月九号的夜里，我由晕迷的病中醒来，翻身向窗低低地叫你；那时我辨不清是些谁们，总有三四个人围拢来，用惊喜的目光看着我。当时，并未感到你不在，只觉着我的呼声发出后，回应只渺茫地归于沉寂。

十号清晨，夜梦归来，红霞映着朝日的光辉，穿透碧纱窗帏射到我的脸上，感到温暖的舒适；芷给我煎了药拿进来时，我问她"小苹呢?"她踟蹰了半天，才由抽屉里拿出一封信给我。拆开看完，才知道你已经在七号的夜里，离开北京——离开我走了。

当时我并未感到什么，只抬起头望着芷笑了笑。吃完药，她给我掩好绒单，向我耳畔低低说："你好好静养，下课后我来陪伴你，晚上新月社演戏，我不愿意去了。你睡罢，醒来时，我就坐在你床边了。"她轻拿上书，披上围巾，向我笑了笑，掩上门出去了。

她走后不到十分钟，这小屋沉寂得像深夜墟墓般阴森，耳畔手表的声音，因为静默了，仿佛如塔尖银钟那样清悠，雪白的帐子，被微风飘拂着似乎在动，这时感到宇宙的空寂，感到四周的凄静，一种冷涩的威严，逼得我蜷伏在病榻上低低地哭了! 没有母亲的抚爱，也无朋友的慰藉，无聊中我想到小时候，怀中抱着的猫奴，和足底跳跃的小狗，但现在我也无权求它们来解慰我。

水波上无意中飘游的浮萍，逢到零落的花瓣，刹那间聚了，刹那间散了，本不必感离情的凄惘；况且我们在这空虚无一物可取的人间，曾于最短时间内，展开了心幕，当春残花落，星烂月明的时候，我们手相携，头相依，在天涯一角，同声低诉着自己的命运而凄楚呢! 只有我们听懂孤雁的哀鸣；只有我们听懂夜莺的悲歌，也只有你了解我，我知道你。

自从你由学校辞职，来到我这里后，才能在夜深联床、低语往事中，了解了你在世界上的可怜和空虚。原来你纵有明媚的故乡，不能归去，虽有完满的家庭，也不能驻栖；此后萍踪浪迹，漂泊何处，小苹！我为你感到了地球之冷酷。

你窈窕的倩影，虽像晚霞一样，渐渐模糊地隐退了，但是使我想着的，依然不能忘掉；使我感着永久隐痛的，更是因你走后，才感到深沉。记得你来我处那天，搬进你那简单的行装，随后你向我惨惨地一笑！说："波微！此后我向哪里去呢？"就是那天夜里，我由梦中醒来，依稀听到你在啜泣，我问你时，你硬赖我是做梦。

一个黄昏，我已经病在床上两天了，不住地呻吟着，你低着头在地下转来转去地踱着，自然，不幸的你更加心情杂乱，神思不定为了我的病。当时我寻不出一句相当的话来解慰你，解慰自己，只觉着一颗心，渐渐感到寒颤，感到冷寂。苹！我不敢想下去了，我感到的，自然你更觉得深刻些。所以，我病了后，我常顾虑着，心头的凄酸，眉峰的郁结，怕憔悴瘦削的你肩载不起。

但真未想到你未到天津，就病在路上了！

你现在究竟要到哪里去？

从前我相信地球上只有母亲的爱是真爱，是纯洁而不求代价的爱，爱自己的儿女，同时也爱别人的儿女。如今，我才发现了人类的偏狭，忌恨，惨杀毒害了别人的儿女，始可为自己的儿女们谋到福利，表示笃爱。可怜的苹！因之，你带着由继母臂下逃逸的小弟弟，向着无穷遥远，陌生无亲的世界中，挣扎着去危机四伏的人海中漂流去了。上帝呵！你保佑他们，你保佑他们一对孤苦无人怜的姊弟们到哪里去？

有时我在病榻上跃起来大呼着："不如意的世界要我们自己的力量去粉碎！"自然生命一日不停止，我们的奋斗不能休息。但有时，我又懦弱地想到死，为远避这些烦恼痛苦，渴望着有一个如意的解决。不过，你为了扶植弱小的弟弟，尚且不忍以死卸责，我有年高的双亲，自然不能在他们的抚爱下自求解脱。为了别人牺牲自己，也是上帝的聪明，令人们一个一个系恋着不能自由的好处。

你相信人是不可加以爱怜的，你在无意中施舍了的，常使别人在灵魂中永远浸没着不忘。我自你走了之后，梦中常萦绕着你那幽静的丰神，不管黄昏或深宵，你憔悴的情影，总是飘浮在眼底。有时由恐怖之梦中醒来，我常喊着你的名字，希望你答应我，或即刻递给我一杯茶水，但遭了无声息的拒绝后，才知道你已抛弃下我走了。这种变态的情形，不愿说我是爱你，我是正在病床上僵卧着想你罢！不知夜深人静，你在漂泊的船上，也依稀忆到恍如梦境般，有个曾被你抛弃的朋友。

我的病现已渐好，她们说再有两个礼拜可以出门了。我也乐得在此密织神秘的病神网底，如疲倦的旅客，倚伏在绿荫下求暂时的憩息。昨天我已能扶着床走几步了，等她们走了不监视我时，我还偷偷给母亲写了几个字，我骗她说我忙得很，所以这许久未写信给她；但至如今我还担心着，因为母亲看见我倾斜颠倒的字迹，或者要疑心呢！前一礼拜，天辛来看我，他说不久要离开北京，为了一个心的平静，那个心应当悄悄地走了。今天清晨我接到他由天津寄我的一张画，是一片森林夹着一道清溪，树上地上都铺着一层雪，森林后是一抹红霞，照着雪地，照着森林。

我常盼我的隐恨，能如水晶屏一样，令人清白了然；或者像一枝红烛，摇曳在晦暗的帏底，使人感到光亮，这种自己不幸，同时又令别人不幸的事，使我愤怨诅咒上帝之不仁至永久，至无穷。

病以后，我大概可以变了性情，你也不必念到我，相信我是始终至死，不毁灭我的信仰，将来命运的悲怆，已是难免的灾患，好吧！我已经静静地等候着有那么一天，我闲着眼听一个玛瑙杯碎在岩石上的声音。

今天是星期一，她们都很忙，所以我能写这样长信，从上午九点，写到下午三点，分了几次写，自然是前后杂乱，颠倒无章，你当然只要知道我在天之涯，尚健全地能挥毫如意地写信给你，已感到欣慰了吧！

这次看到西湖时，还忆得仙霞岭捡红叶的人吗？

小 玲

◎石评梅

"又是今宵，孤檠作伴，病嫌裘重，睡也无聊。能禁几度魂消，尽肠断紫箫，春浅愁深，夜长梦短，人近情遥。"

今天慧由图书馆回来时，我刚睡着。醒来时枕畔放着一张红笺，上边抄着这首词，我知道是慧写的，但她还笑着不承应，硬说是梦婆婆送给我的。她天真烂漫得有趣极了，一见我不喜欢，她总要说几句滑稽话逗我笑，在这古荒的庙里，想不到得着这样的佳邻。

放心吧，爱的小玲！我已经好了；我决志做母亲的女儿，不管将来如何苦痛不幸，我总挨延着在地球上陪母亲。因我病已渐好，所以芷溪在上星期就回学校了，现在依然剩了我一个人。昨夜睡觉的时候，我揭起碧纱窗帏，望了望那闪烁的繁星，辽阔的天宇；静悄悄的院里，树影卧在地下，明月挂在天上，一盏半明半暗的灯光，照着压了重病，载了深愁的我；窗外一阵阵风大起来，卷了尘土，扑在窗纸上沙沙作响。这时隔屋的慧大概已进了梦乡，只有我蜷伏在床上，抚着抖颤欲碎的心，低唤着数千里外的母亲。这便是生命的象征，汹涌怒涛的海里，撑着这叶似的船儿和狂飚挣搏；谁知道哪一层浪花淹没我，谁知道哪一阵狂飙卷埋我？

朦胧中我梦见吟梅，穿着浅蓝的衣服，头上罩着一块白的羽纱，她的脸色很好看，不是病时那样憔悴；她不说什么话只默默望了我微笑！我这时并没有想到她已经死了，我走上去握住她的手要想说话，但喉咙里压着声浪，一点音也发不出来；我正焦急的时候，她说了句：波微！我回去了，再见吧！"转瞬间黑漆一片渺茫的道路，她活泼的倩影，不知向何处去了？醒来时枕上很湿，我点起蜡烛一看，原来斑斑驳驳不知何时掉下的眼泪。这时，窗上月色很模糊，风也小了，树影映在窗帏上，被风摇荡着，像一个魂灵的头在那里隙望；静沉沉不听见什么声息，枕畔手表仍铮铮地很协和地摆动！

觉着眼里很模糊，忽然一阵风沙，吹着窗幕瑟瑟地响；似乎有人在窗下走着！不由得我我打了几个寒噤，虽然不恐怖，但也毫无勇气坐着，遂拧灭了灯仍旧睡下。心潮像怒马一样地奔驰，过去的痕迹，像电影一样，一幕一幕迅速地揭着；我这时怀疑人生，怀疑生命，不知人生是梦？梦是人生？

"吟梅呵！我要问万能的上帝，你现在向何处去了？

桃花潭畔的双影，何时映上碧波？阳春楼头的玉箫，何时吹入云霄？你无语默默，悄悄披着羽纱走了，是仙境，是海滨，在这人间何处找你纤细的玉影？"唉！小玲！我这次病的近因，就是为了吟梅的死；我难受极了！

记得我未病以前，父亲来信说："我听见一个朋友说吟梅病得很重，星期那天我去她家看，她已经不能说话了，看见我时，只对我呆呆地望着，瘦得像骷髅一样，深陷的眼眶里似乎还有几滴未尽的泪；我看，过不了两三天吧？"

真的，没有过三天，她姐姐道容来信说她四月十九的早晨死了！这封信我抄给你一看：

"波微：吟梅在一个花香鸟语的清晨，她由命运的铁链下逃逸了；我不知你对她是悲庆，还是哀悼？在我们家里起了无限的变态，父亲和母亲整日家哭泣，在梦寐中，饮食时，都默默然笼罩着一层悲愁的灰幕。我一方面要解慰父母的愁怀，同时我又感到手足的摧残；现在我宛如失群的孤雁在天边徘徊，这虚寂渺茫的地球上，永找不着失去的雁侣。

这消息母亲嘱我不要告你，不过我觉妹妹死时的情形，她的一腔心情，是极缱绻依恋的，我怎忍不告你？

四月十九日的早晨五点钟，她的面色特别光彩，一年消失的红霞，也蓦然间飞上她的双腮；她让我在墙上把你的玉照取下来，她凝眸地望着纸上的你，起头她还微笑着，后来面目渐渐变了，她不断地一声声喊着你的名字；这房里只有母亲和我，还有表哥。——她死时父亲不在这里，父亲在姨太太那里打牌。——这种情形，真令人心酸泪落不忍听！后来母亲将你的相片拿去，但她的呼声仍是不断；甚至她自己叫自己的名字，自己答应着；我问她谁叫你呢？她说是波微！数千里外的你，不能安慰她，与谋一面，至死她还低低叫着你，手里拿着你的相片！唉！真是生离易，死别难。这次惨剧，现在已经结束了，这时正是她前三天咽气的时候，我伏在她的灵帏前，写这封信给你；波微！谁能信天真活泼的吟梅，她只活了十八岁就死了呢？幸而你早参透人生，愿你珍重，不要为她太伤感。死者已矣，只盼你仍继续着吟梅生时的情谊，不要从此就和她一样埋葬了这十几年的友谊！母亲很盼望你暑假回来，来这里多盘桓几天，或者父亲母亲看到你时能安慰些。……"

小玲，真未想到像我这样漂泊的人，能得到一个少女的真心；我觉着我真对不住她，没有回去看她一次。自从接了这信，我病到现在。前几天我想了几句话给她，现在写给你看看：

> 因为这是梦，
> 才轻渺渺没些儿踪迹；
> 飘飘的白云，
> 我疑惑是你的衣襟？
> 辉辉的小星，
> 我疑惑是你的双睛？
> 黑暗笼罩了你的皎容，
> 苦痛燃烧着你的朱唇，
> 十八年惊醒了这虚幻的梦，
> 才知道你来也空空，
> 去也空空！
> 死神用花篮盛了你的悲痛，
> 用轻纱裹了你的腐骨；
> 一束鲜花，
> 一杯清泪，
> 我望着故乡默祝你！
> 才知道你生也聪明，
> 死也聪明。

她的病纯粹是黑暗的家庭，万恶的社会造成的；这是我们痛恨的事，有多少压死在制度环境下的青年！她病有一年之久，但始终我不希望她好，我只默祷着上帝，祝告着死神，早早解脱了她羁系的痛苦，和那坚固的铁链；使她可以振着自由的翅儿，向云烟中啸傲。

虽然我终不免于要回忆那烟一般轻渺的过去。因为我们没有勇气毅力，做一个社会上摒弃的罪人，所以委曲求全，压伏着万丈的火焰，在这机械般最冷酷的人生之轨上蠕动。这是多么可怜呢？自己摧残了青春的花，自己熄灭了生命火光！我真不敢想到！小玲！人生的道上远得很呢，崎岖危险你自己去领略吧！

　　这时夜静了，隔壁有月琴声断断续续地送来，我想闭着眼休息休息，听听这沙漠中的哀歌。

董二嫂

◎石评梅

夏天一个黄昏，我和父亲坐在葡萄架下看报，母亲在房里做花糕；嫂嫂那时病在床上。我们四周围的空气非常静寂，晚风吹着鬓角，许多散发飘扬到我脸上，令我沉醉在这穆静慈爱的环境中，像饮着醇醴一样。

这时忽然送来一阵惨呼哀泣的声音！我一怔，浑身的细胞纤维都紧张起来，我掷下报陡然的由竹椅上站起，父亲也放下报望着我，我们都屏声静气的听着！这时这惨呼声更真切了，还夹着许多人声骂声重物落在人身上的打击声！母亲由房里走出，挽着袖张着两只面粉手，也站在台阶上静听！

这声音似乎就在隔墙。张妈由后院嫂嫂房里走出；看见我们都在院里，她惊惶地说："董二嫂又挨打了，我去瞧瞧怎么回事？"

张妈走后，我们都没有说话；母亲低了头弄她的面手，父亲依然看着报，我一声不响地站在葡萄架下。哀泣声，打击声，嘈杂声依然在这静寂空气中荡漾。我想着人和人中间的感情，到底用什么维系着？人和人中间的怨仇，到底用什么纠结着？我解答不了这问题，跑到母亲面前去问她："妈妈！她是谁？常常这样闹吗？"

"这些事情不稀奇，珠，你整天在学校里生活，自然看不惯：其实家庭里的罪恶，像这样的多着呢。她是给咱挑水的董二的媳妇，她婆婆是著名的狠毒人，谁都惹不起她；耍牌输了回来，就要找媳妇的气生。董二又是一个糊涂人；听上他娘的话就拼命地打媳妇！隔不了十几天，就要闹一场；将来还不晓得弄什么祸事。"

母亲说着走进房里去了。我跑到后院嫂嫂房里，刚上台阶我就喊她，她很细微地答应了我一声！我揭起帐子坐在床沿，握住她手问她："嫂嫂！你听见没有？那面打人！妈妈说是董二的媳妇。"

"珠妹！你整天讲妇女问题，妇女解放，你能拯救一下这可怜被人践踏毒打的女子吗？"

她说完望着我微笑！我浑身战栗了！惭愧我不能向她们这般人释叙我高深的哲理，我又怎能有力拯救这些可怜的女同胞！我低下头想了半天，我问嫂嫂："她这位婆婆，我们能说进话吗？假使能时，我想请她来我家，我劝劝她；或者她会知道改悔！"

"不行，我们刚从省城回来，妈妈看不过；有一次叫张妈请她婆婆过来，劝导她；当时她一点都不承认她虐待姐妇，她反说了许多董二媳妇的坏话。过后她和媳妇生气时，嘴里总要把我家提到里边，说妈妈给她媳妇支硬腰，合谋地要逼死她；妹！这样无智识的人，你不能理喻的；将来有什么事或者还要赖人，所以旁人绝对不能干涉他们家庭内的事！咳！那个小媳妇，前几天还在舅母家洗了几天衣裳，怪可人的模样儿，哪晓得她为什么这般薄命逢见母夜叉？"

张妈回来了。气得脸都青了，喘着气给我斟了一杯茶，我看见她这样忍不住笑了！嫂嫂笑着望她说："张妈！何必气得这样，你记住将来狗子娶了媳妇，你不要那么待她就积德了。"

"少奶奶！阿弥陀佛！我可不敢，谁家里没有女儿呢；知道疼自己的女儿，就不疼别人的女儿吗？狗子娶了媳妇我一定不歪待她的，少奶你不信瞧着！"

她们说的话太远了，我是急于要从张妈嘴里晓得董二嫂究竟为了什么挨打。后来张妈仔细地告诉我，原来为董二的妈今天在外边输了钱。回来向她媳妇借钱，她说没有钱；又向她借东西，她说陪嫁的一个橱两个箱，都在房里，不信时请她去自己找，董二娘为了这就调唆着董二打他媳妇！确巧董二今天在坡头村吃了喜酒回来，醉熏熏地听了他娘的话，不分皂白便痛打了她一阵。

那边哀泣声已听不到，张妈说完后也帮母亲去蒸花糕，预备明天我们上山做干粮的。吃晚饭时母亲一句话都没有说，父亲呢也不如经常高兴；我自己也莫名其妙地荡漾起已伏的心波！那夜我没有看书，收拾了一下我们上山的行装后，很早我就睡了。睡下时我偷偷在枕上流泪！为什么我真说不来；我常想着怎样能安慰董二嫂？可怜我们在一个地球上，一层粉墙隔得我们成了两个世界里的人，为什么我们无力干涉她？什么县长，什么街长？他们诚然比我有力去干涉她，然而为什么他们都视若罔睹，听若罔闻呢！

"十年媳妇熬成婆"，大概他们觉得女人本来不值钱，女人而给人做媳妇，更是命该倒霉受苦的！因之他们毫不干涉，看着这残忍野狠的人们猖狂，看着这可怜微小的人们呻吟！要环境造成了这个习惯，这习惯又养了这个狠心。根本他们看一个人的生命，和蚂蚁一样地不在意。可怜屏弃在普通常识外的人们呵！什么时候才认识了女人是人呢？

第二天十点钟我和父亲昆侄坐了轿子去逛山，母亲将花糕点心都让人挑着：那天我们都高兴极了！董二嫂的事，已不在我们心域中了！在杨村地方，轿夫们都放下轿在那里息肩，我看见父亲怒冲冲地和一个轿夫说话，站得远我听不真，看样子似乎父亲责备那个人。我问昆侄那个轿夫是谁？他说那就是给我们挑水的董二。我想到着父亲一定是骂他不应该欺侮他自己的女人。我默祷着董二嫂将来的幸福，或须她会由黑洞中爬出来，逃了野兽们蹂躏的一天！

我们在山里逛了七天，父亲住在庙里看书，我和昆侄天天看朝霞望日升，送晚虹迎月升，整天在松株青峰清溪岩石间徘徊。夜里在古刹听钟声，早晨在山上听鸣禽；要不然跑到野草的地上扑捉蝴蝶。这是我生命里永不能忘记的，伴着年近古稀的老父，偕着双鬟未成的小侄，在这青山流水间，过这几天浪漫而不受任何拘束的生活。

七天后，母亲派人来接我们。抬轿的人换了一个，董二没有来。下午五点钟才到家，看见母亲我高兴极了，和我由千里外异乡归来一样：虽然这仅是七天的别离。跑到后院看嫂嫂，我给她许多美丽的蝴蝶，昆侄坐在床畔告诉她逛山的所见，乱七八糟不知她该告诉母亲什么才好。然而嫂嫂绝不为了我们的喜欢而喜欢，她仍然很忧郁地不多说话，我想她一定是为了自己的病。我正要出去，张妈揭帘进来，嘴口张了几张似乎想说话又不敢说，只望着嫂嫂；我奇怪极了，问她："什么？张妈？""太太不让我告小姐。"

她说着时望着嫂嫂。昆侄比我还急，跳下床来抱住张妈像扭股儿糖一样缠她，问她什么事不准姑姑知道？嫂嫂笑了！她说："其实何必瞒你呢：不过妈因为你胆子小心又软，不愿让你知道；不过这些事在外边也很多，你虽看不见，然而每天社会新闻栏里有的是，什么稀奇事儿！"

"什么事呢？到底是什么事？"我问。

张妈听了嫂嫂话，又听见我追问，她实在不能耐了，张着嘴，双手张开跳到我面前，她说："董二的媳妇死了！"

我没有勇气，而且我也想不必，因之我不追问究竟了。我扶着嫂嫂的床栏呆呆地站了有十分钟，嫂嫂闭着眼睛，张妈在案上检药包，昆侄拉着我的衣角这样沉默了十分钟。后来还是奶妈进来叫我吃饭，我才回到妈妈房里。妈妈没有说什么，父亲也没有说什么，然而我已知道他们都得到这个消息了！一般人认为不相干的消息，在我们家里，却表示了充分的黯淡！

　　董二嫂死了！不过像人们无意中践踏了的蚂蚁，董二仍然要娶媳妇，董二娘依尽要当婆婆，一切形式似乎都照旧。

　　直到我走，我再没有而且再不能听见那哀婉的泣声了！然而那凄哀的泣声似乎常常在我耳旁萦绕着！同时很惭愧我和她是两个世界的人，我感觉到自己的力量太微小了，我是贵族阶级的罪人，我不应该怨恨一切无智识的狠毒妇人，我应该怨自己未曾指导救护过一个人。

曼青姑娘

◎缪崇群

曼青姑娘，现在大约已经做了人家的贤妻良母；不然，也许还在那烟花般的世界里度着她的生涯。

在亲爱的丈夫的怀抱里，娇儿女的面前，她不会想到那云烟般的往事了，在迎欢，卖笑，妩媚人的当儿，一定的，她更不会想到这芸芸的众生里，还有我这么一个人存在着，并且，有时还忆起她所不能回忆得到的——那些消灭了的幻景。

现在想起来，在灯下坐着高板凳，一句一句热心地教她读书的是我；在白墙上写黑字，黑墙上写白字骂她的也是我；一度一度地，在激情下切恨她的是我；一度一度地，当着冷静，理智罩在心底的时刻，怜悯她、同情她的又是我……

她是我们早年的一个邻居，她们的家，简单极了，两间屋子，便装满了她们所有的一切。同她住在一起的是她的母亲；听说丈夫是有的，他在很远很远的地方做着官吏。

每天，她不做衣，她也不缝衣。她的眉毛好像生着为发愁来的，终日地总是蹙在一起。旁人看见她这种样子，都暗暗的说曼青姑娘太寂寥了。

做邻居不久，我们便很熟悉了。不知是怎么一种念头，她想认字读书了，于是就请我当作她的先生。我那时一点也没有推辞，而且很勇敢地应允了；虽然那时我还是一个高小没有毕业的学生。

"人，手，足，刀，尺。"我用食指一个一个地指。

"人，手，足，刀，尺。"她小心翼翼地点着头儿读。

我们没有假期，每天我这位热心的先生，总是高高地坐在凳上，舌敝唇焦地教她。不到一个月的功夫，差不多就教完"初等国文教科书"第一册了。

换到第二册，我又给她添了讲解，她似乎听得更津津有味地起来。

"园中花，

"朵朵红。

"我呼姊姊,

"快来看花。"

……

"懂了么?"

"嗯——"

"真懂了么? 不懂的要问,我还可以替你再讲的。"

"那——"

"那么明天我问!"我说的时候很郑重,心里却很高兴。我好像真个是一个先生了;而且能够摆出了一点先生的架子似的。

然而,这位先生终于是一个孩子,有时因为一点小事便恼怒了。在白墙上用炭写了许多"郭曼青,郭曼青……"在黑墙上又用粉笔写了许多"郭曼青,郭曼青……"罢教三日,这是常有的事。到了恢复的时候,她每每不高兴地咕噜着!

"你尽写我的名字。"

现在想起来也真好笑,要不是我教会了她的名字,她怎么会知道我写的是她的名字呢?

几个月的成绩如何,我并没有实际考察过,但最低的限度,她已经是一个能够认识她自己名字的人。

哥哥病的时候,她们早已迁到旁的地方去了,哥哥死后,母亲倒有一次提过曼青姑娘的事,那时我还不很懂呢。母亲说:

"郭家的姑娘不是一个好人。有一次你哥哥从学校回来,已经夜了,是她出去开的门,她捏你哥哥的手……"

"哥哥呢?"

"没有睬她。"

我想起哥哥在的时候,他每逢遇着曼青姑娘,总是和蔼地笑,也不为礼。曼青姑娘呢,报之以笑,但笑过后便把头低下去了。

曼青姑娘的模样,我到现在还是记得清清楚楚的,她的眼睛并不很大,可是眯眯地最媚人;她的身材不很高,可是确有袅娜的风姿。在我记忆中的女人,大约曼青姑娘是最美丽的了。同时,她母亲的模样,在我脑中也铭刻着最深的印象;我从来没有见过那样神秘,鬼蜮难看的女人。的确地,她真仿佛我从故事里听来的巫婆一样；她或者真是一个人间的典型的巫婆也未可知。

她们虽然离开我们了，而曼青姑娘的母亲，还是不断地来找我们。逢到母亲忧郁的时候，她也装成一副带愁的面孔陪着，母亲提起了我的哥哥，她也便说起我的哥哥。

"真是怪可惜的，那么一个聪明秀气，那么一个温和谦雅的人……我和姑娘，谁不夸他好呢？偏偏不长寿……"

母亲如果提到曼青姑娘，她于是又说起了她。

"姑娘也是一个命苦的人，这些日子尽阴自哭了，问她为什么，她也不肯说。汤先生——那个在这地做官的——还是春天来过一封信，寄了几十块钱，说夏天要把姑娘接回南……可是直到现在，也没有见他的影子。"

说完了是长吁短叹，好像人世难过似的。

她每次来，都要带着一两个大小的包袱，当她临走的时候，才从容，似乎顺便地说：

"这是半匹最好的华丝葛，只卖十块钱；这是半打丝袜子，只卖五块……这些东西要在店里买去，双倍的价钱恐怕也买不来的。留下一点罢，我是替旁人弄钱，如果要，还可以再少一点的，因为都不是外人……"

母亲被她这种花言巧语蛊惑着，上当恐怕不只一次了。后来渐渐窥破了她的伎俩，便不再买她的东西了。母亲也发现了她同时是一个可怕的巫婆么？我不知道。

我到了哥哥那样年龄，我也住到学校的宿舍里去。每逢回家听见母亲提到曼青姑娘的事，已不似以前那样的茫然。后来我又曾听说过，我们的米，我们的煤，我们的钱，都时常被父亲遣人送到曼青姑娘家里去，也许罢，人家要说这是济人之急的，但我对于这种博大的同情，分外的施与，总是禁不住地怀疑。

啊，我想起来了，那丝袜的来源，那绸缎的赠送者了……那是不是一群愚笨可笑的呆子呢？

美女的笑，给你，也会给他，给了一切的人。巫婆的计，售你，也会售他；售了一切的人。

曼青姑娘是一个桃花般的女子，她的颜色，恐怕都是吸来了无数人们的血液化成的。

在激情下我切齿恨她了；同时我也切齿恨了所有人类的那种丑恶的根性！

曼青姑娘，听说后来又几度地嫁过男人，最后，终于被她母亲卖到娼家去了。

究竟摆脱不过的是人类的丑恶的根性，还是敌不过那巫婆的诡计呢？我有时一想到郭家的事，便这样被没有答案地忿恨而哽怅着。

然而，很凑巧地，后来我又听人说到曼青姑娘了；说她是从幼抱来的，她所唤的母亲，并不是生她的母亲，而是一个世间的巫婆。

在冷静独思的当儿，理智罩在我心底的时刻，我又不得不替曼青姑娘这样想了：她的言笑，她的举止，她的一切，恐怕那都是鞭笞下的产物；她的肉体和灵魂，长期被人蹂躏而玩弄着；她的青春没有一朵花，只换来了几个金钱，装在那个巫婆的口袋里罢了……

在这了广大而扰攘的世间，她才是一个最可怜而且孤独的人。怜悯她的，同情她的固然没有，就是知道她的人，恐怕也没有几个罢。

一九三○，七月改作

原载《北新》第 4 卷第 21－22 号合刊

凤子进城

◎缪崇群

才是黄昏的时刻，因为房子深邃，已经显得非常黑暗了。对面立着一个小女孩子，看不清她的相貌，只觉得她的身材比八仙桌子高不了许多。

嫌房子黑，也想看一看这个小人。

"会擦洋灯罩子吗？"我指了一指那盏放在桌子当中的美孚行的红洋油灯。迟疑，没有回答。连自己想着也怕麻烦，便划了一根火柴把它点着了。

骤然的光亮，使她的眼睛感着一种苦涩的刺激似的。

"我们乡下里不点灯，天黑了就上床睡觉了。"边说着边不停地眨着眼。话的声调很清楚，样子是伶俐的。

看见她有一张薄薄的嘴，扁扁的鼻子，细小的眼睛，一根黄黄的短辫子，拖着的是一副灰白的脸。

想到刚才介绍人说的她的年龄，不大相信起来了。

"看你只有十一二岁，别瞒人。"

"十六，真的是十六，我属羊子的。"

"属羊子的十六——"

她急忙点着头，自己接连着说；

"我大姐二十四，我二哥十九，我小哥十八，我，我十六，小毛子十四，小丫头十一，春子——春子九岁……"

知道她也许真的是十六岁了，想——乡村里的孩子是这样地长大不起来啊！一群一群没有营养的小孩子的面庞，无数只的瘦小的手，像是在眼前陈列了起来，伸举起来了。

"春子是顶小的了。"想止住了她的话，免得她再计算再背。

她摇了一摇头，随着搬起左手的小指和无名指说：

"还有两个，一个吃着奶，一个才会走。"

"你们家里的人可真不少了。"

"还送掉两个给人哩。小毛子给人家做养媳，他们家里穷，也在家里。"

"对了，还没有问你叫什么名子哩。"

"我叫凤子。"

听到这个好名字，却想到了许多不幸的小孩子们的名子了。她们叫金宝，她们叫银子，她们叫小喜子，叫小红儿……可是她们是贫贱的，褴褛的，饥饿的，她们毫无生气地在茅草棚里，在土坯洞里活着，像没有在地上映过一个影子似的那么寂寞，那么短促地又离散了又死亡了。不知怎么，这个初进城的凤子，带来了一种时代的忧郁的气氛，仿佛把这一间房子罩得更阴沉了一些似的了。

晚饭的时候，让凤子也坐在一旁吃。拨了一碟腌菜，和空了一半的咸蛋。她吃得不住口，说也不住口：

"我们乡里下的菜可没有这多油，一酒杯要炒一大锅，蛋是谁也舍不得吃，两个半铜板一个，拿去换盐换米，他们一贩到城里就卖六七个铜板了。我们有七只鸭，天天放到河里，有了歹人，偷一只，偷一只，偷一只，后来都偷光了。"放下了碗筷，拿手比着势子，说挺肥挺大的。她爹也想出来了，乡下的日子过不了。

问她爹会做什么，凤子说顶有力气，会烧大锅的饭……

"我进城来爹爹送了我很远很远，他说他长了这么大还没有进过城，倒是我能来了。他又回去了……真的，他顶有力气，他会烧大锅的饭。"

她停顿着，像在探试着她的推荐有没有效果似的。

谁能告诉她的爹的力气有什么用处呢？城里头就是有千万个烧大锅饭人的地方，饥饿的乡里人怕也只是徒然望着他家里的那个张着大嘴的空大锅叹息罢？

吃罢饭，凤子到老虎灶冲水去了，去了很久，她的介绍人又来了。笑着，是一个狡猾的有油的家伙。他把凤子带走了。

后院的陈妈说刚才老虎灶上有人拖凤子的辫子，摸她的脸。

"外边尽是歹人！"是她的结语。

凤子进城了，怕又到了城的另一隅了。城像一个张着口的大锅，恐怕不用油，也能炒熟了许多许多东西的罢。

选自《废墟集》

菊英的出嫁

◎鲁　彦

　　菊英离开她已有整整的十年了。这十年中她不知道滴了多少眼泪，瘦了多少肌肉了，为了菊英，为了她的心肝儿。

　　人家的女儿都在自己的娘身边长大，时时刻刻倚傍着自己的娘，"阿姆阿姆"的喊。只有她的菊英，她的心肝儿，不在她的身边长大，不在她的身边倚傍着喊"阿姆阿姆"。

　　人家的女儿离开娘的也有，例如出了嫁，她便不和娘住在一起。但做娘的仍可以看见她的女儿，她可以到女儿那边去，女儿可以到她这里来。即使女儿被丈夫带到远处去了，做娘的可以写信给女儿，女儿也可以写信给娘，娘不能见女儿的面，女儿可以寄一张相片给娘。现在只有她，菊英的娘，十年中不曾见过菊英，不曾收到菊英一封信，甚至一张明片。十年以前，她又不曾给菊英照过相。

　　她能知道她的菊英现在的情形吗？菊英的口角露着微笑？菊英的眼边留着泪痕？菊英的世界是一个光明的？是一个黑暗的？有神在保佑菊英？有恶鬼在捉弄菊英？菊英肥了？菊英瘦了？或者病了？——这种种，只有天知道！

　　但是菊英长得高了，发育成熟了，她相信是一定的。无论男子或女子，到了十七八岁的时候想要一个老婆或老公，她相信是必然的。她确信——这用不着问菊英——菊英现在非常地需要一个丈夫了。菊英现在一定感觉到非常的寂寞，非常的孤单。菊英所呼吸的空气一定是沉重的，闷人的。菊英一定非常地苦恼，非常地忧郁。菊英"定感觉到了活着没有趣味。或者——她想——菊英甚至于想自杀。要把她的心肝儿菊英从悲观的、绝望的、危险的地方拖到乐观的、希望的、平安的地方，她知道不是威吓，不是理论，不是劝告，不是母爱，所能济事；唯一的方法是给菊英一个老公，一个年轻的老公。自然，菊英绝不至于说自己的苦恼是因为没有老公；或者菊英竟当真地不晓得自己的苦恼是因何而起的也未可知。但是给菊英一个老公，必可除却菊英的寂寞，菊英的孤单。他会给菊英许多温和的安慰和许多的快乐。菊英的身体有了托付，灵魂有了依附，便会快活起来，不至于再陷入这样危险的地方去了。问一个十七八岁的女子要不要老公，这是不会得到"要"字的回答的。不论她平日如何注意男子，喜欢男子，想念男子，或甚至已爱上了一个男子，你都无须多礼。菊英的娘明白这个道理，所以也毅然地把对女儿的责任照着向来的风俗放在自己的肩上了。她已经耗费了许多心血。五六年前，一听见媒人来说某人要给儿子讨一个老婆，她便要冒风冒雨，跋山涉水地去东西打听。于今，她心满意足了，她找到了一个非常好的女婿。虽然她现在看不见女婿，但是女婿在七八岁时照的一张相片，她看见过。他生得非常的秀丽，显见得是一个聪明的孩子。因了媒人的说合，她已和他的爹娘订了婚约。他的家里很有钱，聘金的多少是用不着开口的。四百元大洋已做一次送来。她现在正忙着办嫁妆，她的力量能好到什么地步，她便好到什么地步。这样，她才心安，才觉得对得住女儿。

菊英的爹是一个商人。虽然他并不懂得洋文，但是因为他老成忠厚，森森煤油公司的外国人遂把银根托付了他，请他做经理。他的薪水不多，每月只有三十元，但每年年底的花红往往超过他一年的薪水。他在森森公司五年，手头已有数千元的积蓄。菊英的娘对于穿吃，非常的俭省。虽然菊英的爹不时一百元二百元地从远处带来给她，但她总是不肯做一件好的衣服，买一点好的小菜。她身体很不强健，屡因稍微过度的劳动或心中有点不乐，她的大腿腰背便会酸起来，太阳心口会痛起来，牙床会浮肿起来，眼睛会模糊起来。但是她虽然这样地多病，她总是不肯雇一个女工，甚至一个工钱极便宜的小女孩。她往往带着病还要工作。腰和背尽管酸痛，她有衣服要洗时，还是不肯在家用水缸里的水洗——她说水缸里的水是备紧要时用的——定要跑到河边，走下那高高低低摇动而且狭窄的一级一级的埠头，跪倒在最末的一级，弯着酸痛的腰和背，用力地洗衣服。眼睛尽管起了红丝，模糊而且疼痛，有什么衣或鞋要做时，她还是要带上眼镜，勉强地做衣或鞋。她的几种病所以成为医不好的老病，而且一天比一天厉害了下去，未始不是她过度的勉强支持所致。菊英的爹和邻居都屡次劝她雇一个女工，不要这样过度的操劳，但她总是不肯。她知道别人的劝告是对的。她知道自己的身体一天不如一天的缘故。但是她以为自己是不要紧的，不论多病或不寿。她以为要紧的是，赶快给女儿嫁一个老公，给儿子讨一个老婆，而且都要热热闹闹阔绰绰地举办。菊英的娘和爹，一个千辛万苦地在家工作，一个飘海过洋地在外面经商，一大半是为的儿女的大事。如果儿女的婚姻草草地了事，他们的心中便要生出非常的不安。因为他们觉得儿女的婚嫁，是做爹娘责任内应尽的事，做儿女的除了拜堂以外，可以袖手旁观。不能使喜事热闹阔绰，他们便觉得对不住儿女。人家女儿多的，也须东挪西扯地弄一点钱来尽力地把她们一个一个、热热闹闹阔阔绰绰地嫁出去，何况他们除了菊英没有第二个女儿，而且菊英又是娘所最爱的心肝儿。

小 六

◎萧 红

"六啊，六……"

孩子顶着一块大锅盖，蹒蹒跚跚大蜘蛛一样从楼梯爬下来，孩子头上的汗还不等揩抹，妈妈又唤喊了：

"六啊！……六啊！……"

是小六家搬家的日子。八月天，风静睡着，树梢不动，蓝天好像碧蓝的湖水，一条云彩也未挂到湖上。楼顶闲荡无忧地在晒太阳。楼梯被石墙的阴影遮断了一半，和往日一样，该是预备午饭的时候。

"六啊……六，……小六……"

一切都和昨日一样，一切没有变动，太阳，天空，墙外的树，树下的两只红毛鸡仍在啄食。小六家房盖穿着洞了，有泥块打进水桶，阳光从窗子、门、从打开的房盖一起走进来，阳光逼走了小六家一切盆子、桶子和人。

不到一个月，那家的楼房完全长起，红色瓦片盖住楼顶，有木匠在那里正装窗框。

吃过午饭，泥水匠躺在长板条上睡觉，木匠也和大鱼似的找个荫凉的地方睡。那一些拖长的腿，泥污的手脚，在长板条上可怕地，偶然伸动两下。全个后院，全个午间，让他们的鼾声结着群。

虽然楼顶已盖好瓦片，但在小六娘觉得只要那些人醒来，楼好像又高一点，好像天空又短了一块。那家的楼房玻璃快到窗框上去闪光，烟囱快要冒起烟来了。

同时小六家呢？爹爹提着床板一条一条去卖。并且蟋蟀吟鸣得厉害，墙根草莓棵藏着蟋蟀似的。爹爹回来，他的单衫不像夏夜那样染着汗。娘在有月的夜里，和旷野上老树一般，一张叶子也没有，娘的灵魂里一颗眼泪也没有，娘没有灵魂！

"自来火给我！小六他娘，小六他娘。"

"俺娘哪来的自来火，昨晚不是借的自来火点灯吗？"爹爹骂起来："懒老婆，要你也过日子，不要你也过日子。"

爹爹没有再骂，假如再骂小六就一定哭起来，她想爹爹又要打娘。

爹爹去卖西瓜，小六也跟着去。后海沿那一些闹嚷嚷的人，推车的，摇船的，肩布袋的……拉车的。爹爹切西瓜，小六拾着从他们嘴上流下来的瓜子。后来爹爹又提着篮子卖油条、包子。娘在墙根砍着树枝。小六到后山去拾落叶。

孩子夜间说的睡话多起来，爹和娘也嚷着：

"别挤我呀！往那面一点，我腿疼。"

"六啊！六啊，你爹死到哪个地方去啦？"

女人和患病的猪一般在露天的房子里哼哽地说话。

"快搬，快搬……告诉早搬，你不早搬，你不早搬，打碎你的盆！瞒——谁？"

大块的士敏土翻滚着沉落。那个人嚷一些什么，女人听不清了！女人坐在灰尘中，好像让她坐在着火的烟中，两眼快要流泪，喉头麻辣辣，好象她幼年时候夜里的恶梦，好象她幼年时候爬山滚落了。

"六啊！六啊！"

孩子在她身边站着：

"娘，俺在这。"

"六啊！六啊！"

"娘，俺在这。俺不是在这吗？"

那女人，孩子拉到她的手她才看见。若不触到她，她什么也看不到了。

那一些盆子桶子，罗列在门前。她家像是着了火；或是无缘的，想也想不到地闯进一些鬼魔去。

"把六挤掉地下去了。一条被你自己盖着。"

一家三人腰疼腿疼，然而不能吃饱穿暖。

妈妈出去做女仆，小六也去，她是妈妈的小仆人，妈为人家烧饭，小六提着壶去打水。柏油路上飞着雨丝，那是秋雨了。小六戴着爹爹的大毡帽，提着壶在雨中穿过横道。那夜小六和娘一起哭着回来。爹说：

"哭死……死就痛快地死。"

房东又来赶他们搬家。说这间厨房已经租出去了。后院亭子间盖起楼房来了！前院厨房又租出去。蟋蟀夜夜吟鸣，小六全家在蟋蟀吟鸣里向着天外的白月坐着。尤其是娘，她呆人一样，朽木一样。她说："往哪里搬？我本来打算一个月三元钱能租个板房！……你看……那家算掉我……"

夜夜那女人不睡觉。肩上披着一张单布坐着。搬到什么地方去！搬到海里去？搬家把女人逼得疯子似的，眼睛每天红着。她家吵架，全院人都去看热闹。"我不活……啦……你打死我……打死我……"

小六惶惑着，比妈妈的哭声更大，那孩子跑到同院人家去唤喊："打俺娘……爹打俺娘……"有时候她竟向大街去喊。同院人来了！但是无法分开，他们像两条狗打仗似的。小六用拳头在爹的背脊上挥两下，但是又停下来哭，那孩子好像有火烧着她一般，暴跳起来。打仗停下了时候，那也正同狗一样，爹爹在墙根这面呼喘，妈妈在墙根那面呼喘。

"你打俺娘，你……你要打死她。俺娘……俺娘……"爹和娘静下来，小六还没有静下来，那孩子仍哭。

有时夜里打起来，床板翻倒，同院别人家的孩子渐渐害怕起来，说小六她娘疯了，有的说她着了妖魔。因为每次打仗都是哭得昏过去停止。

"小六跳海了……小六跳海了……"

院中人都出来看小六。那女人抱着孩子去跳湾（湾即路旁之臭泥沼），而不是去跳海。她向石墙疯狂地跌撞，湿得全身打颤的小六又是哭，女人号啕到半夜。同院人家的孩子更害怕起来，说是小六也疯了。娘停止号啕时，才听到蟋蟀在墙根鸣。娘就穿着湿裤子睡。

白月夜夜照在人间，安息了！人人都安息了！可是太阳一出来时，小六家又得搬家。搬向哪里去呢？说不定娘要跳海，又要把小六先推下海去。

倔强的女孩

◎泰戈尔

一

天上的乌云，变成了一颗颗雨滴，降临大地，可谓是向大地投诚哩。女人们就像雨滴一样，不知从何方来到世界上，成为尘世的阻力。

对她们来说，天地太小了，男人也太少了。她们只能把自己的言论、痛苦、忧虑等一切统统限制在狭小的天地里。所以，她们头上蒙着面纱，手上戴着镯子，院子的四周筑起墙壁。女人们是有限天地里的因陀拉妮①。

然而，不知哪位神仙开了个玩笑，于是这个小姑娘便带着无穷的不安，降生在我们的邻里。妈妈气呼呼地叫她"魔鬼"，爸爸笑着叫她"疯子"。

她犹如一泓清泉，穿越权势的礁石，奔流而去。她的那颗心，宛如竹林顶端的枝叶，只是在瑟瑟地颤抖呢。

二

今天我看见，这个倔强的女孩依着凉台上的栏杆，在那里默默伫立。说她像雨后的彩虹，那是很贴切的。她那双黑黑的大眼睛，今天却显得呆痴，好像雨天被淋湿翅膀的小鸟，立在豆马尔树枝上。

以前从来没见过她这样呆木。我觉得，她仿佛是一条奔腾的小溪，突然流到一个地方。变成了一汪静谧的水池。

三

几天前，炎热的统治十分凶猛；大地的容颜暗淡，凄惨；树叶枯萎、变贫，丧失了生的希望。

这时候，几朵闲散疯癫的乌云，突然在天边扎下营盘。

一缕血红的落日余晖，宛如一把宝剑，从剑路里直射出来。

夜半更深，我看到门扉在猛烈地抖动。暴风雨揪住全城的束发，把它从梦中唤醒。

我起来一看，小巷里的灯光在密雨中显得十分昏暗，就像是醉汉的眼睛。透过浦涌的细雨，庙里的钟声在空中回荡。

早晨，雨丝更密；太阳还没有升起。

四

我们邻居的那个女孩，冒着这样的风雨，扶着凉台上的栏杆，默默伫立。

她的妹妹来到她面前，说："妈妈在叫你。"她只是使劲地摇了摇头，发辫也随着摆动起来；她的弟弟拿着纸船，来拉地的手。她却把手抽了回去。弟弟开始拉她去玩耍，可她却打了弟弟一下。

五

雨仍在下。暮色更浓。小女孩仍然呆木地立在那里。在远古时代创造出来的口，是用雨的言词与风的音调讲出第一句话的。亿万年过去了，那被忘记的昔日话语，今天又用雨声来呼唤这个女孩呢。那呼声唤语，越过一切樊篱，在外面徐徐消逝。

有过多少伟大的时代，有过多少伟大的人世！又有多少生灵在世界的多少个时代中欢快地繁衍生息！何等久远，何等辽阔！透过云影和雨声，在这个不驯服的小姑娘的脸上，我们看到了这一切。

她合上那双大眼睛，静静地立着，宛如无限时代的楷模。

①因陀拉尼：印度古代神话传说中的女神，因陀罗的爱妻。

生命与爱

◎托尔斯泰

众所周知，爱的感情之中有一种特有的解决生命所有矛盾的能力。它给人以巨大的幸福，而对这种幸福的向往构成了人的生命本身。然而，那些不懂生命的人叫嚷着："但是要知道，这种爱是偶尔才发生的，是不能持久的，它的后果常常是更大的苦难。"

在这些人的心目中，爱情不是理性意识所认为的那样——生命中唯一合乎规律的现象，而不过是一生中常常出现的各种数不清的偶然现象中的一种，人的一生中有各种各样的情绪：人有时会夸耀，有时会迷上科学或艺术，有时热衷于工作、虚荣、收藏，有时会爱着某个人。

对于没有理性的人们来说，爱的情绪不是人类生命的本质，是一种偶然的情绪，一种独立于意志之外的情绪，同人的一生中会产生的其他情绪一样。更有甚者，我们还能常常听到或谈到这样的推论：爱情是某种不正确的破坏生命正常进行的折磨人的情绪。这种议论很像太阳升起来的时候，猫头鹰所产生的眩晕感觉。

尽管如此，在爱的状态中，这些人也感觉到了一种特别的、比起所有别的情绪来都更重要的东西。但是，不理解生命，人们也就不会理解爱情。而对于这些不懂生命的人来说，爱的状态和其他所有情绪一样，充满苦难，充满欺骗。

"去爱，可是去爱谁呢？

暂时爱一下不值得，

而永远爱又不可能……"

这些话准确地表现了人们的模糊不清的认识：爱情之中有着摆脱生命苦难的东西，有某种类似真正幸福的东西。与此同时，人们也承认，对于不理解生命的人来说，爱情也不可能是灵魂得救之方。

既然无人可爱，任何爱情也就都自然流逝。因此只有当有人可以爱的时候，只有当有人可以永远爱着的时候，爱情才成为幸福。而由于没有这个人，那么爱情之中也就没有拯救之方，爱情也是骗局，也是苦难，同所有别的东西一样。这些人只能如此理解爱情，而不会有别的理解。

不懂生命的人认为，生命不是别的，只是动物性存在的人。他们不但自己跟别人学会了这一点，而且也以此教导着他人。

在这些人的眼中，爱情简直不能有我们大家通常赋予这个概念的内涵。它不是给爱的人和被爱的人带来了幸福的好的活动。在认为生命在于动物性的人们的观念中，爱情常常是这样的感情。由于这种感情，一个父亲尽管感到良心的折磨，却仍然会从饥饿的人那里抢来最后一块面包来喂养自己的孩子；由于这种感情，一个母亲会为了自己孩子的幸福，而从别的饥饿的孩子那里夺走他母亲的奶；由于这种感情，爱着一个女人的男人会为这爱情而痛苦，并迫使这个女人也痛苦，或者出于忌妒而毁灭自己和她；由于这种感情，经常发生人们为了爱情而残害妇女；由于这种感情，一个集团为维护自己而损害另一个集团；由于这种感情，人们在所爱的事业上——这个事业只能给周围人带来灾难和痛苦——自己折磨自己；由于这种感情，人们不能忍受对自己祖国的侮辱，而让死尸和伤兵铺满荒野。

不仅如此，对于那些承认生命在于动物性躯体的人来说，爱情活动是如此困难，以致它的表现不只是痛苦的，并且常常是不可能的。不理解生命的人们常说，不应当去讨论爱情，而应当沉入在那种真正的爱情中——你所感觉到的对人们直接喜欢和偏爱的感情。

他们说得没错，不应当去讨论爱情，因为任何对爱情的讨论都是在毁灭爱情。但是问题在于能不讨论爱情的只有那种已经把理智用于对生命理解的人，只有那种抛弃了个人生命幸福的人；而对于那种不理解生命、只为了动物性躯体幸福而生存的人来说，是不能不去讨论爱情的。他们必然要讨论，以便能沉浸于那种被他们称之为爱情的感情。对于他们来说，不讨论、不解决那些不能解决的问题，这种感情就不可能出现。

事实上，人们喜欢自己的小孩、自己的朋友、自己的妻子、自己的祖国远胜于别的任何孩子、妻子、朋友、国家。人们把这种感情称之为爱情。

一般来说，爱意味着希望，渴望行善。我们只能这样理解爱情而不能有别的理解。换句话说，我爱自己的孩子、自己的妻子、自己的祖国，也就是希望自己的孩子、妻子、祖国比别的孩子、妻子、祖国更幸福。任何时候没有过，也不可能有这种情况，我爱的只是我的孩子，或者只爱我的妻子，或者只爱我的祖国。任何人都是在同时爱着孩子、妻子、祖国和人们，同时人们出于爱情而希望他所爱的各个对象能获得幸福，其条件是相互联系的。

因而，人为了所爱的生命中的一个所进行的爱的活动，不仅妨碍为其他人而进行的活动，而且常常是有害于其他人。

对祖国的爱，对选中的职业的爱，对所有人的爱，也完全如此。如果一个人为了以后的最大的爱而拒绝眼前最小的爱，那么十分清楚，这个人，尽管他全心地希望，却永远也不能权衡，他在多大程度上能够为了将来的要求而拒绝眼前的要求，因而他也就没有能力去解决这个问题，而总是挑选那些会给他带来愉快的爱的表现，也就是说，他的行动不是为了爱，而只是为了他个人。如果一个人打定主意，为了未来另一个较大的爱，他最好放弃眼前最小的爱，那么他这是在欺骗自己，或者欺骗别人，他是谁都不爱，而只爱他自己。

对未来的爱是不存在的，爱只能是现实的。一个人，如果在现实中没有表现出爱，他就根本没有爱。

那种被不理解生命的人称作爱情的东西，只是对自己个人幸福的某一些条件的偏爱；当不理解生命的人说他爱自己的妻子、或者孩子、或者朋友的时候，他说的只是由于他妻子、孩子、朋友的存在增添了他个人生命的幸福。

这种偏爱同真正爱的关系就像存在同生命的关系，那些不理解生命的人总把存在当做生命。同样，这些人也总把对个人生存的某些条件的偏心叫做爱。

这种感情——对某些存在的偏心，例如，对自己的孩子，甚至对某些职业，再比如对科学、对艺术的偏爱等，我们也都把这些叫做爱，但是这种偏心感情各不相同，无穷无尽，它汇集了人的动物生命所有看得见、摸得着的复杂性，不能称之为爱，因为它们不具备爱的主要特征——即以幸福为目的和后果的活动。

这些偏心的热烈表现只能煽起动物性躯体的热情之火。热烈地偏重一些人而不去重视另一些人，这被人错误地称作爱，其实，它不过是未嫁接的小果树，在它上面有可能嫁接上真正的爱之枝，可以结出爱之果。但是作为未嫁接的小果树，它毕竟不是成熟的果树，它不能结出苹果，或者它只能结出苦果来代替甜果。

　　偏爱、嗜好同样不是爱，不能给人带来善，只会给人带来更大的恶。正因为如此，世界上发生的那些最大的恶行都是因为这个被充分赞美的爱，对女人的爱，对孩子、对朋友的爱引起的，当然更不必说对科学、对艺术、对祖国的爱了。它们只不过是把动物性生命的某些条件暂时看得比另外一些更重而已。

幸福是一位少女

◎ 纪伯伦

我爱过自由。越是看到人们受奴役、受蹂躏，我对自由就爱得越深；越是认识到人们服从的只是些吓唬人的偶像，我对自由的热爱就愈加增长。雕塑那些偶像的是黑暗的年代，是持续的愚昧把它们树立起来，是奴隶的嘴唇把它们磨出了光彩。不过像热爱自由一样，我也爱这些奴隶，并怜悯他们。因为他们是一群盲人，他们看不见自己是同虎狼的血盆大口亲吻，他们并没感到自己是把毒蛇的毒液吸吮。他们也不知道自己是在亲手为自己挖墓掘坟。我爱自由曾胜过一切，因为我觉得自由好像一位孤女，形影相吊，无依无靠，她心力交瘁，形销骨立，以至于变得好似一个透明的幻影，穿过千家万户，又在街头巷尾踟蹰，她向行人打招呼，他们却置之不理。

我像所有的人一样，爱过幸福。每天醒来，我同人们一道把幸福寻找，但在他们的路上，我从未把她找到。在人们宫殿周围的沙漠上，我未能看见幸福的脚印；从寺院的窗户外，我也不曾听到里面传出幸福的回音。当我独自一人去寻找幸福时，我听到自己的心灵在耳语："幸福是一位少女，生活在心的深处，那里是那样深，你只能望而却步。"我剖开自己的心，要把幸福追寻。我在那里看到了她的镜子、她的床、她的衣裙，却没有发现幸福本身。

我爱过人们，非常热爱他们。这些人在我的心目中，可分三种：一种人诅咒人生坏，一种人祝福人生好，还有一种人则对人生深深地思考。我爱第一种人，因为他们日子过得太糟糕；我爱第二种人，因为他们宽容、厚道；我更爱第三种人，因为他们有头脑。

自由与生命

◎ 索尔·贝洛

正值八月，在一个充满暖意的下午，一群孩子在十分卖力地捕捉那些色彩斑斓的蝴蝶，我不由自主地想起童年时代发生的一件印象很深的事情。那时我还是个十二岁的少年，住在南卡罗来纳州，常常把野生的活物抓来放到笼子里，而自从发生那件事后，我这种兴致就被抛得无影无踪了。

我家的旁边是一片树林，每当傍晚都有一群美洲画眉鸟来到林间歇息和歌唱。那歌声美妙绝伦，没有一件人间的乐器能奏出那么优美的曲调来。

我下定决心捕获一只小画眉，放到我的笼子里，独享它那婉转的旋律。果然，我成功了。它先是拍打着翅膀，在笼中飞来扑去，十分恐惧。但后来它渐渐平息、安稳下来，承认了这个新家。站在笼子前，聆听我的小歌唱家美妙的演唱，我感到万分高兴，真是欣喜若狂。

鸟笼就挂在我家后院，第二日清晨，我看到小画眉的妈妈口含食物飞到了笼子跟前。它让小画眉把食物一口一口地吞咽下去。当然，画眉妈妈知道这样比我来喂它的孩子要好得多。看来，这是件皆大欢喜的好事情。

又过了一天，我再次去看望我的歌唱家，可这次我没有听到它的歌唱，我发现它无声无息地躺在笼子底层，已经死了。我对此迷惑不解，不知发生了什么事，我自问已经给了它最细心的照料。

那时，正逢著名的鸟类学家阿瑟·威利来探望家父，在我家小住，我把我小可怜儿那可怕的厄运告诉了他，听后，他作了精辟的解释：当一只母美洲画眉发现它的孩子被关进笼子后，就一定要喂小画眉足以致死的毒葡萄，它似乎坚信孩子死了总比活着失去自由好些。"

从那以后，我摔碎笼子，不再捕捉任何活物。因为任何生物都有对自由生活的追求，而这种追求无疑是值得尊敬的。

禽 鸟

◎霍 桑

在春天的赏心乐事之中，我们是不能忘记禽鸟的。就连乌鸦也会受人欢迎，因为它们正是更多美丽可爱的羽族的鸟衣信使。白雪还没有融化时，它们便已经前来看望我们了，虽然它们一般喜欢隐居树荫深处，以消暑夏。我常去拜访它们，但见到它们高栖树端的那副如作礼拜的虔敬神情，我又感到自己的拜访来得唐突。它们偶然引颈一鸣，那叫声倒也与夏日午后的岑寂无比相合，其声大而且宏亮，且又响自头顶高处，非但不致破坏周遭的神圣穆肃，反会使那宗教气氛有所增加。然而乌鸦虽然有一副道貌和一身法衣，其实却并无多大信仰；不仅素有拦路抢劫之嫌，甚至不无渎神之讥。

相比之下，在道德方面，鸥鸟的名声倒是更好听些。这些海滨岩穴中的住户与滩头上的客人正是赶趁这个时节飞来我们内陆水面，而且总是那么轩轩飘举，奋其广翼于晴光之上。在禽鸟中，它们是最值得观看的；当其翔驰天际，那浮游止息几乎与周遭景物凝之一处，化为一体。人的想象不愁从容去熟悉它们，它们不会转瞬即逝，你简直可以高升入云，亲去致候，然后万无一失地与它们一道逍遥浮游于汗漫的九霄之上。至于鸭类，它们的去处则是河上幽僻之所，另外也常成群翔集于河水淹没的草原广阔腹地。它们的飞行往往过于疾迅和过于目标明确，因而看起来并无多大兴味，不过它们倒是大有竞技者们的那副死而无悔的拼命精神。现在它们早已远去北方，但入秋以后还会回到我们这里。

说到小鸟——亦即林间以其歌喉著称的鸣禽，以及好来人们宅院、好在檐前筑巢因而与人颇为友善的一些鸟类——想要在笔下形容，那就不仅仅需要一支十分精致的笔，而且还必须具备一颗饱富同情的心。它们那些曲调的发音仿佛一股春潮从那严冬的禁锢之下骤然溃决出来的。所以把这些音籁说成是奉献给造物者的一首颂歌，也的确不过分，因为大自然对这回归的春天虽然从来不惜浓颜丽彩多方予以敷饰点缀，但在凭借音响以表达生之复苏这番意思上却是比不上一声鸟鸣的。不过，此刻它们的抒放还仅仅带点偶发或漫吟的意味，但却并不是刻意要这么做的。它们只是在泛泛论着生活、爱情以及今夏的栖处与筑巢等问题，现在还不方便站立枝头，长篇大套地谱制种种颂歌、序曲、歌剧、圆舞曲或交响音乐。这之中，它们偶尔也会把一两件重大的急事提出来，然后通过匆忙而热烈的讨论，加以解决，但是偶有个不同意的观点，一派积郁繁富的细乐也会嘤然逸出，恍若金波银浪一般地滚滚流溢于天地之间。它们的娇小身躯也像它们的歌喉一样忙个不停，总是上下翻飞，永无宁日。就算有时它们只是三三两两飞避到树梢去议论什么，也总是摇头摆尾，没个安闲，仿佛天生注定只该忙忙碌碌，因而其命虽短，所进行的活动却往往比一些懒人所做的事还多。

　　在我们所有的禽羽族中，有几个最喜欢鼓噪的，那便是燕八哥了。它们享有很高的盛名，是因为它们常成群结伴，啸聚树端，而那喧嚣吵闹的激烈实在不亚于乱哄哄的政治议会。政治当然是造成这类舌战激辩的主要原因，不过与其他的政客不同，它们毕竟还是在彼此的发言当中注入了一定的乐调，这样的效果听起来倒也不失和谐。在这一切鸟语之中，让我感到最优美欢快的是在阳光微弱的大房子里传来的燕子喂哺，那沁人心脾的感染力甚至可以和知更鸟相提并论。当然所有这些栖居于住宅附近的禽羽之族仿佛都略通几分人性，也许它们如同我们一样有个不死的灵魂。早晚晨昏之际，我们都能听到它们在吟诵着优美祷文。可能就在刚才，当那夜色还是昏昏，一声嘹亮而激越的嘤鸣已经响彻周遭树端——那音调之美真是最适合去迎接艳紫的晨涛和融入橙黄的霞曙。为什么这些小鸟会在午夜吐放出这般艳歌呢？或许那乐音是自它的梦中涌出，此时它正与其佳偶双双登上天国而不想醒来，自己却只不过是瑟缩在新英格兰的一个寒枝之上，周身全被夜露浸透，以致不胜其幻灭之感。

虾 蟆

◎伊巴涅思

　　我的朋友奥尔杜涅说："我在邻近伐朗西亚的一个叫拿查莱特的渔村中消夏。妇女们都到城里去卖鱼；男子们有的坐了小的三角帆船出去，有的在海滩上扳网。我们这些洗海水澡的人呢，白天睡觉；晚上在门前默看海波像磷火一样的光芒，或是在听见蚊虫嗡嗡地响着来打扰我们的休息的时候，我们便用手掌来拍脸上的蚊虫。

　　那医生——一个粗鲁而爱说俏皮话的老人——常常来坐在我的葡萄棚下，于是，手边放着一个水壶或西瓜，我们便在一起消磨整个夜晚，一边谈着他的那些海上的或是陆上的容易蒙骗的病人来。有时我们谈到薇桑黛达的病，大家都忍不住笑了。她是一个绰号叫做拉·索倍拉纳的女鱼贩子的女儿。她母亲身体肥胖高大，而且惯用傲慢的态度来对待市上的妇女们，用拳头来强迫她们顺着自己的意志，因而得了这么一个绰号。这薇桑黛达是村庄上最美丽的少女！……一个棕色头发的狡猾的小姑娘，口齿伶俐，眼睛活泼；她虽然只有少女的娇艳，可是由于她的逗人的灵活的眼光，跟她那种假装怕羞和柔弱的机智，她迷惑了全村的年轻人。她的未婚夫迦拉伏思迦是一个勇敢的渔人，他能站在一根大梁上出海去，但是他的相貌很丑，不喜欢多说话，又容易拔出刀来。礼拜日他跟她一起散步，当那少女带着她的纵坏了的、忧伤的孩子气的媚态，抬起头来对他说话的时候，迦拉伏思迦用他斜视的眼睛向四周射出了挑战般的目光，仿佛全个村庄、田野、海滩、大海都在和他争夺他那亲爱的薇桑黛达。

　　有一天，一个使人吃惊的消息传遍了拿查莱特。拉·索倍拉纳的女儿肚子里有了一个动物；她的肚子胀大起来了；她的脸色不好看了；她的恶心和呕吐惊动了整个茅屋，使她的失望的母亲哀哭，又使那些吃惊的邻近的女人们都跑过来。有几个人见了这种病，露出了笑容。'把这故事去讲给迦拉伏思迦听吧！……'可是那些最容易疑心别人的人们，在看见那渔人——他在这件事发生以前还是一个外教人，一个骇人的渎神者——悲哀而失望地走进村里的小教堂去为他的爱人祈祷病愈时，他们便停止了对薇桑黛达的讪笑和怀疑了。

折磨这不幸的女子的是一种可怕的怪病：村子里的好些相信有怪事发生的人以为有一只虾蟆在她肚子里。有一天，她在附近的河水留下的一个水荡中喝了些水，于是那坏畜生便钻到她的胃里，长得非常非常大。那些吓得颤抖的邻妇们，都跑到拉·索倍拉纳的茅屋里去看那少女。她们一本正经地摸着那膨胀的肚子，还想在绷紧的皮肤上摸到那躲着的畜生的轮廓。有几个年纪最老最有经验的妇人，得意地微笑着说，她们已经觉到它在动，还争论着要吃些什么药才会好。她们拿几匙加了香料的蜜给那少女，好让香味把那畜生引上来，当它正在安静地尝这种好吃的食品的时候，她们便将醋跟葱头汁一齐灌进去淹它，这样它就会很快逃出来了。同时，她们在那少女的肚子上贴些有神效的药物，使那虾蟆不得安逸，也就会吓得跑出来。这些药物是蘸过烧酒和香末的棉花卷，在柏油浸过的麻束，城里神医用玉竹画了许多十字和数目字的符纸。薇桑黛达弯着身子，厌恶得浑身打颤，可怕的恶心使她非常痛苦，好像连她的心肝五脏一起都要呕出来似的；但是那虾蟆却连一只脚都不屑伸出来。于是拉·索倍拉纳便一再地向天高声呼求。这些药物决不可能赶走那坏畜生。还是让那少女少受些苦，听它留在那儿，甚至多喂喂它，免得它单靠喝那渐渐惨白和瘦下去的可怜的少女的血来做它的养料。

拉·索倍拉纳很穷，她的女朋友们都来帮助她。那些渔妇带来了从城里最有名的茶食店里买的糕饼。在海滩上，在打渔完毕之后，有人为她选择几尾可以煮成好汤的鱼放在一边。邻妇们把锅子里的肉汤的面上的一层，舀出来盛在杯子里，因为怕泼掉，所以慢慢地端到拉·索倍拉纳的茅屋里来。每天下午，还有一碗碗的巧克力茶继续不断地送来。

薇桑黛达反对这种过分的好意。她受不住了！她已经吃得太饱了！可是她的母亲还将她毛茸茸的脸凑上前去，带着一种专横的神气对她说：'吃啊！我叫你吃啊！'薇桑黛达应该想到她自己肚子里的东西……拉·索倍拉纳对于那个躲在她女儿肚子里的神秘动物，有了一种秘密而无法形容的好感。她想象着它，好像清清楚楚地看见了它。这是她的骄傲！为了它，全村的人才来关怀她的茅屋，邻居的妇女们才不停地走过来，而且，她不论走到哪儿，都有女人来问她女儿的消息。

她只请了一回医生，因为医生打从她门口经过，可是她却一点也不相信他。他听了她的解释，又听她女儿的解释，他又隔着衣裳摸过她女儿的肚子；但是当他说要来一次比较深入的检查时，那骄傲的妇人几乎要把他操出门去。不要脸的！他是打主意看看这少女的身体，自己寻快乐啊；她是那样地怕羞，那样地贞洁，这种办法只要一说起就够使她脸红了！

礼拜日的下午，薇桑黛达走在一群圣母玛丽亚的女孩子的前面到教堂去。她的凸出的肚子，受到她的伴侣们的惊奇的注目。大家都不停地向她问起她的虾蟆，于是薇桑黛达有气无力地回答着。现在，那东西倒不来打搅她了。因为饲养得法，它已经大得多了；有几回它还活动着，但是没有以前那么叫她痛苦了。她们轮流地去摸那个看不见的畜生，去感觉它的跳动；她们用一种尊敬来对待她们的朋友。那教士，一个纯朴而慈悲的圣洁的人，惊愕地想着上帝创造出来为了试验人类的奇怪的东西。

傍晚，当唱诗班用一种柔和的声音唱起海上圣母颂歌的时候，每个处女的心里都想起了那神秘的动物，又热心地为那可怜的薇桑黛达祈祷，愿她早点把它生出来。

迦拉伏思迦也受到了大家的关怀。妇女们招呼他，年老的渔夫们拦住他，用嘶哑的声音问他。他用一种爱怜的声调喊着，'可怜的女孩子！'此外他就不再说什么了；但是他的眼睛却显露出他急切盼望着尽可能快地担当起抚养薇桑黛达和她的虾蟆的责任来。那虾蟆，因为是属于她的，他也有些儿爱它。

有一天夜里，那医生正好在我门前，一个妇人前来找他了，她惊慌地，紧张地指手画脚。拉·索倍拉纳女儿的病已经十分危急：他应该跑去救她。医生却耸耸肩膀，说：'啊，是了！那虾蟆！'然而他却一点没有预备动身的表示。可是立刻又来了另一个妇人，她指手画脚得比前一个还要厉害。可怜的薇桑黛达！她快要死了！她的呼喊声满街都听到了。那个怪物正在咬她的心肝呢……

为那种使得整个村庄骚动的好奇心所驱使，我便跟着医生前去。到了拉·索倍拉纳的茅屋门口，我们得从那塞住了门口、挤满了屋子的密密层层的妇女堆里开出一条路来。痛苦的喊声，听了叫人心碎的呻吟声从屋子里，从那些好奇的或者惊慌的妇人们的头上传出来。拉·索倍拉纳的粗嗓音用那恳求的喊声来应答她女儿的呼喊声：'我的女儿！啊啊，主啊，我的可怜的女儿！……'

医生一到，那些多嘴的妇人就跟向他下命令似的，乱糟糟地嚷成了一片。

可怜的薇桑黛达在打滚，她已经受不了这种苦痛了；她眼睛昏眩，脸抽痉。应该给她动手术，赶快赶出这个绿色的、粘滑的、正在咬她的魔鬼！

医生走上前去，毫不理睬她们的话，而且，在我还没有跟上他以前，在那突然降临的沉静中，他用一种不耐烦的粗暴态度讲话了。

'好上帝！这个小姑娘，她是……'

他还没有说完，大家从他的语调的粗鲁上，已经猜到他要说的话了。给拉·索倍拉纳推开的那群女人，正像在一头鲸鱼腹下的海浪般地骚动着，她伸开肿胖的手，和威吓人的指甲，喃喃地骂着，而且还恶狠狠地看着医生。强盗！酒鬼！滚出去！……村里还留着这么个不信教的人，这完全是村庄上的错误！她要把医生生吞下去！别人也应该让她这么办！……她发狂地在她的朋友们中间挣扎，想从她们中间挣脱身子，去抓医生。薇桑黛达一边痛得微弱地乱叫'啊唷！啊唷！'一边还愤怒得直骂：'胡说！胡说！叫这坏蛋滚开！臭嘴！啊完全是胡说！'

可是医生一点也不注意那母亲的威吓和女儿的越来越响、越来越刺耳的哀叫声，他含怒地，高傲地，来来往往地要水，要布。忽然间，她好像有人要杀她一样地大喊起来，于是在我所看不到的那个医生的周围，起了一片好奇的骚动。'胡说！胡说！这坏蛋！这说坏话的人！……'但是薇桑黛达的抗议声不是孤独的了：在她似乎向天伸诉的无邪的受难者的声音之外，加上了一种从第一次呼吸到空气的肺中所发出的呱呱啼声。

这时候，拉·索倍拉纳的朋友们不得不拖住她，不让她摸到她女儿的身上去了。她要弄死她！母狗！这孩子是和谁养的？……在威胁之下，那个还不住喊着'胡说！胡说！'的病人，终于断断续续地承认了。'一个她以后从未再见过面的种园子的年轻人……'这是她在一个晚上一时疏忽造成的。她已经记不清楚了！……而且她再三地说她自己记不得了，就好像这是一个无可责难的辩解的理由似的。

大家全都明白了。妇女们都急于要把这消息传播出去。在我们离开的当儿，拉·索倍拉纳，很惭愧，流着眼泪，要想在医生面前跪下来吻他的手。'啊啊！安东尼先生！……安东尼先生！'……她请他宽恕她的冒犯；她一想起村庄里居民的议论就很失望了。'这些说坏话的女人，她们难道不怕有一天会遭到天罚吗？……'第二天，那些边歌唱边扳网的青年人便会编出一支新的歌曲来！虾蟆之歌！她是不能活下去了……可是她尤其害怕迦拉伏思迦，她很了解这个撒野的人。可怜的薇桑黛达，假如一走到路上，准会给他打死的；而且她自己也会有同样的命运，因为她是做母亲的，她没有好好看管自己的女儿。'啊啊，安东尼先生！'她跪着请求他去看看迦拉伏思迦。他是这么地善良，这么地有见识，一定会说服迦拉伏思迦，教他发誓不来伤害她们，忘了她们。

医生用他对付威吓时的那种满不在乎的态度来对付她的恳求，毫不客气地回答道：'再看吧：这件事情很难办！'可是一走到路上，他却耸耸肩膀答应了：'我们去看看那个畜生吧！'

我们把迦拉伏思迦从酒店里拖了出来，三人一起在黑暗的海滩上散步。这渔夫在我们两个这样重要的人物中间似乎很窘。安东尼先生对他说到男子自从开天辟地起的无可议论的高尚；说到妇女因为她们的佻达而应该受到的轻蔑。况且她们的数目又是那么多，如果有一个女子叫我们憎厌了，我们尽可以换一个！……最后他才将刚才发生的那件事情毫不保留地讲给他听。

迦拉伏思迦迟疑着，好像他还没有听懂似的。他感觉迟钝，慢慢才领悟过来。'他妈的！真他妈的！'他暴怒地搔着自己的戴着帽子的头，把手放到腰带上，好像在找那可怕的刀子一样。

医生便安慰他。迦拉伏思迦应该忘了那个少女，不要去逞凶。像他这样一个有前途的青年是不值得为了这个口是心非的女人去坐牢的。何况那真正的罪人是个不相识的农民……而且……她！她早已把这事情忘记得干干净净了，这不是一种可以原谅的理由吗？

我们一声不响地走了许多时候，迦拉伏思迦还是搔头皮摸腰。突然，他粗声大气地说起话来，把我们吓了一跳；他的声音听起来像是鹿鸣而不是说话的声音，他不用伐朗西亚话，而用迦斯帝尔话在对我们说，这样就使他说的话格外显得郑重：

'你们……可肯……听……我说……一件事情？你们……可肯……听……我说……一件事情？'

他以一种挑战似的神色看着我们，好像在他面前有一个不相识的种园子的青年，而他正要向他扑过去的样儿。

'好吧！我……对……你们说，'他慢慢地说着，好像把我们认作了他的仇人似的，'我对你们说……现在我……格外……爱……她了……'

我们惊诧到不知怎样回答才好的地步，仅仅只能和他握握手。"

第五部分

温馨恋情

初　恋

◎周作人

那时我十四岁，她大约是十三岁吧，我跟着祖父的妾宋姨太太寄寓在杭州的花牌楼，间壁住着一家姚姓，她便是那家的女儿，她本姓杨，住在清波门头，大约因为行三，人家都称她作三姑娘。姚家老夫妇没有子女，便认她做干女儿，一个月里有二十多天住在他们家里，宋姨太太和远邻的羊肉店石家的媳妇虽然很说得来，与姚宅的老妇却感情很坏，彼此都不交门，但是三姑娘并不管这些事，仍旧推进门来游嬉。她大抵先到楼上去，同宋姨太太搭讪一回，随后走下楼来，站在我同仆人阮升公用的一张板桌旁边，抱着名叫"三花"的一只大猫，看我映写陆润庠的木刻的字帖。

我不曾和她谈过一句话，也不曾仔细地看过她的面貌与姿态。大约我在那时已经很是近视，但是还有一层缘故，虽然非意识地对于她很是感到亲近，一面却似乎为她的光辉所掩，抬不起眼来去端详她了。在此刻回想起来，仿佛是一个尖面庞，乌眼睛，瘦小身材，而且有尖小的脚的少女，并没有什么殊胜的地方，但在我的性的生活里总是第一个人，使我于自己以外感到对于别人的爱着，引起我没有明了的性之概念的，对于异性的恋慕的第一个人了。

我在那时候当然是"丑小鸭"，自己也是知道的，但是终不以此而减灭我的热情。每逢她抱着猫来看我写字，我便不自觉地振作起来，用了平常所无的努力去映写，感着一种无所希求的迷蒙的喜乐。并不问她是否爱我，或者也还不知道自己是爱着她，总之对于她的存在感到亲近喜悦，并且愿为她有所尽力，这是当时实在的心情，也是她所给我的赐物了。在她是怎样不能知道，自己的情绪大约只是淡淡的一种恋慕，始终没有想到男女关系的问题。有一天晚上，宋姨太太忽然又发表对于姚姓的憎恨，末了说道：

"阿三那小东西，也不是好货，将来总要流落到拱辰桥去做婊子的。"

我不很明白做婊子这些是什么事情，但当时听了心里想道："她如果真是流落做了婊子，我必定去救她出来。"

　　大半年的光阴这样的消费过了，到了七八月里因为母亲生病，我便离开杭州回家去了。一个月以后，阮升告假回去，顺便到我家里，说起花牌楼的事情，说道：

　　"杨家的三姑娘患霍乱死了。"

　　我那时也很觉得不快，想象她的悲惨的死相，但同时却又似乎很是安静，仿佛心里有一块大石头已经放下了。

女 人

◎许地山

白水是个老实人，又是个有趣的人。他能在谈天的时候，滔滔不绝地发出长篇大论。这回听勉子说，日本某杂志上有《女?》一文，是几个文人以"女"为题的桌话的记录。他说，"这倒有趣，我们何不也来一下?"我们说，"你先来!"他搔了搔头发道："好! 就是我先来;你们可别临阵脱逃才好。"我们知道他照例是开口不能自休的。果然，一番话费了这多时候，以致别人只有补充的工夫，没有自叙的余裕。那时我被指定为临时书记，曾将桌上所说，拉杂写下。现在整理出来，便是以下一文。因为十之八是白水的意见，便用了第一人称，作为他自述的模样;我想，白水大概不至于不承认吧?

老实说，我是个欢喜女人的人;从国民学校时代直到现在，我总一贯地欢喜着女人。虽然不曾受着什么"女难"，而女人的力量，我确是常常领略到的。女人就是磁石，我就是一块软铁;为了一个虚构的或实际的女人，呆呆地想了一两点钟，乃至想了一两个星期，真有不知肉味光景——这种事是屡屡有的。在路上走，远远地有女人来了，我的眼睛便像蜜蜂们嗅着花香一般，直攫过去。但是我很知足，普通的女人，大概看一两眼也就够了，至多再掉一回头。像我的一位同学那样，遇见了异性，就立正——向左或向右转，仔细用他那两只近视眼，从眼镜下面紧紧追出去半日半日，然后看不见，然后开步走——我是用不着的。我们地方有句土话说："乖子望一眼，呆子望到晚;"我大约总在"乖子"一边了。我到无论什么地方，第一总是用我的眼睛去寻找女人。在火车里，我必走遍几辆车去发现女人;在轮船里，我必走遍全船去发现女人。我若找不到女人时，我便逛游戏场去，赶庙会去，——我大胆地加一句——参观女学校去;这些都是女人多的地方。于是我的眼睛更忙了! 我拖着两只脚跟着她们走，往往直到疲倦为止。

我所追寻的女人是什么呢? 我所发现的女人是什么呢? 这是艺术的女人。从前人将女人比作花，比作鸟，比作羔羊;他们只是说，女人是自然手里创造出来的艺术，使人们欢喜赞叹——正如艺术的儿童是自然的创作，使人们欢喜赞叹一样。不独男人欢喜赞叹，女人也欢喜赞叹；而"妒"便是欢喜赞叹的另一面，正如"爱"是欢喜赞叹的一面一样。受欢喜赞叹的，又不独是女人，男人也有。"此柳风流可爱，似张绪当年，"便是好例；而"美丰仪"一语，尤为"史不绝书"。但男人的艺术气分，似乎总要少些；贾宝玉说得好：男人的骨头是泥做的，女人的骨头是水做的。这是天命呢？还是人事呢？我现在还不得而知；只觉得事实是如此罢了。——你看，目下学绘画的"人体习作"的时候，谁不用了女人做他的模特儿呢？这不是因为女人的曲线更为可爱么？我们说，自有历史以来，女人是比男人更其艺术的；这句话总该不会错吧？所以我说，艺术的女人。所谓艺术的女人，有三种意思：是女人中最为艺术的，是女人的艺术的一面，是我们以艺术的眼去看女人。我说女人比男人更其艺术的，是一般的说法；说女人中最为艺术的，是个别的说法。——而"艺术"一词，我用它的狭义，专指眼睛的艺术而言，与绘画，雕刻，跳舞同其范类。艺术的女人便是有着美好的颜色和轮廓和动作的女人，便是她的容貌，身材，姿态，使我们看了感到"自己圆满"的女人。这里有一块天然的界碑，我所说的只是处女，少妇，中年妇人，那些老太太们，为她们的年岁所侵蚀，已上了凋零与枯萎的路途，在这一件上，已是落伍者了。女人的圆满相，只是她的"人的诸相"之一；她可以有大才能，大智慧，大仁慈，大勇毅，大贞洁等等，但都无碍于这一相。诸相可以帮助这一相，使其更臻于充实；这一相也可帮助诸相，分其圆满于它们，有时更能遮盖它们的缺处。我们之看女人，若被她的圆满相所吸引，便会不顾自己，不顾她的一切，而只陶醉于其中；这个陶醉是刹那的，无关心的，而且在沉默之中的。

我们之看女人，是欢喜而决不是恋爱。恋爱是全般的，欢喜是部分的。恋爱是整个"自我"与整个"自我"的融合，故坚深而久长；欢喜是"自我"间断片的融合，故轻浅而飘忽。这两者都是生命的趣味，生命的姿态。但恋爱是对人的，欢喜却兼人与物而言。——此外本还有"仁爱"，便是"民胞物与"之怀；再进一步，"天地与我并生，万物与我为一"，便是"神爱"，"大爱"了。这种无分物我的爱，非我所要论；但在此又须立一界碑，凡伟大庄严之像，无论属人属物，足以吸引人心者，必为这种爱；而优美艳丽的光景则始在"欢喜"的阈中。至于恋爱，以人格的吸引为骨子，有极强的占有性，又与二者不同。Y君以人与物平分恋爱与欢喜，以为"喜"仅属物，

"爱"乃属人；若对人言"喜"，便是蔑视他的人格了。现在有许多人也以为将女人比花，比鸟，比羔羊，便是侮辱女人；赞颂女人的体态，也是侮辱女人。所以者何？便是蔑视她们的人格了！但我觉得我们若不能将"体态的美"排斥于人格之外，我们便要慢慢地说这句话！而美若是一种价值，人格若是建筑于价值的基石上，我们又何能排斥那"体态的美"呢？所以我以为只须将女人的艺术的一面作为艺术而鉴赏它，与鉴赏其他优美的自然一样；艺术与自然是"非人格"的，当然便说不上"蔑视"与否。在这样的立场上，将人比物，欢喜赞叹，自与因袭的玩弄的态度相差十万八千里，当可告无罪于天下。——只有将女人看作"玩物"，才真是蔑视呢；即使是在所谓的"恋爱"之中。艺术的女人，是的，艺术的女人！我们要用惊异的眼去看她，那是一种奇迹！

我之看女人，十六年于兹了，我发见了一件事，就是将女人作为艺术而鉴赏时，切不可使她知道；无论是生疏的，是较熟悉的。因为这要引起她性的自卫的羞耻心或他种嫌恶心，她的艺术味便要变稀薄了；而我们因她的羞耻或嫌恶而关心，也就不能静观自得了。所以我们只好秘密地鉴赏；艺术原来是秘密的呀，自然的创作原来是秘密的呀。但是我所欢喜的艺术的女人，究竟是怎样的呢？您得问了。让我告诉您：我见过西洋女人，日本女人，江南江北两个女人，城内的女人，名闻浙东西的女人；但我的眼光究竟太狭了，我只见过不到半打的艺术的女人！而且其中只有一个西洋人，没有一个日本人！那西洋的处女是在 Y 城里一条僻巷的拐角上遇着的，惊鸿一瞥似地便过去了。其余有两个是在两次火车里遇着的，一个看了半天，一个看了两天；还有一个是在乡村里遇着的，足足看了三个月。——我以为艺术的女人第一是有她的温柔的空气；使人如听着箫管的悠扬，如嗅着玫瑰花的芬芳，如躺在天鹅绒的厚毯上。她是如水的密，如烟的轻，笼罩着我们；我们怎能不欢喜赞叹呢？这是由她的动作而来的；她的一举步，一伸腰，一掠鬓，一转眼，一低头，乃至衣袂的微扬，裙幅的轻舞，都如蜜的流，风的微漾；我们怎能不欢喜赞叹呢？最可爱的是那软软的腰儿；从前人说临风的垂柳，《红楼梦》里说晴雯的"水蛇腰儿"，都是说腰肢的细软的；但我所欢喜的腰呀，简直和苏州的牛皮糖一样，使我满舌头的甜，满牙齿的软呀。腰是这般软了，手足自也有飘逸不凡之概。你瞧她的足胫多么丰满呢！从膝关节以下，渐渐地隆起，像新蒸的面包一样；后来又渐渐渐渐地缓下去了。这足胫上正罩着丝袜，淡青的？或者白的？拉得紧紧的，一些儿绉纹没有，更将那丰满的曲线显得丰满了；而那闪闪的鲜嫩的光，简直可以照出人的影子。你再往上瞧，她的两肩又多么亭匀呢！像双生的小羊似的，又像两座玉峰似的；正是秋山那般瘦，秋水那般平呀。肩以上，便到了一般人讴歌颂赞所集的"面目"了。我最不能忘记的，是她那双鸽子般的眼睛，伶俐到像要立刻和人说话。在惺忪微倦的时候，尤其可喜，因为正像一对睡了的褐色小鸽子。和那润泽而微红的双颊，苹果般照耀着的，恰如曙色之与夕阳，巧妙地相映衬着。再加上那覆额的，稠密而蓬松的发，像天空的乱云一般，点缀得更有情趣。而她那甜蜜的微笑也是可爱的东西；微笑是半开的花朵，里面流溢着诗与画与无声的音乐。是的，我说得已多了；我不必将我所见的，一个人一个人分别说给你，我只将她们融合成一个 Sketch（英语：素描。）给你看——这就是我的惊异的型，就是我所谓艺术的女子的型。但我的眼光究竟太狭了！我的眼光究竟太狭了！

在女人的聚会里，有时也有一种温柔的空气；但只是笼统的空气，没有详细的节目。所以这是要由远观而鉴赏的，与个别的看法不同；若近观时，那笼统的空气也许会消失了的。说起这艺术的"女人的聚会"，我却想着数年前的事了，云烟一般，好惹人怅惘的。在 P 城一个礼拜日的早晨，我到一所宏大的教堂里去做礼拜；听说那边女人多，我是礼拜女人去的。那教堂是男女分坐的。我去的时候，女座还空着，似乎颇遥遥的；我的遐想便去充满了每个空座里。忽然眼睛有些花了，在薄薄的香泽当中，一群白上衣，黑背心，黑裙子的女人，默默地，远远地走进来了。我现在不曾看见上帝，却看见了带着翼子的这些安琪儿了！另一回在傍晚的湖上，暮霭四合的时候，一只插着小红花的游艇里，坐着八九个雪白雪白的白衣的姑娘；湖风舞弄着她们的衣裳，便成一片浑然的白。我想她们是湖之女神，以游戏三昧，暂现色相于人间的呢！第三回在湖中的一座桥上，淡月微云之下，倚着十来个，也是姑娘，朦朦胧胧地与月一齐白着。在抖荡的歌喉里，我又遇着月姊儿的化身了！——这些是我所发现的又一型。是的，艺术的女人，那是一种奇迹！

1925 年 2 月 15 日，白马湖

感　情

◎邹韬奋

我们待人，金钱的势力有限，威势的势力也有限，最能深入最能持久的是感情的势力，深切恳挚的感情，是使人心悦诚服的根源。

我们的亲属，或是我们的挚友，其中若有不幸而离开人世的，我们不自禁其鼻酸心痛，悲哀涕哭；听见有一个不相识的路人在门口被汽车轧死，我们至多悯惜而已，决不至流出眼泪来。亲属挚友是人，路人也是人，然而或悲或不悲，不过一则有感情，一则无感情而已。

友人某君在某机关居于领袖的地位，他对于其中的职员，除公事外，对于各人的私事，各人家庭状况之困难情形，个人疾病之苦痛情形等等，都很关切，时常查询慰问，有可以帮忙的地方无不热诚帮忙，所以许多同事视他不仅是公事上一个领袖，也是精神上得着安慰的一个良友。

又有一个机关的领袖，他的学识经验都很使人佩服，但是我问起他机关里职员对于他的感想怎样，所得的答语是："我们对于他敬则有之，不过感情一点儿没有！"我追求其故，才知道这位领袖于公事之外，对于同事私人的事情，从来没有一个字问起。你就是告了几天病假，来的时候，他把公事交给你就是了，问都不问，慰问更不必说！依他那样的冷淡态度，你死了，他就移原来薪水另雇一人就是了，心里恐怕一点不觉得什么！所以替他做事的人，也不过想我每月拿你多少钱，全看钱的面上替你做多少事，如此而已，至于个人的感情方面，直等于零！

上面那两个机关，在平日太平的时候，也许看不出什么差异，一旦有了特别的事故来，如受外界的诱惑或内部的意见而闹风潮的时候，结果是大不同了。

我还有一位朋友在上海某机关服务，他是常州人，不幸生了病，回乡去卧了一个多月，他那个机关里的领袖三番五次地写信慰问他，叫他尽管静养，不要性急。他说当时捧读这种情意殷切的信，真觉得感慰交并，精神上大为舒服，简直可以说于医药之外，也是促他速愈的一个要素！

我们倘能平心静气从这类事实上体会，很可以看出待人的道理；我们平日待人的时候，很要在这种地方留神，也可以说是做人处世的一种道理。

原载 1928 年 8 月 12 日《生活》周刊第 3 卷第 39 期

月下的回忆

◎庐　隐

　　晚凉的时候，困倦的睡魔都退避了，我们便乘兴登大连的南山，在南山之巅，可以看见大连全市。我们出发的时候已经是暮色苍茫，看不见娇媚的夕阳影子了，登山的时候，眼前模糊；只隐约能辨人影；漱玉穿着高底皮鞋，几次要摔倒，都被淡如扶住，因此每人都存了戒心，不敢大意了。

　　到了山巅，大连全市的电灯，如中宵的繁星般，密密层层满布太空，淡如说是钻石缀成的大衣，披在淡妆的素娥身上，漱玉说比得不确，不如说我们乘了云梯，到了清虚上界，下望诸星，吐豪光千丈的情景为逼真些。

　　他们两人的争论，无形中引动我们的幻想，子豪仰天吟道："举首问明月，不知天上今夕是何年？"她的吟声未竭，大家的心灵都被打动了，互相问道："今天是阴历几时？有月亮吗？"有的说十五；有的说十七；有的说十六；漱玉高声道："不用争了！今日是十六，不信看我的日记本去！"子豪说："既是十六，月光应当还是圆的，怎么这时候还没看见出来呢？"淡如说："你看那两个山峰的中间一片红润，不是月亮将要出来的预兆吗？"我们集中目力，都往那边看去了，果见那红光越来越红，半边灼灼的天，像是着了火，我们静悄悄地望了些时，那月儿已露出一角来了；颜色和丹砂一般红，渐渐大了也渐渐淡了，约有五分钟的时候；全个团团的月儿，已经高高站在南山之巅，下窥芸芸众生了，我们都拍着手，表示欢迎的意思；子豪说："是我们多情欢迎明月？还是明月多情，见我们深夜登山来欢迎我们呢？"这个问题提出来后，大家议论的声音，立刻破了深山的寂静，和夜的消沉，那酣眠高枝的鹧鸪也吓得飞起来了。

　　淡如最喜欢在清澈的月下，妩媚的花前，作苍凉的声音读诗吟词，这时又在那里高唱南唐李后主的《虞美人》，诵到"故国不堪回首月明中"声调更加凄楚；这声调随着空气震荡，更轻轻浸进我的心灵深处；对着现在玄妙笼月的南山的大连，不禁更回想到三日前所看见污浊充满的大连，不能不生一种深刻的回忆了！

在一个广场上，有无数的儿童，拿着几个球在那里横穿竖冲地乱跑，不久铃声响了，一个一个和一群蜜蜂般地涌进学校门去了；当他们往里走的时候，我脑膜上已经张好了白幕，专等照这形形式式的电影，顽皮没有礼貌的行动；憔悴带黄色的面庞，受压迫含抑闷的眼光，一色色都从我面前过去了，印入心幕了。

进了课堂，里头坐着五十多个学生，一个三十多岁，有一点胡须的男教员，正在那里讲历史，"支那之部"四个字端端正正写在黑板上，我心里忽然一动，我想大连是谁的地方啊？用的可是日本的教科书——教书的又是日本教员——这本来没有什么，教育和学问是没有国界的，除了政治的臭味——他是不许藩篱这边的人和藩篱那边的人握手，以外人们的心都和电流一般相通的——这个很自然……

"这是哪里来的，不是日本人吗？"靠着我站在这边两个小学生在那窃窃私语，遂打断我的思路，只留心听他们的谈话，过了些时，那个较小的学生说"这是支那北京来的，你没看见先生在揭示板写的告白吗？"我听了这口气真奇怪，分明是日本人的口气，原来大连人已受了软化了吗？不久，我们出了这课堂，孩子们的谈论听不见了。

那一天晚上，我们住的房子里，灯光格外明亮；在灯光之下有一个瘦长脸的男子，在那里指手画脚演说："诸君！诸君！你们知道用吗啡培成的果子，给人吃了，比那百万雄兵的毒还要大吗？教育是好名词，然而这种含毒质的教育，正和吗啡果相同……你们知道吗？大连的孩子谁也不晓得有中华民国呵！他们已经中了吗啡果的毒了！……

中了毒无论怎样，终究是要发作的，你看那一条街上是西岗子一连有一千余家的暗娼，是谁开的？原来是保护治安的警察老爷，和暗探老爷们勾通地棍办的，警察老爷和暗探老爷，都是吃了吗啡果子的大连公学校的卒业生呵！"

他说到那里，两个拳头不住在桌上乱击，口里不住地诅咒，眼泪不竭地涌出，一颗赤心几乎从嘴里跳了出来！歇了一歇他又说：我有一个朋友，在一天下午，从西岗子路过；就见那灰色的墙根底下每一家的门口，都有一个鸠形鹄面的男子蹲在那里，看见他走过去的时候，由第一个人起，连续着打起呼啸来；这种奇异的暗号，真是使人惊吓，好像一群恶魔要捕人的神气；更奇怪的，打过这呼啸以后立刻各家的门又都开了；有妖态荡气的妇人，向外探头，我那个朋友，看见她们那种样子，已明白她们要强留客人的意思，只得低下头，急急走过，经过他们门前，有的捉他的衣袖，有的和他调笑，幸亏他穿的是西装，他们不知道他到底是什么来历，不敢过于造次，他才得脱了虎口，当他才走出胡同口的时候，从胡同的那一头，来了一个穿着黄灰色短衣裤的工人；他们依样的作那呼啸的暗号；他回头一看，那人已被东首第二家的一个高颧骨的妇人拖进去了！

唉！这不是吗啡果的种子，开的沉沦的花吗？

我正在回忆从前的种种，忽漱玉在我肩上击了一下说："好好地月亮不看，却在这漆黑树影底下发什么怔。"

漱玉的话打断我的回忆，现在我不再想什么了，东西张望，只怕辜负了眼前的美景！

远远的海水，放出寒栗的光芒来；我寄我的深愁于流水，我将我的苦闷付清光；只是那多事的月亮，无论如何把我尘浊的影子，清清楚楚反射在那块白石头上；我对着她，好像怜她，又好像恼她；怜她无故受尽了苦痛的磨折！恨她为什么自己要着迹，若没这有形的她，也没有这影子的她了，无形无迹，又何至被有形有迹的世界折磨呢？……连累得我的灵魂受苦恼……

夜深了！月儿的影子偏了，我们又从来处去了。

何处是归程

◎庐　隐

在纷歧的人生路上，沙侣也是一个怯生的旅行者。她现在虽然已是一个妻子和母亲了，但仍不时地徘徊歧路，悄问何处是归程。

这一天她预备请一个远方的归客，天色才朦胧，已经辗转不成梦了。她呆呆地望着淡紫色的帐顶，——仿佛在那上边展露着紫罗曼·罗兰的花影。正是四年前的一个春夜吧，微风暗送茉莉的温馨，眉月斜挂松尖把光筛洒在寂静的河堤上。她曾同玲素挽臂并肩，踯躅于嫩绿丛中。不过为了玲素去国，黯然的话别，一切的美景都染上离人眼中的血痕。

第二天的清晨，沙侣拿了一束紫罗曼·罗兰花，到车站上送玲素。沙侣握着玲素的手说："素姐，珍重吧！……四年后再见，但愿你我都如这含笑的春花，它是希望的象征呵！"那时玲素收了这花，火车已经慢慢地蠕动了，——现在整整已经四年。

沙侣正眷怀着往事，不觉环顾自己的四周。忽看见身旁睡着十个月的孩子——绯红的双颊，垂复着长而黑的睫毛，娇小而圆润的面孔，不由得轻轻在他额上吻了一下。又轻轻坐了起来，披上一件绒布的夹衣，拉开蚊帐，黄金色的日光已由玻璃窗外射了进来。听听楼下已有轻微的脚步声，心想大约是张妈起来了吧。于是走到扶梯口轻轻喊了一声"张妈"，一个麻脸而微胖的妇人拿着一把铅壶上来了。沙侣扣着衣纽欠伸着道："今天十点有客来，屋里和客厅的地板都要拖干净些……回头就去买小菜……阿福起来了吗？……叫他吃了早饭就到码头去接三小姐。另外还有一个客人，是和三小姐同轮船来的，……她们九点钟到上海。早点去，不要误了事！"张妈放下铅壶，答应着去了。

沙侣走到梳妆台旁，正打算梳头，忽然看见镜子里自己的容颜老了许多，和墙上所挂的小照，大不同了。她不免暗惊岁月催人，梳子插在头上，怔怔地出起神来。她不住地想道："这是怎么一回事呢？结婚，生子，做母亲，……一切平淡地收束了，事业志趣都成了生命史上的陈迹……女人，……这原来就是女人的天职。但谁能死心塌地相信女人是这么简单的动物呢？……整理家务，抚养孩子，哦！侍候丈夫，这些琐碎的事情真够消磨人了。社会事业——由于个人的意志所发生的活动，只好不提吧……唉，真愧对今天远道的归客！——一别四年的玲素呵！她现在学成归国，正好施展她平生的抱负。她仿佛是光芒闪烁的北辰，可以为黑暗沉沉的夜景放一线的光明，为一切迷路者指引前程。哦，这是怎样的伟大和有意义！唉，我真太怯弱，为什么要结婚？妹妹一向抱独身主义，她的见识要比我高超呢！现在只有看人家奋飞，我已是时代的落伍者。十余年来所求知识，现在只好分付波臣，把一切都深埋海底吧。希望的花，随流光而枯萎，永永成为我灵宫里的一个残影呵！……"沙侣无论如何排解不开这骚愁的秘结，禁不住悄悄地拭泪。忽听见前屋丈夫的咳嗽声，知道他已醒了，赶忙喊张妈端正面汤，预备点心，自己又跑过去替他拿替换的裤褂。一面又吩咐车夫吃早饭，把车子拉出去预备着。乱了一阵子，才想去洗脸，床上的小乖乖又醒了，连忙放下面巾，抱起小乖，换尿布，壁上的钟已当当的敲了九下。客人就要来了，一切都还不曾预备好，沙侣顾不得了，如走马灯似的忙着。

沙侣走到院子里，采了几支紫色的丁香插在白瓷瓶里，放在客厅的圆桌上。怅然坐在靠窗的沙发上，静静地等候玲素和她的三妹妹。在这沉寂而温馨的空气里，沙侣复重温她的旧梦，眼睫上不知何时又沾濡上泪液，仿佛晨露浸秋草。

不久，门上的电铃琅琅的响了。张妈"呀"的一声开了大门。一个年轻漂亮的女子，手里提了一个小皮包，含笑走了进来。沙侣忙上前握住她的手，似喜似怅地说道："你们回来了。玲素呢……""来了！沙侣！你好吗？想不到在这里看见你，听说你已经做了母亲，快让我看看我们的外甥，……"沙侣默默地痴立着。玲素仿佛明白她的隐衷，因握着沙侣的手，恳切地说道："歧路百出的人生长途上，你总算找到归宿，不必想那些不如意的事吧！"沙侣蒸郁的热泪，不能勉强地咽下去了。她哽咽着叹道："玲姐，你何必拿这种不由衷的话安慰我，归宿——我真是不敢深想，譬如坑洼里的水，它永永不动，那也算是有了归宿，但是太无聊而浅薄了。如果我但求如此的归宿，——如此的归宿便是人生的真义，那么世界还有什么缺陷？"

"这是为什么？姐姐。你难道有什么不如意的事吗？"沙侣摇头叹道："妹妹，我哪敢妄求如意，世界上也有如意的事吗？只求事实与思想不过分的冲突，已经是万分的幸运了！"沙侣凄楚而深痛的语调，使得大家惘然了。三妹妹似不耐此种死一般的冷寂，站了起来，凭着窗子看院子里的蜜蜂，钻进花心采蜜。玲素依然紧握沙侣的手，安慰她道："沙侣，不要太拘迹吧，有什么难受的呢？世界上所谓的真理，原不是绝对的。什么伟大和不朽，究竟太片面了，何尝能解决整个的人生？——人生原来不是这样简单的，谁能够面面顾到？……如果天地是一个完整的，那么女娲氏倒不必炼石补天了，你也太想不开。"

"玲姐的话真不错，人生就仿佛是不知归程的旅行者，走到哪里算到哪里，只要是已经努力地走了，一切都可以卸责了。……姐姐总喜欢钻牛角尖，越钻越仄，……我不怕你笑话，我独身主义的主张，近来有些摇动了……因为我已觉悟，固执是人生滋苦之因，不必拿别人说，且看我们的姑姑吧。"

"姑姑近来怎么样？前些日子听说她患失眠很厉害，最近不知好了没有？三妹妹，你从故乡来，也听到她的消息吗？"

"姐姐！你自然很仰慕姑姑的努力咯。……人们有的说像她这样才算伟大，但是不幸同时也有人冷笑说她无聊，出风头，姑姑恨起来常常咬着嘴唇道：'龃龉的人类，永远是残酷的呵！'但有谁理会她，隔膜仿佛铁壁铜墙般矗立在人与人的中间。"

玲素听见三妹妹慨然地说着，也不觉有些心烦意乱，但仍勉强保持她深沉的态度，淡淡地说道："我想世上既没有兼全的事，那么随遇而安自多乐趣，又何必矫俗干名？"

沙侣摇头道："玲姐！我相信你更比我明白一切，因此我知道你的话还是为安慰我而发的。……究竟你也是替我咽着眼泪，何妨大家痛快些哭一场呢！……我老实地告诉你吧，女孩子们的心，完全迷惑于理想的花园里。——玫瑰是爱情的象征，月光的洁幕下，恋人并肩地坐在花丛里，一切都超越人间，把两个灵魂搅合成一个，世界尽管和死般的沉寂，而他和她是息息相通的，是谐和的。唉，这种的诱惑力之下，谁能相信骨子里的真相呢！……简直完全不是这么一回事。——结婚的结果是把他和她从天上摔到人间，他们是为了家务的管理，和性欲的发泄而娶妻。更痛快点说吧，许多女子也是为了吃饭享福而嫁丈夫。——但是做着理想的花园的梦的女子，跑到这种的环境之下，……玲姐，这难道不是悲剧吗？……前天芷芬来，她曾问我说:'你现在怎么样?看着杂乱如麻的国事,竟没有一些努力的意思吗?'玲姐,你知道芷芬这话,使我如何的受刺激!但是罪过,我当时竟说出些欺人自欺的话。——'我现在一切都不想了,抚养大了这个小孩子也就算了。高兴时写点东西,念点书,消遣消遣。我本是个小人物,且早已看淡了一切的虚荣。'……芷芬听罢,极不高兴,她用失望的眼光看着我道:'你能安于此也好,不过我也有我的思想,……将军上马,各自奔前程吧!'她大概看我是个不堪造就的废物,连坐也不坐便走了。当时我觉得很抱歉,并且再扣扣心,我何尝真是没有责任心?……呵,玲姐,怯弱的我只有悔恨我为什么要结婚呢?"沙侣说得十分伤心,不住地用罗巾拭泪。

但是三妹妹总不信,不结婚便可以成全一切,她回过头来看着沙侣和玲素说:"让我们再谈谈不结婚的姑姑吧。"

"玲姐和姐姐,你们脑子里都应有姑姑的印象吧?美丽如春花般的面孔,玲珑而窈窕的身材,正仿佛这漂亮而馥郁的丁香花。可是只是这时候,是丁香的青春期,香色均臻浓艳;不过催人的岁月,和不肯为人驻足的春之女神,转眼走了,一切便都改观。如果到了鹃啼嫣红,莺恋残枝,已是春事阑珊,只落得眷念既往的青春,那又是如何的可悲,如何的冷落?……姑姑近来憔悴得多了,据我的观察,她或者正悔不曾及时的结婚呢!"

沙侣虽听了这话,但不敢深信,微笑道:"三妹妹,你不要太把姑姑看弱了。"

三妹妹辩道:"你听我讲她一段故事吧"。

"今年中秋月夜,我和她同在古山住着,这夜恰是满山的好月色,瀑布和涧流都闪烁着银色的光。晚饭后,我们沿着石路土阶,慢慢奔北山峰,那里如疏星般列着几块光滑的岩石,我们拣了一块三角形的,并肩坐下。忽从微风里悄送来阵阵的暗香,我们藉着月色的皎朗,看见岩石上攀着不少的藤蔓,也有如珊瑚色的圆球,认不出是什么东西。在我们的脚下,凹下去的地方有一道山涧,正潺潺湲湲地流动。我们彼此无言地对坐着,不久忽听见悠扬的歌声,正从对山的礼拜堂里发出来。姑姑很兴奋的站起来说:'美妙极了,此时此地,倘若说就在这时候死了,岂不……真的到了那一天,或者有许多人要叹道:可惜,可惜她死得太早了,如果不死,前途成就正未可量呵!……'我听了这话仿佛得了一种暗示,窥见姑姑心头隆起红肿的伤痕。——我因问道:'姑姑,你为什么说这种短气的话,你的前途正远,大家都希望你把成功的消息报告他们呢。……'姑姑抚着我的肩叹道：'三妹，你知道正是为了希望我的人多，我要早死了。只有死才能得最大的同情。……想起两年前在北京为妇女运动奔走，结果只增加我一些惭愧，有些人竟赠了我一个准政客的刻薄名词。后来因为运动宪法修改委员，给我们相当的援助，更不知受了多少嘲笑。末了到底被人造了许多谣言，什么和某人订婚了，最残忍的竟有人说我要给某人做姨太太，并且不止侮辱我一个。他们在酒酣耳热的时候，从他们喷唾沫的口角上，往往流露出轻薄的微笑，跟着，他们必定要求一个结论道：'这些女子都是拿着妇女运动作招牌，借题出风头。'……你想我怎么受？……偏偏我们的同志又不争气，文兰和美真又闹起三角恋爱，一天到晚闹笑话，我不免愤恨而终至于灰心。不久政局又发生了大变，国会解散，……我们妇女同盟会也就冰消瓦解。在北京住着真觉无聊，更加着不知趣的某次长整天和我夹缠，使我决心离开北京。……还以为回来以后，再想法团结同志以图再举，谁知道这里的环境更是不堪？唉！……我的前途茫茫，成败不可必，倘若事业终无希望，……到不如早些作个结束。……

"姑姑黯然地站在月光之下，也许是悄悄地垂泪，但我不忍对她逼视。当我在回来的路上，姑姑又对我说：'真的，我现在感到各方面都太孤零了。'玲姐，姑姑言外之意便可知了。"沙侣静听着，最后微笑道："那末还是结婚好！"

玲素并不理会她的话，只悄悄地打算盘，怎么办？结婚也不好，不结婚也不好，歧路纷出，到底何处是归程呵？她不觉深深地叹道："好复杂的人生！"

沙侣和三妹妹沉默了，大家各自想着心事。四围如死般的寂静，只有树梢头的黄鹂，正宛转着，巧弄她的珠喉呢。

记忆着人间的同情

◎石评梅

你要奇怪接到我两封信罢！我写了那信便吃饭，饭后乱找了一气诗稿就抄起，到现在，十二时已抄了三分之二的一本了。心烦手酸，实在不能抄了。忽然又想起和你笔谈。你觉到吗？我们见了面根本就未谈过一句正经话，我们心里所要说的话。

今天你信上，似乎问到我读了《孤鸿》后我心海深处觉着怎样？我告诉你，朋友，我觉着难过，该哭！自然第一令我难过的便是她能充分地认识我而且给我那样厚深的同情。其次我无什么感觉。至于天辛死后我的志愿和将来，《涛语》里十一《缄情寄到黄泉》，便是我一年来的结晶，我自然更希望那也是我永生的结晶，我心既如斯冷寂，那么，我也绝无大痛苦来侵袭。不会再像昨夜那样难过了，因为我知道再无人给我那样的信了。此后除了一天比一天沉寂死枯而外，大概连那样能令我痛哭的刺激都莫有呢！朋友！梅的生命是建在灰烬上，但同时也是在最坚固的磐石上。不说了，说下去你又要难过了，我不愿你为我而难过！

今天清晨我几次把眼光投射天辛墓前，我想去看他，本来接你电话我就想告诉你：我不去清那里，去看辛。后来我想何心又给你们不快活，所以牺牲了我自己。出了校场头条时我真想去陶然亭，结果自然我不愿意，因为我去是最适当，你们去便受了大苦了，而且清又牙齿痛不能吹风。所以我不去而忍住，不过朋友，你觉出吗？我听你说话时，我是又把我自己的精魂投射到辛墓旁去了。没有愿望倒还好，计划着的事做不成似乎总不高兴？所以我在宣武门内又和你在车上说起。那时我很难受呢！你知道吗？

唉！为了经了这次我受的刺激，我总想去天辛墓前痛痛快快哭一场，我想，从这哭里或者能把我逝去的青春和爱情再收回来！唉，痴想！我知道是不能的，永久不能的了！

我第三次看你这信时，忽然发现你信纸有泪痕，真的，那是你的泪痕吗？

是为我而流的泪滴吗？果然，我应怎样珍重这封信，它上面有人间极珍重的同情在上边，我愿我一天不死，我一天记忆着人间的同情，朋友！你该不伤心吧？

今夜我心情特别好，不过不是悲痛，有点疯狂，我要制止我。抄诗忽然找到一首诗来，寄给你读一读，有一个时期，我曾这样安慰过我自己，如今看来自然是笑话了。

看到这信时，我想我已看见你了。我在你面前，是不容我难受，因为我自己是希望看你的笑靥而不愿你鼓嘴的。朋友啊，祝你夜安！

梅　三十号夜一时半

思念的痛苦

◎陆小曼

昨天才写完一信，T来了，谈了半天。他倒是个很好的朋友，他说他那天在车站看见我的脸吓一跳，苍白得好像死去一般，他知道我那时的心一定难过到极点了。他还说外边谣言极多，有人说我要离婚了，又有人说摩一定是不真爱我，若是真爱决不肯丢我远去的。真可笑，外头人不知道为什么都跟我有缘似的，无论男女都爱将我当一个谈话的好材料，没有可说也是想法造点出来说，真奇怪了。……

摩，为你我还是拼命干一下的好，我要往前走，不管前面有几多的荆棘，我一定直着脖子走，非到筋疲力尽我决不回头的。因为你是真正的认识了我，你不但认识我表面，你还认清了我的内心，我本来老是自恨为什么没有人认识我，为什么人家全拿我当一个只会玩只会穿的女子；可是我虽恨，我并不怪人家，本来人们只看外表，谁又能真生一双妙眼来看透人的内心呢？受着的评论都是自己去换得来的，在这个黑暗的世界有几个是肯拿真性灵透露出来的？像我自己，还不是一样成天埋没了本性以假对人的么？只有你，摩！第一个人能从一切的假言假笑中看透我的真心，认识我的苦痛，叫我怎能不从此收起以往的假而真正的给你一片真呢！我自从认识了你，我就有改变生活的决心，为你我一定认真地做人了。

因为昨晚一宵苦思，今晨又觉满身酸痛，不过我快乐，我得着了一个全静的夜。本来我就最爱清静的夜，静悄悄只有我一个人，只有滴答的钟声做我的良伴，让我爱做什么就做什么，不论坐着，睡着，看书，都是安静的，再无聊时耽着想想，做不到的事情，得不着的快乐，只要能闭着眼像电影似地一幕幕在眼前飞过也是快乐的，至少也能得着片刻的安慰。昨晚想你，想你现在一定已经看得见西伯利亚的白雪了，不过你眼前虽有不容易看得到的美景，可你身旁没有了陪伴你的我，你一定也同我现在一般地感觉着寂寞，一般心内叫着痛苦的吧！我从前常听人言生离死别是人生最难忍受的事情，我老是笑着说人痴情，谁知今天轮到了我身上，才知道人家的话不是虚的，全是从痛苦中得来的实言。我今天才身受着这种说不出叫不明的痛苦，生离已经够受了，死别的味儿想必更不堪设想吧。

回家去陪娘去看病，在车中我又探了探她的口气，我说照这样的日子再往下过，我怕我的身体上要担受不起了。她倒反说我自寻烦恼，自找痛苦，好好的日子不过，一天到晚只是去模仿外国小说上的行为，讲爱情，说什么精神上痛苦不痛苦，那些无味的话有什么道理。本来她在四十多年前就生出来了，我才生了二十多年，二十年内的变化与进步是不可计算的，我们的思想当然不能符合了。她们看来夫荣子贵是女子的莫大幸福，个人的喜、乐、哀、怒是不成问题的，所以也难怪她不能明了我的苦楚。本来人在幼年时灌进脑子里的知识与教育是永不会迁移的，何况是这种封建思想与礼教观念更不容易使她忘记。所以从前多少女子，为了怕人骂，怕人背后批评，甘愿自己牺牲自己的快乐与身体，怨死闺中，要不然就是终身得了不死不活的病，呻吟到死。这一类的可怜女子，我敢说十个里面有九个是自己……她们可怜，至死还不明白是什么害了她们。摩！我今天很运气能够遇着你，在我不认识你以前，我的思想，我的观念，也同她们一样，我也是一样的没有勇气，一样的预备就此糊里糊涂地一天天往下过，不问什么快乐什么痛苦，就此埋没了本性过它一辈子完事的；自从见着你，我才像乌云里见了青天，我才知道自埋自身是不应该的，做人为什么不轰轰烈烈地做一番呢？我愿意从此跟你往高处飞，往明处走，永远再不自暴自弃了。

西山情思

◎陆小曼

这一回去得真不冤，说不尽的好，等我一件件地来告诉你。我们这几天虽然没有亲近，可是没有一天我不想你的，在山中每天晚上想写，可只恨没有将你带去，其实带去也不妨，她们都是老早上了床，只有我一个睡不着呆坐着，若是带了你去不是我每天可以亲近你吗？我的日记呀，今天我拿起你来心里不知有多少欢喜，恨不能将我要说的话像机器似的倒出来，急得我反不知从哪里说起了。

那天我们一群人到西山脚下改坐轿子上大觉寺，一连十几个轿子一条蛇似的游着上去，山路很难走，坐在轿上滚来滚去像坐在海船上遇着大风一样摇摆，我是平生第一次坐，差一点把我滚了出来。走了3里多路快到寺前，只见一片片的白山，白得好象才下过雪一般，山石树木一样都看不清，从山脚到山顶满都是白，我心里奇怪极了。这分明是暖和的春天，身上还穿着夹衣，微风一阵阵吹着入夏的暖气，为什么眼前会有雪山涌出呢？打不破这个疑团我只得回头问那抬轿的轿夫，"唉！你们这儿山上的雪，怎么到现在还不化呢？"那轿夫跑得面头流着汗，听了我的话他们好像奇怪似的一面擦汗一面问我："大姑娘，你说什么？今年的冬天比哪年都热，山上压根儿就没有下过雪，你哪儿瞧见有雪呀？"他们一边说着便四下里乱寻，脸上都现出了惊奇的样子。那时我真急了，不由得就叫着说，"你们看那边满山雪白的不是雪是什么？"我话还没有说完，他们倒都狂笑起来了。"真是城里姑娘不出门！连杏花都不认识，倒说是雪，你想五六月里哪儿来的雪呢？"什么！杏花儿！我简直叫他们给笑呆了。顾不得他们笑，我只乐得恨不能跳出轿子，一口气跑上山去看一个明白。天下真有这种奇景吗？乐极了也忘记我的身子是坐在轿子里呢，伸长脖子直往前看，急得抬轿的人叫起来了，"姑娘：快不要动呀，轿子要翻了"，一连几晃，几乎把我抛进小涧去。这一下才吓回了我的魂，只好老老实实地坐着再也不敢动了。

上山也没有路，大家只是一脚脚地从这块石头跳到那一块石头上，不要说轿夫不敢斜一斜眼睛，就是我们坐轿的人都连气也不敢喘，两只手使劲拉着轿杠儿、两个眼死盯着轿夫的两只脚，只怕他们失脚滑下山涧去。那时候大家只顾着自己性命的出入，眼前不易得的美景连斜都不去斜一眼了。

走过一个山顶才到了平地，一条又小又弯的路带着我们走进大觉寺的脚下。两旁全是杏树林，一直到山顶，除了一条羊肠小路只容得一个人行走以外，简直满都是树。这时候正是 5 月里杏花盛开的时候，所以远看去简直像一座雪山，走近来才看得出一朵朵的花，坠得树枝都看不出了。我们在树阴里慢慢地往上走，鼻子里微风吹来阵阵的花香，别有一种说不出的甜味。摩，我再也想不到人间还有这样美的地方，恐怕神仙住的地方也不过如此了。我那时乐得连路都不会走了，左一转右一转，四围不见别的，只是花。回头看见跟在后面的人，慢慢在那儿往上走，只像都在梦里似的，我自己也觉得我已经不是一个人了。这样的所在简直不配我们这样的浊物来，你看那一片雪白的花，白得一尘不染，哪有半点人间的污气？我一口气跑上了山顶，站在一块最高的石峰，定一定神往下一看，呀，摩！你知道我看见了什么？咳，只恨我这支笔没有力量来描写那时我眼底所见的奇景！真美！从上往下斜着下去只见一片白，对面山坡上照过来的斜阳，更使它无限的鲜丽，那时我恨不能将我的全身压下去，到花间去打一个滚，可是又恐怕我压坏了粉嫩的花瓣儿。在山脚下又看见一片碧绿的草，几间茅屋，三两声狗吠声，一个田家的景象，满都现在我的眼前，荡漾着无限的温柔。这一忽儿我忘记了自己，丢掉了一切的烦恼，喘着一口大气，拼命想将那鲜甜味儿吸进我的身体，洗去我五腑内的浊气，重新变一个人，我愿意丢弃一切，永远躲在这个地方，不要再去尘世间见人。真的，摩，那时我连你都忘了，一个人呆在那儿不是他们叫我我还不醒呢！

一天的劳乏，到了晚上，大家都睡得正浓，我因为想着你不能安睡，窗外的明月又在纱窗上映着逗我，便一个就走到院子里去，只见一片白色，照得梧桐树的叶子在地下来回地飘动。这时候我也不怕朝露里受寒，也不管夜风吹得身上发抖，一直跑出了庙门，一群小雀儿让我吓得一起就向林子里飞，我睁开眼睛一看，原来庙前就是一大片杏树林子。这时候我鼻子里闻着一阵芳香，不像玫瑰，不像白兰，只薰得我好像酒醉一般。慢慢我不觉耽不下来，一条腿软得站都站不住了。晕沉沉的耳边送过来清呖呖的夜莺声，好似唱着歌，在嘲笑我孤单的形影；醉人的花香，轻含着鲜洁的清气，又阵阵地送进我的鼻管。忽隐忽现的月华，在云隙里探出头来从雪白的花瓣里偷看着我，好像笑我为什么不带着爱人来。这恼人的春色，更引起我想你的真挚，逗得我阵阵心酸，不由得就睡在蔓草上，闭着眼轻轻地叫着你的名字（你听见没有？）。我似梦非梦地睡了也不知有多久，心里只是想着你——忽然好像听得你那活泼的笑声，象珠子似的在我耳边滚，"曼，我来，"又觉得你那伟大的手，紧紧握着我的手往嘴边送，又好象你那顽皮的笑脸，偷偷的偎到我的颊边送了一个吻去。这一下我吓得连气都不敢喘，难道你真回来了么？急急地睁眼一看，哪有你半点影子？身旁一无所有，再低头一看，原来才发现，自己的右手不知在什么时候握住了我的左手，身上多了几朵落花，花瓣儿飘在我的颊边好似你在偷吻似的。真可笑！迷梦的幻影竟当了真，自己便不觉无味得很，站起来，只好把花枝儿泄气，用力一拉，花瓣儿纷纷落地，打得我一身；林内的宿鸟以为起了狂风，一声叫就往四处乱飞。一个美丽的宁静的月夜叫我一阵无味的恼怒给破坏了。我心里也再不要看眼前的美景，一边走一边想着。你，为什么不留下你，为什么让你走。

1925 年 5 月 1 日

神牵梦系

◎王映霞

（一）

文：

沅江及长沙发的两片都于昨日送来，欣慰之至。

你行后我已有两快函寄闽省府托蒋秘书转交。

不知能于你到闽省前寄到否？今日天气放晴，忙着洗了一天衣服，警报又来了，传说敌机已到长沙，想来你廿四、至迟廿五总可以离长去南昌的，不然又将为你添愁添虑，此时出门真靠不住，所以我总梦想着什么地方都能与你同行来得好些，并非我能防止空袭，与其老远在为你担心，倒不如大家在一起受惊来得痛快，复仇过后心境依然是澄清的，只教你能明白自己的弱点，好好地爱护她，则得着一颗女人的心亦不难也。衡山设委会会计处寄来一张须盖章的收条，我已为你盖章后用挂号信寄去，信一张，便附一阅。愿珍重！

映霞　九．廿七．

（二）

文：

各片均悉，连上之函，谅均收到。前夜得自浦城来电，计今日已可到达福州矣；到闽后各情颇急于想知道，可惜信又慢，而事情又偏不能详电报中。此间已设立湖南省银行驻汉寿办事处，地址是在从前的中央旅馆旧址，招牌已挂，以后汇款，或可直寄此，当较为便利。望舒有来函，附上一阅，谋事在人，成事在天，根本人不知谋，而天欲成亦不能也，人到了中年，依然得过且过，没有一上进取之心，专赖他人催促，又何补于事实？奈何奈何？

大小均安，勿念。

映霞　九．卅日．

（三）

文：

六日的快信反而到在七日所寄的以后，邮件之颠倒无常，这正象征了我的命运，在十几年前，我何曾会得遥想到有今日，有今日受着丈夫恶意的欺凌？这的确与怀瑜向我说的"红丝牵错了，误了前因"一样，倘若当初你与别人"结识"了（这两字是照七日来信中所写，你的用字似欠妥当，我是上等人家小姐，似与别人不可比也。你一开口便下流，难怪从前的人的婚姻须门户相当！）

马马虎虎亦会得过半生，而我，又可以做一个很贤惠，很能干的大家庭中的媳妇，让翁姑喜欢，丈夫宠爱的和平空气中以终其身，如今是一切都成过去，所有的希望都只能希冀于来世，自古聪明人的遭遇偏不寻常，我又何能例外？徒靠你现在的每一次来信中都述说着"不愿援用强权"是无益的，你的用不用强权，与需否用强权，这都已在过去的十年你的行为中为你证明，一个已婚的男子在第二次的结婚后，精神肉体可以再重返"故乡"，在那初婚的少女尚且能宽宏大量，能以绝大的牺牲心在万难中忍耐了过去，这才可以说并未"援用强权"，以夺取你你的自尊心，但当初我的报复的心，每时每刻我都在牢记着，从未因为暂时的欢娱而衰落过，正与据你所说的你对我的爱一样。现在只教你来信中一提及往事，那即刻就会使我把过去的仇恨一齐复燃起来，你若希望我不再回想你过去的罪恶时，只有你先向我一字不提，引导我向新的生命途中走。大家再重新地来生活下去，至于你的没有爱过旁的女人和对我的爱从未衰落过的那些话，我读了，只会感到你的罪深而刑罚太浅，这如病重而药轻一样的无济于事。能不能使我把你的旧恶尽行忘去是在你，请你记住。近来杂志读得很多，很有些想写文章写自传的冲动，但第一次的尝试，似乎总不敢下手。匆匆复你六日的快信，孩子我都照顾周到，无须你挂心。

映霞　十月十八日午后

与爱相约

◎依丝·纪修尔

中央火车站服务台上面的大圆钟指着差六分六点钟，高大的年轻中尉从月台上走来，抬起黝黑的脸，正看时间，他的心砰然跳动得让自己都很吃惊，因为自己已无法控制。再过六分钟，他就要见到一个特别的女人了。他从未见过她，但她在过去的十三个月里，一直在他生命中占有重要的地位，她从未间断的信，一直都与他同在。

他让自己尽量靠近服务台，站在包围服务人员的一圈人外。

布兰福中尉记得战争最紧张时那个特别的晚上，他的飞机被一群敌机包围，他甚至还看到某敌机上驾驶员狞笑的脸。

在他的信中，他曾提到自己时常感到害怕，就在战斗前几天，他收到她的回信："你当然会害怕……所有勇敢的人都会害怕，大卫王不是也怕过吗？这也就是为什么他会写诗篇二十三篇了。我希望下次你再怀疑自己时，能听到我的声音为你朗诵：'我虽然行过死荫的幽谷，也不怕遭到伤害，因为你与我同在。'"他记住了，也仿佛听见她的声音，使他重新充满体力和作战的勇气。

现在他就要听到她真正的声音了。差四分六点，他不安地四处张望。

巨大的屋顶下，过往的行人忙碌地穿梭来去，像彩色的线被织进一张灰色的网。一个女孩经过他身边，布兰福中尉盯着她看，她的上衣口袋里有一朵红花，但是朵红色甜豆花，不是他们约好的红玫瑰。此外，这个女孩也太年轻了，大约十八岁而已，而霍莉丝梅内尔却坦白告诉他，她三十岁了。"那又怎样呢？"他回信说，"我三十二岁。"其实他才二十几岁。

他的心思又跳回到那本书。那本书是大众捐献，送往佛罗里达州训练营军中图书馆的书，上帝自几百本书中挑出这本放在他手中，这本书是《人性枷锁》，从头到尾写满了一位女性的摘记，他一向痛恨在书上东写西写的习惯，不过这本书上写的评论很不同。他从不敢相信一个女人能这么体贴，这么透彻地理解一个男人的心，她的名字写在书的封页内：霍莉丝梅内尔。他找到纽约市的电话簿，然后找到她的地址，写信给她，她也回信了。第二天他就随军队启航离开，不过仍继续与她通信。

十三个月来，她一直忠实地回信，而且她不只回信，有时他的信没到，她还是照写，所以他相信两人彼此相爱。

尽管他不断要求她寄照片给他，她总是一次又一次地拒绝，那当然令他感觉不太好，不过她解释："如果你对我的感情是真的、诚实的，我长得如何并不重要。假使我长得漂亮，我会一直以为你因外貌而爱我，那样的爱会让我讨厌。假使我姿色平平（你必须承认这点比较有可能），我会害怕你只是因为寂寞孤单，别无选择才继续跟我通信，不要要求看我的照片，你到纽约来就可看到我，到时你可自己决定。记住，见面之后，我们都可自由选择要不要继续下去……"

还有一分钟六点，他紧张地点起一根烟。

这时布兰福中尉的心脏跳得比他曾驾驶的飞机还高。

一个年轻女子向他走来，身材修长，金发成鬈梳在小巧的耳后，她的蓝眼明亮如花朵，唇和下巴温柔中带着坚定，身穿浅绿套装，像春天乍现。

他开始向她走去，完全忘记去注意她根本没戴红玫瑰。女子看到他，嘴角弯起一抹挑逗的微笑。

"同路吗？阿兵哥？"她低声地说。

他无法自制地再靠近她一步，然后他看到了霍莉丝梅内尔。

她站在女孩后面，少说也四十开外了，灰发隐藏在一顶老旧的帽子下，她不仅丰腴，两根粗脚踝还重重地踩在低跟的鞋里，不过，她绉折的褐外套口袋却戴着一朵红玫瑰。

穿绿套装的女孩迅速走开。

布兰福觉得自己已分裂为二，一来多么希望能跟随那绿衣女孩，但却又深深渴望跟这个女人见面。她的灵魂一直陪伴他、鼓舞他，而现在，她就在眼前。苍白而丰满的脸温柔而敏锐，现在他看出来了，她灰色的眼充满温暖及慈爱的光。

布兰福中尉没有迟疑，他的手指抓着《人性枷锁》老旧的蓝皮书，让她能认出他来。这可能不是爱，而是比爱更珍贵、更稀有的友情，他一直很感激，而且会永远感激。

他挺起宽阔的胸膛，打了招呼，把书拿给女人。虽然他鼓起勇气说话，但内心仍被失望的苦涩所苦恼。

"我是约翰·布兰福中尉，而你……你是梅内尔小姐吧?! 很高兴见到你，我……我可以请你去吃晚餐吗?"

女人的脸宽容地笑了开来："孩子，我不知道这到底是怎么一回事，"她回答，"那个穿绿套装的年轻女孩，就是刚刚走过的那位，请我把红玫瑰戴在外套上，她说如果你要我跟你出去，我就告诉你，她在对街的大餐厅等你。她说这是某种测验。我自己也有两个儿子在当兵，所以帮个小忙是应该的。"

只要有爱

◎聂鲁达

我在许久以前曾受祖国发祥地的召唤顺着朗科湖往内地走，在那里找到了既受大自然攻击又受大自然爱护的诗歌的天生摇篮。

高高的柏树密密成林，空气飘逸着密林的芳香，一切都有响声，又都寂静无声。隐匿的鸟儿在低低交谈，果实和树枝落下时擦响树叶，在神秘而又庄严的瞬间一切都停止了，大森林里的一切似乎都在期待着什么。那时候有一条河流就要诞生了。我不知道这条河叫什么，但是它最初涌出的纯洁的、暗色的水流几乎令人察觉不出，涓细而且悄然无声，正在枯死的大树干和巨石之间寻觅出路。

枯藤老叶堆满了它的源头，过去的一切都要阻挡它的去路，却只能使它的道路溢满芳香。新生的河流把烂根朽叶一路冲刷，满载着新鲜的养分在自己行进的路上散发。

在我看来，诗歌的产生与此大同小异。它来自目力所不及的高处，它的源头神秘而又模糊，荒凉而又芳香，像河流那样把流入的小溪纳入自己的怀抱，在群山中间寻觅出路，在草原上发出悦耳的歌声。

它使干枯的田野受到滋润，为挨饿的人解决粮食。它在谷穗里寻路前进。赶路的人靠它解渴；当人们战斗或休息的时候，它就来歌唱。

它把人们联结起来，而且在他们中建立起村庄。它带着繁衍生命的根穿过山谷。

歌唱和繁殖就是诗。

它从地下喷薄而出，不断壮大，热情洋溢。它以不断增长的运动产生出能量，去磨粉、锯木，给城市以光明。黎明时岸边彩旗飞扬，总要在会唱歌的河边欢庆节日。

我曾在佛罗伦萨一家工厂参观过，并当场给一些工人朗诵我的诗。朗诵时我极其羞怯，这是任何一个来自年轻大陆的人在仍然活在那里的神圣幽灵近旁说话时都会有的心情。随后，该厂工人送我一件纪念品，那是一本彼特拉克诗集，1484 版的，我会一直珍藏。

诗已随河水流过，在那家工厂里歌唱过，几个世纪以来一直伴随着工人们。我心目中的那位永远穿着修士罩袍的彼特拉克，是那些纯朴的意大利人中的一员，而我满怀敬意捧在手里、对我具有一种新的意义的那本书，对于一个普通人而言只是一件绝妙工具。

我知道前来参加这个庆祝会的有我的许多同胞，还有一些别国的男女知名人士，他们绝不是来祝贺我个人的，而是来赞扬诗人们的责任和诗的普遍发展。

这类聚会使我非常激动，也非常自豪，我感到我的诗还是有一定社会价值的。确保全体人类相互认识和了解，是人道主义者的首要责任和知识界的基本任务。只要有爱就值得去战斗和歌唱；就值得活在世上。

我很清楚在我们这个被大海和茫茫雪山隔绝的国度里，你们不是在为我，而是在为人类的胜利而举行庆祝。其中的原因很简单，假如说这些海拔几百米、几千米的高山和波澜起伏、神秘莫测的太平洋曾经想把我们祖国的心声摒弃在全世界之外，曾经企图阻止我们的祖国向全世界发出自己的声音，曾经反对各国人民的斗争和世界文化的统一，现在这些高山被征服了，大洋也被战胜了。

在我们这个地处偏远的国家里，我的人民和我的诗歌为增进交往和友谊进行了不屈不挠的战斗。

这所大学履行其学术职责，接待我们大家，从而确立了人类社会的胜利和智利这颗星辰的荣耀。

我们不曾孤单，来自美洲热带地区的鲁文·达里奥支援我们来了。他大概是在一个跟今天一样的天空澄碧、白雪皑皑的冬日来到瓦尔帕莱索的，来重建西班牙语的诗歌。

今天，我把我最诚挚的敬意和最深沉的思念奉献给他那星星般的壮丽。

昨夜，我收到了劳拉·罗迪格等人送给我的礼物。我十分激动地把劳拉·罗迪格带给我的礼物打开。这是加夫列拉·米斯特拉尔的《十四行诗》的手稿，是用铅笔写的，而且通篇是修改的字迹。这份手稿写于 1914 年，但依然可以领略到她那笔力雄健的书法特色。

在我看来这些十四行诗意境有如永恒雪山一样高远，而且具有克维多那样的潜在的震撼力。

此刻，我把加夫列拉·米斯特拉尔和鲁文·达里奥都当作智利诗人来怀念，在我年满五十周岁之际，我非常想对他们表达我内心的敬意与感激。

真的，我对他们充满了敬意，是对所有在我之前用各种文字从事笔耕的人。他们的名字举不胜举，他们有如繁星布满整个天空。

远方的女子

◎巴勃罗·聂鲁达

　　远方的女子，这女子刚好装满我的手。她皮肤白皙，金发，我会用手捧起她，如同捧起一篮木兰花。

　　这女子刚好装满我的眼睛。我的目光拥抱她，我的目光拥抱她的时候就什么都看不见。

　　这女子刚好装满我的欲望。在我的生命的烈火前面，她赤裸着身体，而我的欲望把她像活炭一样燃烧。

　　可是，远方的女子呀，我的双手、我的眼睛和我的欲望的爱抚，都是留给你的，因为只有你，远方的女子，只有你刚好装满我的心。

　　英雄，我发现了我的英雄，正好在我去寻他们的地方。仿佛是我把他们装在我的忧虑里一样。起初我不知道怎样识别他们，如今熟悉了生活的布局，我已经懂得给他们赋予本来没有的性质。可是我又发现自己被这些英雄压迫得太累了，只好放弃他们。因为现在我要的是在横逆之下伛偻的人，是挨第一下鞭子就尖叫的人，是把人生看作没有阳光的潮湿地窖、不会笑的沉郁的英雄。

　　可是现在找不到他们了。在我的忧虑里充满了年老的英雄，昔日的英雄。

　　为留住记忆而挣扎我的思想离开我去流浪，现在走上一条友善的小径。我摒除一切激烈的悲伤，停下来，闭上眼睛，在某些遥远的时间和地点的气味里软弱下来，这种气味是我自己凭着对生活的谦卑挣扎保存下来的。人只生活在昨天里。"现在"只是各种欲望的赤裸期盼，是因缺乏爱而衰老的临时誓约。

　　昨天是一棵枝叶披离的树。我就在树荫下回想。

　　忽然，我诧异地看见成列的朝圣者，他们像我一样到这小径来了；他们的眼睛充满回忆的喜悦，他们唱着歌回味过去。反正，我知道他们改变是为了维持不变，他们讲话是为了沉默，他们张开惊奇的眼睛观看星星是为了闭眼记住……我躺在这新路旁边，我徒然努力留住泛着涟漪流过我身上的时间之河。

沙，这些黄色花岗石的颗粒是独一无二的，不可超越的。（白色的沙、黑色的沙附着在皮肤和衣服上面，不可感知但充满侵略性。）这些黑岛的金色沙粒就像最微小的岩，似乎来自一个毁灭了的行星，它远远地在上空燃烧，又摇远又金黄。

整个世界沿着这多沙的海岸，伛偻着，搜索着，找寻着，因此有人把这海岸称为"失物之岛。"

海洋永远供应着浸蚀的木材、青色的玻璃珠、水松塞、被波浪打磨过的破瓶子、蚧、海螺和蛤贝的残骸、被吞噬以及因长期的压力而变成残破的物品。蜿蜒的科查育约草在脆荆棘丛或者小刺猬之间，是穷人的营养品，浑圆而无穷无尽的根枝藻，像滑动闪亮的鳗鱼一样，总被无言的浪、被追逐它的海赶上沙滩。已经知道，这是地球上最长的海产植物，可以长至四百米，借巨大的吸盘附着在岩石上面，又借一段浮体支持自己，同时以千万个琥珀色小乳头喂养大蓬的头发。我们是一个小国，可我们的翅膀非常巨大，我们被大海冲刷的头发非常长，我们在这大海的仓库里是阴郁的存在，像鹰在安第斯山上飞，像一切信天翁族类希望在智利海团聚，像抹香鲸或者北极鲸潜入我们的海域而侥幸生存下来。

爱　情

◎劳伦斯

……男女之间的爱是世上最伟大、最完美的情感，因为它是双重的，包括互相对立的两个方面。男女之间的爱是最完美的生活脉搏、心的收缩和舒张。

神圣的爱是无私的，追求的不是自己的利益。情人为自己的爱人献身，只求与她达成完美的统一。但男女之间的爱是完整的，它追求神圣和世俗的统一。世俗的爱寻求的是它自己。我在我的爱人身上寻求我自己，从她那儿争抢出一个我来。我们不是清澈的个体，而是复杂的混合物。我寄寓在我的爱人之中，她也寄寓在我的身上。这种状况是不应存在的，因为它只是混杂和迷惑。因此，我必须彻底地收拢自己，从我爱人身上解脱出来，她也应该完全地从我身上分离出去。我们的灵魂像是黄昏，既不明亮也不黯然。光线应该收敛回去，变成十足的闪光，而黑暗也应该自立门户。它们应该是互相对立的两个完整体，互不渗透，泾渭分明。

我们像一朵玫瑰。男女双方的激情既然完全分离，又美妙地结合，一种新的形状，一种超然状态在纯洁统一的激情中，在寻求清晰与独立的纯洁激情中诞生了，两者合二为一被投进玫瑰般的完美的天堂中。

因此，男女之间的爱如果是完整的话，应该是双重的。这是融入纯洁感情交流的境界，又是纯粹性的摩擦，两种状况均存在。在感情的交流中，我被熔炼成一个完整的人，而在纯洁的、激烈的性摩擦中，我又被烧成原先的自我。我从融合的基质中被赶了出来，进入高度的分离状态，成为十足单独的自我，神圣而独特的自我。宝石从混杂的泥坯中被提炼出来时大概就是这样的。我爱的女人和我，我们就是这类混杂的泥坯。随后在热烈的性爱中，在具有破坏性的烈焰中，我被毁了，贬低为她那个自我。这是毁灭性的欲火，世俗意义上的爱。但唯有这火才能使我们得到净化，使我们从混杂的状况中分离出来，成为独特的如宝石一般纯净的个体。

　　所以说，完整的男女之爱是双重的，既然是一种融化的运动，把两者融合为一，又是一种强烈的、带着摩擦和性激情的分力运动，两者被烧毁，被烧得彻底分开，成为迥然不同的异体。但不是所有男女之间的爱都是完整的。它可以是温柔的，慢慢地合二为一，如圣法兰西斯和圣克莱尔，圣玛丽和耶稣之间的爱。在这种情况下，可能没有分离，看不到统一，也不存在独特的异体。可见，这所谓神圣的爱其实只是半个爱，这种爱却知道什么是最圣洁的幸福。另一方面，爱又可能是一场性满足的美妙战斗，动人而可怕的男女抗争就像特里斯坦和艾索德。这些超越骄傲的情人，打着最崇高的旗帜，是宝石一般的异体。他是十足的男性，像宝石一般脱颖而出，桀骜不羁；而她则是纯粹的女性，像一枝睡莲，亭亭玉立于其女性的妩媚和芬芳之中。这就是世俗的爱，它总是在欲火和分离的悲剧里结束。到那时这两个如此出众的情人会被死神分隔开。但是，如果说世俗的爱总是以痛心疾首的悲剧而告终，那么神圣的爱则更是有过之而无不及。它总是以强烈的渴求和无可奈何的悲哀而告结束。圣法兰西斯最后死去，撇下圣克莱尔孑然一人，悲痛欲绝。

　　势必会合二为一，永远如此——感情交流而产生的甜蜜的爱和性满足后产生的自豪的爱总是融合在一起的。那时，我们就像玫瑰，甚至超越了爱。爱被包围、被超越了。我们成了完全融合的一对，同时又像宝石一样是独立的个体。玫瑰包围并超越了我们。我们组成一朵玫瑰，而不是其他。

我的爱

◎加 缪

我对生活的全部的爱有两种：一种是对于可能逃避我的东西的悄然的激情，一种是在火焰之下的苦味。每天我离开修道院时，就如同从自身中挣脱那样，似在短暂时刻被留名于世界的绵延之中。我那时会想到多利亚的阿波罗那呆滞无神的眼睛或纪奥托笔下热烈而又迟钝的人物，而且清楚地知道其中的原因。直至此时，我才真正懂得这样的国家所能给我的东西。我惊叹人们能够在地中海沿岸找到生活的信念与律条，并为一种乐观主义和一种社会意义提供依据，在这里人们的理性得到了满足。因为最终使我惊讶的并不是为适合于人而造就的世界，而是这个世界却又向人关闭。不，如果这些国家的语言同我内心深处发出回响的东西相和谐，那是因为它使这些问题成为无用的，而不是因为它回答了我的问题。

在伊比札，我每天都去沿海港的咖啡馆坐坐。五点左右，这儿的年轻人沿着两边栈桥散步。婚姻在这里进行，全部生活也在这里进行。人们不禁想到这里存在某种面对世界开始生活的伟大。我坐了下来，到处都是白色的教堂、白垩墙、干枯的田野和参差不齐的橄榄树，一切都在白天的阳光中摇曳。我喝着一杯淡而无味的巴旦杏仁糖浆。我注视着前面蜿蜒的山丘，群山向着大海缓和地倾斜。夜晚正在变成绿色。在最高的山上，最后的海风使叶片转动起来。所有的人在自然的奇迹面前都放低了声音，以至于只剩下了天空和向着天空飘去的歌声。这歌声像是从十分遥远的地方传来的。在这短暂的黄昏时分，有某种转瞬即逝的、忧伤的东西笼罩着，而且这种东西并不只是一个人感觉到了，而是整个民族都感觉得到的。至于我，渴望爱如同他人渴望哭一样。从此，我似乎觉得我睡眠中的每一小时都是从生命中窃来的。或者可以这样说，是从无对象的欲望的时光中窃来的。我静止而紧张，没有力量反抗要把世界放在我双手中的巨大激情，就像在巴马的小咖啡馆里和旧金山修道院度过的激动时刻那样。

　　我清楚地知道，我错了，并知道有一些规定的界限。只有在这种条件下，人们才能从事创造。不过，爱是没有界限的，如果我能拥抱一切，即使拥抱得笨拙又有什么关系？在热那亚，我整个早上都迷恋于某些女人的微笑，但我现在再也看不见她们了。无疑，没有什么更简单的了。但是，我那遗憾的火焰并不会为词语所掩盖。我在旧金山修道院中的小井中看到鸽群的飞翔，我因此忘记了自己的干渴。但是，我又预感到干渴的时刻总会来临。

我的爱情

◎梅森堡

我的亲爱的，这次是最后的乐章了，充满着甘美而幸福的和声。

你走后，我读了你的信，给了你一个亲密的"晚安"，希望你能安静地睡去。

现在我们之间一切都清楚了，什么都不能再分离我们、打扰我们了，甚至即将到来的离别也不可能，因为我将在心里把你带走，而我也将留在你的心里。

我要把你孤零零地撇在这儿了，这使我很难受，我延迟行期多半也是为了你。但要是一个人必须顺从生活的迫切需求，而能在清澈明净、坚决明确的灵魂内找到庇护，那就能忍受一切，面对任何考验。

我希望你像你说的那样，作为一个北方人而感觉和体现你的个性，但以南方神奇的甘美把它塑成充满诗意的形象。

浮士德不就是这样发展的吗？结果他成为一个行动的人，并把他的理想主义传播在四周一切人中间，犹如太阳为了赐福于自然而播射光芒。

那就是你的前途，我这么预言着，而且欣慰地相信。因为这个世界需要理想的信徒。谁能说这不是一条光明之路，总有一天会团结全人类，使他们更靠近神明呢。

可是现在你得珍惜，而且要保持平静的理智，你会答应我的，是不是？因为这样你会使我大大地欢喜。我还有些小小的期望要跟你谈，是关于你对别人的影响的——再见了，亲爱的朋友，明天见。

因为我是那样温柔地爱着你。

音容如昨

◎夏绿蒂

1844 年 10 月 24 日

今晨我特别高兴——近两年来我很少这样高兴过,因为我熟识的一位先生要到布鲁塞尔去,他表示愿为我带一封信给你,由他面交或经他妹妹转交你,要我放心,信一定会送到你手上。

我不打算写长信。首先,时间来不及——这信马上就得送走;其次,我怕叨扰你。我只想问问,你可曾收到我在五月初以及在八月间写给你的信?六个月来,我一直在等待先生的信——六个月的期待是很长的,你知道!但我不抱怨,而我这小小的忧愁将得到丰厚的报偿,如果你现在写一封信,交给这位先生——或他的妹妹带给我,他会万无一失地交到我手里。

不管信多么短,都能使我满足——只是别忘了告诉我你身体可好,先生,以及夫人和孩子们可好,还有教师和学生们可好。

家父和舍妹向你问好。我父亲的病渐重了。不过他尚未完全失明。我妹妹们都好,但我可怜的弟弟还在生病。

再见了,先生,我相信不久就能获悉你的消息。想到这一点,我就喜欢,因为你的和蔼亲切永不会从我记忆中消失。这记忆存在多久,它在我心中激起的敬仰就存在多久。

你最忠诚的学生
夏·勃朗特

在布鲁塞尔时你送给我的书,我刚把它们全都装订好。我喜欢沉思地凝望着这些书,它们构成相当可观的一批藏书。有伯纳丹·德·圣彼埃尔的全集,有巴斯卡尔的《沉思录》,一本诗集,两本德文书。还有埃热教授阁下在皇家文学院授奖大会上的两篇演讲——它们的价值胜过所有其他的书。

真正的家

◎维廉·巴克莱

简而言之，两性各自的特征是：

男子的力量是积极的、进取的、捍卫性的。显然，他们是实干家、创造者、发现者和保卫者。他们的智力适于推测与发明；他们的能量适于进取，适于战争，适于征服，只要他们从事的战争是正义战争，他们的征服便是不可或缺的征服。然而妇女的力量不适于战斗，而适于决断；她们的智力不适于发明或创造，而适于下达悦耳的命令，做出巧妙的安排和决定。她们了解事物的性质、要求和地位。她们的伟大在于赞扬。她们不参与竞争，但都万无一失地判决胜利王冠的归属。由于她们的职能与地位，她们受到保护，不受一切危险与引诱的损害。

男子在外部世界中从事艰苦的劳动，必须面临一切危险与考验，因此，他们必须面对失败、进攻和不可避免的错误；不时受伤或被征服；常常误入歧途；因此，在任何时候，他们都必须刚毅坚定。但对于妇女，她们坚决保护她们免受这一切损害；在他们的家里——在妇女料理下的家里——除非妇女本人出于自愿，否则，她们没有必要卷入危险、引诱、错误或进攻之中。

这，便是家的实质——它是和平之宫，是庇护所，不但能使人逃避一切损害，而且可以逃避恐惧、疑虑和分裂。家倘若不如此，便不成其为家了；倘若外界生活所含的焦虑渗透到家之中；倘若夫妻任何一方允许外界那个千变万化的、陌生的、没人爱的敌对社会跨入家的门槛，那么，家便不成其为家，只能是外部世界的、被人们蒙上屋顶、在其中生火煮饭的那部分罢了。

然而，家只能是一个神圣的地方，是维斯塔的一座殿堂，是家神守护下一座温暖的殿堂，那么，除了那些能得到它以爱相迎的人以外，谁也不容许接近它。只要它的屋顶与炉火仅仅是更高洁的灯与阴凉处——如同荒野中岩石旁的阴凉处，波涛汹涌的大海中灯塔的光亮——只要它名副其实，符合人们对家的赞扬，它就是真正的家。

　　真正的妻子，她无论走到什么地方，家便围绕着她出现在什么地方。她头顶上也许只有高悬的星星，她脚下也许只有寒夜草丛中萤火虫的亮光，然而，她在哪儿，家便在哪儿；对于高洁的妇女，家在她周围覆盖的面积很广阔，胜过柏树遮住的天空，胜过橘红色的彩绘装饰；它为无家可归的人洒下柔和的光。

走出爱的歧途

◎卢 梭

　　如果人觉得需要一个伴侣的时侯，他就不再是一个孤独的人，他的心就不再是一颗孤独的心了。他同别人的种种关系，他心中的一切爱，都将随着他与这个伴侣的关系同时产生。他的第一个欲望很快就会使其他欲望骚动起来。

　　这个本能的发展倾向是难以确定的。一种性别的人被另一种性别的人所吸引，这是天性的冲动。选择、偏好和个人的爱，完全是由人的知识、偏见和习惯产生的。要使我们懂得爱，那是需要经过很长时间和具备很多知识的。只有在经过判断之后，我们才有所爱；只有在经过比较之后，我们才有所选择。然而，这些判断的形成虽然是无意识的，但不能因此就说它们是不真实的。

　　真正的爱，不管你怎样说都始终会受到人的尊敬。因为尽管爱的魅力能使我们步入歧途，尽管它不能把那些丑恶的性质从感受到爱的心中完全排除，而且，甚至还会产生另外一些丑恶的性质，但它始终是受到尊重的，没有这种尊重我们就不能达到感受爱的境地。我们认为是违反理性的选择，正是来源于理性的。我们之所以说爱是盲目的，那是因为它的眼睛比我们的眼睛好，能看到我们看不到的关系。在没有任何道德观和审美观的男人看来，所有的妇女都同样是很好的，他所遇到的第一个女人在他看来总是最可爱的。爱不仅不是由自然产生的，而且它还限制着自然欲念的发展。正是由于它，除了被爱的对象以外，一种性别的人对另一种性别的人才满不在乎。

　　我们喜欢什么，我们就想得到什么，而爱却应当是相互的。为了得到他人的爱，他必须使自己成为可爱的人；为了得到别人的偏爱，他必须使自己更为可爱，至少在所爱的对象眼中看来比任何人都更为可爱。因此，他首先要注视同他相似的人。他要同他们比较，他要同他们竞赛，同他们竞争，他要妒忌他们。他那洋溢着情感的心，是喜欢向人倾诉情怀的。他需要一个情人，不久又感到需要一个朋友。当一个人觉得为人所爱是多么甜蜜的时候，他就希望所有的人都爱他。要不是因为有许多地方不满意，每个人都是不愿意有所偏爱的。随着爱情和友谊的产生，也产生了纠纷、敌意和仇恨。在许多各种各样的欲念中，我看到了偏见，它宛如一个不可动摇的宝座，愚蠢的人们在它的驾驭之下竟完全按别人的见解去安排他们的生活。

选择原谅

◎艾丽丝

根据诊断书上说的，艾琳娜必须为一个剩下时日不多的癌症患者进行身体治疗，当艾琳娜在替哈莫太太做治疗时，她问及人生中痛苦的事。

"我觉得最哀伤的事，是我已经二十年没和我的妹妹说话了。"哈莫太太悔恨无比地说着。

当艾琳娜接着鼓励她说出心中长久的愤恨时，哈莫太太突然哭了，要坦白承认心中长久的怨恨并不容易，尤其是对一个她真正爱的人。两个女人抱在一起，过了一会儿，哈莫太太平静下来而且说她觉得轻松多了。

接下来的一星期，当艾琳娜回到医院时，她很惊讶的看见哈莫太太盛装打扮，看起来十分健康有活力。

"你要去哪儿?"艾琳娜问道。

"我要回家了。"哈莫太太回答，"他们带我去照 X 光时发现癌症不见了。"

其实，紧捉着愤怒、伤痛、愤恨不放，除了伤害自己外，并无其他好处，拒绝了他人的爱，同时也否定了自己的爱。如果你在自己的脑中设了一个监狱，将某人关在里面，那么，你就得坐在牢门外紧紧地盯住他，免得他逃跑了，这样不就等于是监禁自己?

因此，放了他，也放了自己吧，只有如此，你的灵魂才能得到自由。

祝 福

◎丽 拉

去年夏天当爱丽丝正在写支票时，她在每张支票的备忘栏里写下祝福——这是她的习惯。当她写到国税局的支票时，她问自己："我真的想要祝福国税局吗？国税局里的人又会接受这个祝福吗？"

经过一番挣扎，她最后决定爱的法则中是没有例外的。"而且或许国税局里的人还比其他人更需要祝福。"她这样想着，然后在支票上写下"平静与喜悦与你同在"。

几个月后，当爱丽丝接到退回来的支票时，她注意到给国税局的那张支票，在支票的背面，国税局的印章下，她看一行手写的字："也与你同在。"

爱丽丝的祝福终于找到方法打动了某个人的心，想想这个礼物对那人来说有多美好！国税局或许不是最愉快的工作场所，没有人喜欢缴税，而且我想国税局人员也不常接收到祝福，这样的情况下，你能想象那个收到爱丽丝支票的人看到那句祝福时心中的惊喜吗？或许这祝福改变了她的一天，也或许那人将这美好的友善传达给下一个她遇到的人，我相信爱丽丝的祝福一定持续很久。

生命的任何活动都可被提升为祝福，我们所遇到的任何情况都不过是记录心灵意图的模板。只要你活着，每一分钟都得在恐惧与爱中间作选择：选择了爱，你便将世界领往天堂；而选择了恐惧，则会坠下地狱，至于那选择权，自然是在你身上。

一颗心只能恋爱一次

◎克拉拉

你还怀疑我吗？我原谅你。我是一个弱女子，对了，只是一个弱女子，可我具有一颗很坚强的心，坚强而难以移易！这句话足以扫除你的一切疑虑了！

至今我也是忧愁满怀。然而，如果你在这封信后面写上一句令人宽慰的话给我，也许我会无牵无挂地走出这个广阔的世界。我已经答应了我的父亲，我会以安乐为怀，会在美术和音乐世界上再呆上几年。所以你将会从我这儿得到一点消息。当你知道这桩或那桩事情时，你会产生疑虑的，但你要想着："她是为了我才干这一切的啊！"这样你还会怀疑吗？你如果仍旧怀疑，那你会让一颗只能恋爱一次的心儿破碎下去……

1837 年

第六部分

家庭港湾

幸福的家庭

◎鲁　迅

　　"……做不做全由自己的便；那作品，像太阳的光一样，从无量的光源中涌出来，不像石火，用铁和石敲出来，这才是真艺术。那作者，也才是真的艺术家。——而我，……这算是什么？……"他想到这里，忽然从床上跳起来了。以先他早已想过，须得捞几文稿费维持生活了；投稿的地方，先定为幸福月报社，因为润笔似乎比较的丰。但作品就须有范围，否则，恐怕要不收的。范围就范围，……现在的青年的脑里的大问题是？……大概很不少，或者有许多是恋爱，婚姻，家庭之类罢。……是的，他们确有许多人烦闷着，正在讨论这些事。那么，就来做家庭。然而怎么做呢？……否则，恐怕要不收的，何必说些背时的话，然而……。他跳下卧床之后，四五步就走到书桌面前，坐下去，抽出一张绿格纸，毫不迟疑，但又自暴自弃似的写下一行题目道：《幸福的家庭》。

　　他的笔立刻停滞了；他仰了头，两眼瞪着房顶，正在安排那安置这"幸福的家庭"的地方。他想："北京？不行，死气沉沉，连空气也是死的。假如在这家庭的周围筑一道高墙，难道空气也就隔断了么？简直不行！江苏浙江天天防要开仗；福建更无须说。四川，广东？都正在打。山东河南之类？——阿阿，要绑票的，倘使绑去一个，那就成为不幸的家庭了。上海天津的租界上房租贵；……假如在外国，笑话。云南贵州不知道怎样，但交通也太不便……"他想来想去，想不出好地方，便要假定为 A 了，但又想，"现有不少的人是反对用西洋字母来代人地名的，说是要减少读者的兴味。我这回的投稿，似乎也不如不用，安全些。那么，在那里好呢？——湖南也打仗；大连仍然房租贵；察哈尔，吉林，黑龙江罢，——听说有马贼，也不行！……"他又想来想去，又想不出好地方，于是终于决心，假定这"幸福的家庭"所在的地方叫做 A。"总之，这幸福的家庭一定须在 A，无可磋商。家庭中自然是两夫妇，就是主人和主妇，自由结婚的。他们订有四十多条条约，非常详细，所以非常平等，十分自由。而且受过高等教育，优美高尚……东洋留学生已经不通行，——那么，假定为西洋留学生罢。主人始终穿洋服，硬领始终雪白；主妇是前头的头发始终烫得蓬蓬松松像一个麻雀窠，牙齿是始终雪白地露着，但衣服却是中国装，……"

"不行不行，那不行！二十五斤！"

他听得窗外一个男人的声音，不由得回过头去看，窗幔垂着，日光照着，明得眩目，他的眼睛昏花了；接着是小木片撒在地上的声响。"不相干，"他又回过头来想，"什么'二十五斤'？——他们是优美高尚，很爱文艺的。但因为都从小生长在幸福里，所以不爱俄国的小说……俄国小说多描写下等人，实在和这样的家庭也不合。'二十五斤'？不管他。那么，他们看看什么书呢？——裴伦的诗？吉支的？不行，都不稳当。——哦，有了，他们都爱看《理想之良人》。我虽然没有见过这部书，但既然连大学教授也那么称赞它，想来他们也一定都爱看，你也看，我也看，——他们一人一本，这家庭里一共有两本，……"他觉得胃里有点空虚了，放下笔，用两只手支着头，教自己的头像地球仪似的在两个柱子间挂着。

"……他们两人正在用午餐，"他想，"桌上铺了雪白的布；厨子送上菜来，——中国菜。什么'二十五斤'？不管他。为什么倒是中国菜？西洋人说，中国菜最进步，最好吃，最合于卫生：所以他们采用中国菜。送来的是第一碗，但这第一碗是什么呢？……"

"劈柴，……"

他吃惊地回过头去看，靠左肩，便立着他自己家里的主妇，两只阴凄凄的眼睛恰恰钉住他的脸。

"什么？"他以为她来搅扰了他的创作，颇有些愤怒了。

"劈架，都用完了，今天买了些。前一回还是十斤两吊四，今天就要两吊六。我想给他两吊五，好不好？"

"好好，就是两吊五。"

"称得太吃亏了。他一定只肯算二十四斤半；我想就算他二十三斤半，好不好？"

"好好，就算他二十三斤半。"

"那么，五五二十五，三五一十五，……"

"唔唔，五五二十五，三五一十五，……"他也说不下去了，停了一会，忽而奋然地抓起笔来，就在写着一行"幸福的家庭"的绿格纸上起算草，起了好久，这才仰起头来说道：

"五吊八。"

"那是，我这里不够了，还差八九个……"

他抽开书桌的抽屉，一把抓起所有的铜元，不下二三十，放在她摊开的手掌上，看她出了房，才又回过头来向书桌。他觉得头里面很胀满，似乎桠桠叉叉的全被木柴填满了，五五二十五，脑皮质上还印着许多散乱的亚剌伯数目字。他很深地吸一口气，又用力地呼出，仿佛要借此赶出脑里的劈柴，五五二十五和亚剌伯数字来。果然，吁气之后，心地也就轻松不少了，于是仍复恍恍忽忽地想——

"什么菜？菜倒不妨奇特点。滑溜里脊，虾子海参，实在太凡庸。我偏要说他们吃的是'龙虎斗'。但'龙虎斗'又是什么呢？有人说是蛇和猫，是广东的贵重菜，非大宴会不吃的。但我在江苏饭馆的菜单上就见过这名目，江苏人似乎不吃蛇和猫，恐怕就如谁所说，是蛙和鳝鱼了。现在假定这主人和主妇为哪里人呢？——不管他。总而言之，无论那里人吃一碗蛇和猫或者蛙和鳝鱼，于幸福的家庭是决不会有损伤的。总之这第一碗一定是'龙虎斗'，无可磋商。

"于是一碗'龙虎斗'摆在桌子中央了，他们两人同时捏起筷子，指着碗沿，笑迷迷地你看我，我看你……

My dear，please.

Please you eat first，my dear.

Oh no，please yor！

"于是他们同时伸下筷子去，同时夹出一块蛇肉来，——不不，蛇肉究竟太奇怪，还不如说是鳝鱼罢。那么，这碗'龙虎斗'是蛙和鳝鱼所做的了。他们同时夹出一块鳝鱼来，一样大小，五五二十五，三五……不管他，同时放进嘴里去，……"他不能自制地只想回过头去看，因为他觉得背后很热闹，有人来来往往地走了两三回。但他还熬着，乱嘈嘈地接着想，"这似乎有点肉麻，哪有这样的家庭？唉唉，我的思路怎么会这样乱，这好题目怕是做不完篇的了。——或者不必定用留学生，就在国内受了高等教育的也可以。他们都是大学毕业的，高尚优美，高尚……男的是文学家；女的也是文学家，或者文学崇拜家。或者女的是诗人；男的是诗人崇拜者，女性尊重者。或者……"他终于忍耐不住，回过头去了。

就在他背后的书架的旁边，已经出现了一座白菜堆，下层三株，中层两株，顶上一株，向他叠成一个很大的 A 字。

"唉唉！"他吃惊地叹息，同时觉得脸上骤然发热了，脊梁上还有许多针轻轻地刺着。"吁……"他很长地嘘一口气，先斥退了脊梁上的针，仍然想，"幸福的家庭的房子要宽绰。有一间堆积房，白菜之类都到那边去。主人的书房另一间，靠壁满排着书架，那旁边自然决没有什么白菜堆；架上满是中国书，外国书，《理想之良人》自然也在内，——一共有两部。卧室又一间；黄铜床，或者质朴点，第一监狱工场做的榆木床也就够，床底下很干净，……"他当即一瞥自己的床下，劈柴已经用完了，只有一条稻草绳，却还死蛇似的懒懒地躺着。

"二十三斤半，……"他觉得劈柴就要向床下"川流不息"的进来，头里面又有些楂楂叉叉了，便急忙起立，走向门口去想关门。但两手刚触着门，却又觉得未免太暴躁了，就歇了手，只放下那积着许多灰尘的门幕。他一面想，这既无闭关自守之操切，也没有开放门户之不安：是很合于"中庸之道"的。

"……所以主人的书房门永远是关起来的。"他走回来，坐下，想，"有事要商量先敲门，得了许可才能进来，这办法实在对。现在假如主人坐在自己的书房里，主妇来谈文艺了，也就先敲门。——这可以放心，她必不至于捧着白菜的。

'Come in, please, my dear.'

"然而主人没有工夫谈文艺的时候怎么办呢？那么，不理她，听她站在外面老是剥剥的敲？这大约不行罢。或者《理想之良人》里面都写着，——那恐怕确是一部好小说，我如果有了稿费，也得去买它一部来看看……"

啪！

他腰骨笔直了，因为他根据经验，知道这一声"啪"是主妇的手掌打在他们的三岁的女儿的头上的声音。

"幸福的家庭，……"他听到孩子的呜咽了，但还是腰骨笔直地想，"孩子是生得迟的，生得迟。或者不如没有，两个人干干净净。——或者不如住在客店里，什么都包给他们，一个人干干……"他听得呜咽声高了起来，也就站了起来，钻过门幕，想着，"马克思在儿女的啼哭声中还会做《资本论》，所以他是伟人，……"走出外间，开了风门，闻得一阵煤油气。孩子就躺倒在门的右边，脸向着地，一见他，便"哇"的哭出来了。

"阿阿，好好，莫哭莫哭，我的好孩子。"他弯下腰去抱她。

他抱了她回转身，看见门左边还站着主妇，也是腰骨笔直，然而两手插腰，怒气冲冲地似乎预备开始练体操。

"连你也来欺侮我！不会帮忙，只会捣乱，——连油灯也要翻了它。晚上点什么？……"

"阿阿，好好，莫哭莫哭，"他把那些发抖的声音放在脑后，抱她进房，摩着她的头，说，"我的好孩子。"于是放下她，拖开椅子，坐下去，使她站在两膝的中间，擎起手来道，"莫哭了呵，好孩子。爹爹做'猫洗脸'给你看。"他同时伸长颈子，伸出舌头，远远的对着手掌舐了两舐，就用这手掌向了自己的脸上画圆圈。

"呵呵呵，花儿。"她就笑起来了。

"是的是的，花儿。"他又连画上几个圆圈，这才歇了手，只见她还是笑迷迷的挂着眼泪对他看。他忽而觉得，她那可爱的天真的脸，正像五年前的她的母亲，通红的嘴唇尤其像，不过缩小了轮廓。那时也是晴朗的冬天，她听得他说决计反抗一切阻碍，为她牺牲的时候，也就这样笑迷迷地挂着眼泪对他看。他惘然地坐着，仿佛有些醉了。

"阿阿，可爱的嘴唇……"他想。

门幕忽然挂起。劈柴运进来了。

他也忽然惊醒，一定睛，只见孩子还是挂着眼泪，而且张开了通红的嘴唇对他看。"嘴唇……"他向旁边一瞥，劈柴正在进来，"……恐怕将来也就是五五二十五，九九八十一！……而且两只眼睛阴凄凄的……"他想着，随即粗暴地抓起那写着一行题目和一堆算草的绿格纸来，揉了几揉，又展开来给她拭去了眼泪和鼻涕。"好孩子，自己玩去罢。"他一面推开她说，一面就将纸团用力地掷在纸篓里。

但他又立刻觉得对于孩子有些抱歉了，重复回头，目送着她独自茕茕的出去；耳朵里听得木片声。他想要定一定神，便又回转头，闭了眼睛，息了杂念，平心静气地坐着。他看见眼前浮出一朵扁圆的乌花，橙黄心，从左眼的左角漂到右，消失了；接着一朵明绿花，墨绿色的心；接着一座六株的白菜堆，屹然地向他叠成一个很大的 A 字。

一九二四年二月一八日

本篇最初发表于一九二四年三月一日上海《妇女杂志》月刊第十卷第三号

两个家

◎夏丏尊

"呀，你几时出来的？夫人和孩子们也都来了吗？前星期我打电话到公司去找你，才知道你因老太太的病，忽然变卦，又赶回去了，隔了一日，就接到你寄来的报丧条子。你今年总算够受苦了，从五月初上你老太太生病起，匆匆地回去，匆匆地出来，据我所知道的，就有四五次，这样大旱的天气，而且又带了家眷和小孩，光只川费一项也就可观了吧。"

"唉，真是一言难尽！这回赶得着送老太太的终，几次奔波还算是有意义的。"

"现在老太太的后事，想大致舒齐了吧。"

"哪里！到了乡间，就有乡间的排场，回神咧，二七咧，五七咧，七七咧，都非有举动不可，我想不举动，亲戚本家都不答应。这次头七出殡，间壁的二伯父就不以为然，说不该如是草草。家里事情正多哩，公司里好几次写快信来催，我只好把家眷留在家里，独自先来，隔几天再赶回去。"

"那末还要奔波好几趟呢。唉！像我们这样在故乡有老家的人，不好吃都市饭，最好是回去捏锄头。我们现在都有两个家，一个家在都市里，是亭子间或是客堂楼，厢房间，住着的是自己夫妇和男女。一个家在故乡，是几开间几进的房子，住着的是年老的祖父，祖母，父母和未成年弟妹。因为家有两个的缘故，就有许多无谓的苦痛要受到。像你这回的奔波，就是其中之一啊。"

"奔波还是小事，我心里最不安的，是没有好好地尽过服侍的责任。老太太病了这几个月，我在她床边的日子合计起来，不满一个星期。在公司里每日盼望家信，也何尝不刻刻把心放在她身上，可是于她有什么用呢。"

"这就是家有两个的矛盾了。我们日常不知可因此发生多少的矛盾，譬如说：我和你是亲戚，照礼，老太太病了，我应该去探望，故了，应该去送殓送殡，可是我都无法去尽这种礼。又譬如说：上坟扫墓是我们中国的牢不可破的旧礼法。一个坟头，如果每年没有子孙去祭扫，就连坟头要被人看不起的。我已有好几年不去扫墓了，去年也曾想去，终于因为离不开身，没有去成。我把家眷搬到都市里，已十多年了，最初搬家的原因是因为没有饭吃，办事的地方没有屋住，当时我父母还在世，也赞同我把妻儿带在身边住。不过背后却不免有'养儿子是假的'的叹息。我也曾屡次想接老父老母出来同居，一则因为都市里房价太贵，负担不起，而且都市的房子也不适宜于老年人居住。二则因为家里有许多房子和东西，也不好弃了不管，终于没有实行。迁延复迁延，过了几年，本来有子有孙的老父老母先后都在寂寞的乡居生活中故世了。你现在的情形，和我当日一样。"

"老太太在时，我每年总要带了妻儿回去一次，她见我们回去，就非常快乐，足见我们不在她身边的时候，是寂寞不快的。现在老太太死了，我越想越觉得难过。"

"像我们这种人，原不是孝子，即使想做孝子，也不能够。如果用了'晨昏定省''汤药亲尝'等等的形式规矩来责备，我们都是犯了不孝之罪的。岂但孝呢，悌也无法实行。我常想，中国从前的一切习惯制度，都是农业社会的产物，我们生活在近代工商社会的人，要如法奉行，是很困难的。大家以农为业，父母子女兄弟天天在一处过活，对父母可以晨昏定省，可以汤药亲尝，对兄弟可以出入必同行，对长者可以有事服其劳，扫墓不必化川资，向公司告假，如果是士大夫，那么有一定的年俸，父母死了，还可以三年不做事，一心住在家里读礼守制。可是我们已经不能一一照做。一方面这种农业社会的习惯制度，还遗存着势力，如果不照做，别人可以责备，自己有时也觉得过不去。矛盾，苦痛，就从此发生了。"

"你说得对！我们现在有两个家，在都市里的家，是工商社会性质的，在故乡的家，是农业社会性质的。我在故乡的家还是新屋，是父亲去世前一年造的。父亲自己是个商人，我出了学校他又不叫我学种田，不知为什么要花了许多钱在乡间造那么大的房子。如果当时造在都市里，那末就是小小的一二间也好，至少我可以和老太太住在一处，不必再住那样狭隘的客堂楼了。"

"我家里的房子，是祖父造的，祖父也不曾种田。——过去的事，有什么可说的呢？现在不是还有许多人从都市里发了财，在故乡造大房子吗？由社会的矛盾而来的苦痛，是各方面都受到的。并非一方受了苦痛，一方会得什么利益。你因觉得到对老太太未曾尽孝养之道，心里不安，老太太病中见了你因她的病，几次奔波回去，心里也不会爽快吧。你住在都市中的客堂楼上嫌憎不舒服，而老太太死后，那所巨大的空房子，恐也处置很困难吧。这都是社会的矛盾，我们生在这过渡时代，恰如处在夹墙之中，到处都免不掉要碰壁的。"

"老太太死后，我一时颇想把房子出卖。一则恐怕乡间没有人会承受，凡是买得起这样房子的人，自己本有房子，而且也是空着在那里的。一则对于上代也觉得过意不去，父亲造这房子颇费了心血，老太太才故世，我就来把它卖了，似乎于心不忍。"

"这就是所谓矛盾了。要卖房子，没有人会买；想卖，又觉得于心不忍，这不是矛盾的是什么？"

"那么你以为该怎么办？"

"我也不知道怎么办才好，你知道我自己也不曾把故乡的房子卖去，我只说这是矛盾而已。感到这种矛盾的苦痛的人，恐不止你我吧。"

给亡妇

◎朱自清

谦，日子真快，一眨眼你已经死了三个年头了。这三年里世事不知变化了多少回，但你未必注意这些个，我知道。你第一惦记的是你几个孩子，第二便轮着我。孩子和我平分你的世界，你在日如此；你死后若还有知，想来还如此的。告诉你，我夏天回家来着：迈儿长得结实极了，比我高一个头。闰儿父亲说是最乖，可是没有先前胖了。采芷和转子都好。五儿全家夸她长得好看；却在腿上生了湿疮，整天坐在竹床上不能下来，看了怪可怜的。六儿，我怎么说好，你明白，你临终时也和母亲谈过，这孩子是只可以养着玩儿的，他左挨右挨，去年春天到底没有挨过去。这孩子生了几个月，你的肺病就重起来了。我劝你少亲近他，只监督着老妈子照管就行。你总是忍不住，一会儿提，一会儿抱的。可是你病中为他操的那一份儿心也够瞧的。那一个夏天他病的时候多，你成天儿忙着，汤呀，药呀，冷呀，暖呀，连觉也没有好好儿睡过。哪里有一分一毫想着你自己。瞧着他硬朗点儿你就乐，干枯的笑容在黄蜡般的脸上，我只有暗中叹气而已。

从来想不到做母亲的要像你这样。从迈儿起，你总是自己喂乳，一连四个都这样。你起初不知道按钟点儿喂，后来知道了，却又弄不惯；孩子们每夜里几次将你哭醒了，特别是闷热的夏季。我瞧你的觉老没睡足。白天里还得做菜，照料孩子，很少得空儿。你的身子本来坏，四个孩子就累你七八年。到了第五个，你自己实在不成了，又没乳，只好自己喂奶粉，另雇老妈子专管她。但孩子跟老妈子睡，你就没有放过心；夜里一听见哭，就竖起耳朵听，工夫一大就得过去看。十六年初，和你到北京来，将迈儿，转子留在家里；三年多还不能去接他们，可真把你惦记苦了。你并不常提，我却明白。你后来说你的病就是惦记出来的；那个自然也有份儿，不过大半还是养育孩子累的。你的短短的十二年结婚生活，有十一年耗费在孩子们身上；而你一点不厌倦，有多少力量用多少，一直到自己毁灭为止。你对孩子一般儿爱，不问男的女的，大的小的。也不想到什么"养儿防老，积谷防饥"，只拚命地爱去。你对于教育老实说有些外行，孩子们只要吃得好玩得好就成了。这也难怪你，你自己便是这样长大的。况且孩子们原都还小，吃和玩本来也要紧的。你病重的时候最放不下的还是孩子。病得只剩皮包着骨头了，总不信自己不会好；老说："我死了，这一大群孩子可苦了。"后来说送你回家，你想着可以看见迈儿和转子，也愿意；你万不想到会一走不返的。我送车的时候，你忍不住哭了，说："还不知能不能再见？"可怜，你的心我知道，你满想着好好儿带着六个孩子回来见我的。谦，你那时一定这样想，一定的。

除了孩子，你心里只有我。不错，那时你父亲还在；可是你母亲死了，他另有个女人，你老早就觉得隔了一层似的。出嫁后第一年你虽还一心一意依恋着他老人家，到第二年上我和孩子可就将你的心占住，你再没有多少工夫惦记他了。你还记得第一年我在北京，你在家里。家里来信说你呆不住，常回娘家去。我动气了，马上写信责备你。你教人写了一封复信，说家里有事，不能不回去。这是你第一次也可以说第末次的抗议，我从此就没给你写信。暑假时带了一肚子主意回去，但见了面，看你一脸笑，也就拉倒了。打这时候起，你渐渐从你父亲的怀里跑到我这儿。你换了金镯子帮助我的学费，叫我以后还你；但直到你死，我没有还你。你在我家受了许多气，又因为我家的缘故受你家里的气，你都忍着。这全为的是我，我知道。那回我从家乡一个中学半途辞职出走。家里人讽你也走。哪里走！只得硬着头皮往你家去。那时你家像个冰窖子，你们在窖里足足住了三个月。好容易我才将你们领出来了，一同上外省去。小家庭这样组织起来了。你虽不是什么阔小姐，可也是自小娇生惯养的，做起主妇来，什么都得干一两手；你居然做下去了，而且高高兴兴地做下去了。菜照例满是你做，可是吃的都是我们；你至多夹上两三筷子就算了。你的菜做得不坏，有一位老在行大大地夸奖过你。你洗衣服也不错，夏天我的绸大褂大概总是你亲自动手。你在家老不乐意闲着；坐前几个"月子"，老是四五天就起床，说是躺着家里事没条没理的。其实你起来也还不是没条理；咱们家那么多孩子，哪儿来条理？在浙江住的时候，逃过两回兵难，我都在北平。真亏你领着母亲和一群孩子东藏西躲的；末一回还要走多少里路，翻一道大岭。这两回差不多只靠你一个人。你不但带了母亲和孩子们，还带了我一箱箱的书；你知道我是最爱书的。在短短的十二年里，你操的心比人家一辈子还多；谦，你那样身子怎么经得住！你将我的责任一股脑儿担负了去，压死了你；我如何对得起你！

你为我的捞什子书也费了不少神；第一回让你父亲的男佣人从家乡捎到

上海去。他说了几句闲话，你气得在你父亲面前哭了。第二回是带着逃难，别人都说你傻子。你有你的想头："没有书怎么教书？况且他又爱这个玩意儿。"其实你没有晓得，那些书丢了也并不可惜；不过教你怎么晓得，我平常从来没和你谈过这些个！总而言之，你的心是可感谢的。这十二年里你为我吃的苦真不少，可是没有过几天好日子。我们在一起住，算来也还不到五个年头。无论日子怎么坏，无论是离是合，你从来没对我发过脾气，连一句怨言也没有。——别说怨我，就是怨命也没有过。老实说，我的脾气可不大好，迁怒的事儿有的是。那些时候你往往抽噎着流眼泪，从不回嘴，也不号啕。不过我也只信得过你一个人，有些话我只和你一个人说，因为世界上只你一个人真关心我，真同情我。你不但为我吃苦，更为我分苦；我之有我现在的精神，大半是你给我培养着的。这些年来我很少生病。但我最不耐烦生病，生了病就呻吟不绝，闹那伺候病的人。你是领教过一回的，那回只一两点钟，可是也够麻烦了。你常生病，却总不开口，挣扎着起来；一来怕搅我，二来怕没人做你那份儿事。我有一个坏脾气，怕听人生病，也是真的。后来你天天发烧，自己还以为南方带来的疟疾，一直瞒着我。明明躺着，听见我的脚步，一骨碌就坐起来。我渐渐有些奇怪，让大夫一瞧，这可糟了，你的一个肺已烂了一个大窟窿了！大夫劝你到西山去静养，你丢不下孩子，又舍不得钱；劝你在家里躺着，你也丢不下那份儿家务。越看越不行了，这才送你回去。明知凶多吉少，想不到只一个月工夫你就完了！本来盼望还见得着你，这一来可拉倒了。你也何尝想到这个？父亲告诉我，你回家独住着一所小住宅，还嫌没有客厅，怕我回去不便哪。

前年夏天回家，上你坟上去了。你睡在祖父母的下首，想来还不孤单的。只是当年祖父母的坟太小了，你正睡在圹底下。这叫做"抗圹"，在生人看来是不安心的；等着想办法吧。那时圹上圹下密密地长着青草，朝露浸湿了我的布鞋。你刚埋了半年多，只有圹下多出一块土，别的全然看不出新坟的样子。我和隐今夏回去，本想到你的坟上来；因为她病了，没来成。我们想告诉你，五个孩子都好，我们一定尽心教养他们，让他们对得起死了的母亲——你！谦，好好儿放心安睡吧，你。

1932 年 10 月

文人宅

◎朱自清

　　杜甫《最能行》云，"若道士无英俊才，何得山有屈原宅？"《水经注》，秭归"县北一百六十里有屈原故宅，累石为屋基"。看来只是一堆烂石头，杜甫不过说得嘴响罢了。但代远年湮，渺茫也是当然。往近里说，《孽海花》上的"李纯客"就是李慈铭，书里记着他自撰的楹联，上句云，"保安寺街藏书一万卷"；但现在走过北平保安寺街的人，谁知道哪一所屋子是他住过的？更不用提屋子里怎么个情形，他住着时怎么个情形了。要凭吊，要留连，只好在街上站一会儿出出神而已。

　　西方人崇拜英雄可真当回事儿，名人故宅往往保存得好。譬如莎士比亚吧，老宅子，新宅子，太太老太太宅子，都好好的；连家具什物都存着。莎士比亚也许特别些，就是别人，若有故宅可认的话，至少也在墙上用木牌标明，让访古者有低徊之处；无论宅里住着人或已经改了铺子。这回在伦敦所见的四文人宅，时代近，宅内情形比莎士比亚的还好；四所宅子大概都由私人捐款收买，布置起来，再交给公家的。

　　约翰生博士（Samuel Johnson，1709—1784）宅，在旧城，是三层楼房，在一个小方场的一角上，静静的。他一七四八年进宅，直住了十一年；他太太死在这里。他和助手就在三层楼上小屋里编成了他那部大字典。那部寓言小说（allegorical novel）《刺塞拉斯》（《Rasselas》）大概也在这屋子里写成；是晚上写的，只写了一礼拜，为的要付母亲下葬的费用。屋里各处，如门堂，复壁板，楼梯，碗橱，厨房等，无不古气盎然。那著名的大字典陈列在楼下客室里；是第三版，厚厚的两大册。他编著这部字典，意在保全英语的纯粹，并确定字义；因为当时作家采用法国字的实在太多了。字典中所定字义有些很幽默：如"女诗人，母诗人也"（she - poet，盖准 shegoat——母山羊——字例），又如"燕麦，谷之一种，英格兰以饲马，而苏格兰则以为民食也"，都够损的。——伦敦约翰生社便用这宅子作会所。

济兹（John Keats，1795—1821）宅，在市北汉姆司台德区（ampstead）。他生卒虽然都不在这屋子里，可是在这儿住，在这儿恋爱，在这儿受人攻击，在这儿写下不朽的诗歌。那时汉姆司台德区还是乡下，以风景著名，不像现时人烟稠密。济兹和他的朋友布朗（Charles Armitage Brown）同住。屋后是个大花园，绿草繁花，静如隔世；中间一棵老梅树，一九二一年干死了，干子还在。据布朗的追记，济兹《夜莺歌》似乎就在这棵树下写成。布朗说，"一八一九年春天，有只夜莺做窝在这屋子近处。济兹常静听它歌唱以自怡悦；一天早晨吃完早饭，他端起一张椅子坐到草地上梅树下，直坐了两三点钟。进屋子的时候，见他拿着几张纸片儿，塞向书后面去。问他，才知道是歌咏我们的夜莺之作。"这里说的梅树，也许就是花园里那一棵。但是屋前还有草地，地上也是一棵三百岁老桑树，枝叶扶疏，至今结桑椹；有人想《夜莺歌》也许在这棵树下写的。济兹的好诗在这宅子里写得最多。

他们隔壁住过一家姓布龙（Brawne）的。有位小姐叫凡耐（Fanny），让济兹爱上了，他俩订了婚，他的朋友颇有人不以为然，为的女的配不上；可是女家也大不乐意，为的济兹身体弱，又像疯疯癫癫的。济兹自己写小姐道："她个儿和我差不多——长长的脸蛋儿——多愁善感——头梳得好——鼻子不坏，就是有点小毛病——嘴有坏处有好处——脸侧面看好，正面看，又瘦又少血色，像没有骨头。身架苗条，姿态如之——胳膊好，手差点儿——脚还可以——她不止十七岁，可是天真烂漫——举动奇奇怪怪的，到处跳跳蹦蹦，给人编诨名，近来愣叫我'自美自的女孩子'——我想这并非生性坏，不过爱闹一点漂亮劲儿罢了。"

一八二〇年二月，济兹从外面回来，吐了一口血。他母亲和三弟都死在痨病上，他也是个痨病底子；从此便一天坏似一天。这一年九月，他的朋友赛焚（Joseph Severn）伴他上罗马去养病；次年二月就死在那里，葬新教坟场，才二十六岁。现在这屋子里陈列着一圈头发，大约是赛焚在他死后从他头上剪下来的。又次年，赛焚向人谈起，说他保存着可怜的济兹一点头发，等个朋友捎回英国去；他说他有个怪想头，想照他的希腊琴的样子作根别针，就用济兹头发当弦子，送给可怜的布龙小姐，只恨找不到这样的手艺人。济兹头发的颜色在各人眼里不大一样：有的说赤褐色，有的说棕色，有的说暖棕色，他二弟两口子说是金红色，赛焚追画他的像，却又画作深厚的棕黄色。布龙小姐的头发，这儿也有一并存着。

他俩订婚戒指也在这儿，镶着一块红宝石。还有一册仿四折本《莎士比亚》，是济慈常用的。他对于莎士比亚，下过一番苦工夫；书中页边行里都画着道儿，也有些精湛的评语。空白处亲笔写着他见密尔顿发和独坐重读《黎琊王》剧作两首诗；书名页上记着"给布龙凡耐，一八二〇"，照年份看，准是上意大利去时送了作纪念的。珂罗版印的《夜莺歌》墨迹，有一份在这儿，另有哈代《汉姆司台德宅作》一诗手稿，是哈代夫人捐赠的，宅中出售影印本。济慈书法以秀丽胜，哈代的以苍老胜。

这屋子保存下来却并不易。一九二一年，业主想出售，由人翻盖招租。地段好，脱手一定快的；本区市长知道了，赶紧组织委员会募款一万镑。款还募得不多，投机的建筑公司已经争先向业主讲价钱。在这千钧一发的当儿，亏得市长和本区四委员迅速行动，用私人名义担保付款，才得挽回危局。后来共收到捐款四千六百五十镑（约合七八万元），多一半是美国人捐的；那时正当大战之后，为这件事在英国募款是不容易的。

加莱尔（Thomas Carlyle，1795—1881）宅，在泰晤士河旁乞而西区（Chelsea）；这一区至今是文人艺士荟萃之处。加莱尔是维多利亚时代初期的散文家，当时号为"乞而西圣人"。一八三四年住到这宅子里，一直到死。书房在三层楼上，他最后一本书《弗来德力大帝传》就在这儿写的。这间房前面临街，后面是小园子；他让前后都砌上夹墙，为的怕那街上的嚣声，园中的鸡叫。他著书时坐的椅子还在；还有一件呢浴衣。据说他最爱穿浴衣，有不少件；苏格兰国家画院所藏他的画像，便穿着灰呢浴衣，坐在沙发上读书，自有一番宽舒的气象。画中读书用的架子还可看见。宅里存着他几封信，女司事愿意念给访问的人听，朗朗有味。二楼加莱尔夫人屋里放着架小屏，上面横的竖的斜的正的贴满了世界各处风景和人物的画片。

迭更斯（Charles Dickens，1812—1870）宅，在"西头"，现在是热闹地方。迭更斯出身贫贱，熟悉下流社会情形；他小说里写这种情形，最是酣畅淋漓之至。这使他成为"本世纪最通俗的小说家，又，英国大幽默家之一"，如他的老友浮斯大（John Forster）给他作的传开端所说。他一八三六年动手写《比克维克秘记》（《Pickwick Papers》），在月刊上发表。起初是绅士比克维克等行猎故事，不甚为世所重；后来仆人山姆（Sam Weller）出现，谈谐嘲讽，百变不穷，那月刊顿时风行起来。迭更斯手头渐宽，这才迁入这宅子里，时在一八三七年。

他在这里写完了《比克维克秘记》，就是这一年印成单行本。他算是一举成名，从此直到他死时，三十四年间，总是蒸蒸日上。来这屋子不多日子，他借了一个饭店举行《秘记》发表周年纪念，又举行他夫妇结婚周年纪念。住了约莫两年，又写成《块肉余生述》、《滑稽外史》等。这其间生了两个女儿，房子挤不下了；一八三九年终，他便搬到别处去了。

屋子里最热闹的是画，画着他小说中的人物，墙上大大小小，突梯滑稽，满是的。所以一屋子春气。他的人物虽只是类型，不免奇幻荒唐之处，可是有真味，有人味；因此这么让人欢喜赞叹。屋子下层一间厨房，所谓"丁来谷厨房"，道地老式英国厨房，是特地布置起来的——"丁来谷"是比克维克一行下乡时寄住的地方。厨房架子上摆着带釉陶器，也都画着迭更斯的人物。这宅里还存着他的手杖，头发；一朵玫瑰花，是从他尸身上取下来的；一块小窗户，是他十一岁时住的楼顶小屋里的；一张书桌，他带到美洲去过，临死时给了二女儿，现时罩着紫色天鹅绒，蛮伶俐的。此外有他从这屋子寄出的两封信，算回了老家。

这四所宅子里的东西，多半是人家捐赠；有些是特地买了送来的。也有借得来陈列的。管事的人总是在留意搜寻着，颇为苦心热肠。经常用费大部靠基金和门票、指南等余利；但门票卖的并不多，指南照顾的更少，大约维持也不大容易。

格雷（Thomas Gray，1716—1771）以《挽歌辞》（《Elegy Written in a Country Churchyard》）著名。原题中所云"作于乡村教堂墓地中"，指司妥克波忌士（Stoke Poges）的教堂而言。诗作于一七四二年格雷二十五岁时，成于一七五〇年，当时诗人怀古之情，死生之感，亲近自然之意，诗中都委婉达出，而句律精妙，音节谐美，批评家以为最足代表英国诗，称为诗中之诗。诗出后，风靡一时，诵读模拟，遍于欧洲各国；历来引用极多，至今已成为英美文学教育的一部分。司妥克波忌士在伦敦西南，从那著名的温泽堡（Windsor Castle）去是很近的。四月一个下午，微雨之后，我们到了那里。一路幽静，似乎鸟声也不大听见。拐了一个小弯儿，眼前一片平铺的碧草，点缀着稀疏的墓碑；教堂木然孤立，像戏台上布景似的。小路旁一所小屋子，门口有小木牌写着格雷陈列室之类。出来一位白发老人，殷勤地引我们去看格雷墓，长方形，特别大，是和他母亲、姨母合葬的，紧挨着教堂墙下。又看水松树（yewtree），老人说格雷在那树下写《挽歌辞》来着；《挽歌辞》里提到水松树，倒是确实的。我们又兜了个大圈子，才回到小屋里，看《挽歌辞》真迹的影印本。还有几件和格雷关系很疏的旧东西。屋后有井，老人自己汲水灌园，让我们想起"灌园叟"来；临别他送我们每人一张教堂影片。

家　书

◎瞿秋白

前几天我得着北京来信，——是胞弟的手笔，还是今年三月间发的，音问梗塞直到现在方来。他写着中国家庭里都还"好"。唉！我读这封信，又有何等感想！一家骨肉，同过一生活，共患难艰辛，然而不得不离别，离别之情反使他的友谊深爱更沉入心渊，感切肺腑。况且我已经有六个月不得故乡只字。于今也和"久待的期望一旦满足"相似，令人感动涕泣，热泪沾襟了。

然而，……虽则是如杜少陵所言"家书抵万金"，这一封信，真可宝贵；他始终又引起我另一方面的愁感，暗示我，令我回想旧时未决的问题；故梦重温未免伤怀呵。问题，问题！好几年前就萦绕我的脑际：为什么要"家"？我的"家"为了什么而存在的？——他早已失去一切必要的形式，仅存一精神上的系连罢了！

唉！他写着"家里好"。这句话有什么意思？明白，明白，你或者是不愿意徒乱我心意罢了？我可知道。我全都知道：你们在家，仍旧是像几年前，——那时我们家庭的形式还勉强保存着，——那种困苦的景况呵。

我不能信，我真不能信……

中国曾有所谓"士"的阶级，和欧洲的智识阶级相仿佛而意义大不相同。在过去时代，中国的"士"在社会上享有特权，实是孔教徒的阶级，所谓"治人之君子"，纯粹是智力的工作者，绝对不能为体力劳动，"手无缚鸡之力"的读书人。现在呢，因为中国新生资产阶级，加以外国资本的剥削，士的阶级，受此影响，不但物质生活上就是精神生活上也特显破产状况。士的阶级就在从前，也并没正式的享经济特权，他能剥削平民仅只因为他是治人之君子，是官吏；现在呢，小官僚已半文不值了，剥削方法换了，不做野蛮的强盗（督军），就得做文明的猾贼（洋行买办）；士的阶级已非"官吏"所能消纳，迫而走入雇佣劳动队里；那以前一些社会特权（尊荣）的副产物——经济地位，就此消失。并且，因孔教之衰落，士的阶级并社会的事业也都消失，自己渐渐地破坏中国式的上等社会之礼俗，同时为新生的欧化的资产阶级所挤，已入于旧时代"古物陈列馆"中。士的阶级于现今已成社会中历史的遗物了。

我的家庭，就是士的阶级，他也自然和大家均摊可怜的命运而绝对地破产了。

我的母亲为穷所驱，出此宇宙。只有她的慈爱，永永留在我心灵中，——是她给我的唯一遗产。父亲一生经过万千痛苦，而今因"不合时宜"，在外省当一小学教员，亦不能和自己的子女团聚。兄弟姊妹呢，有的在南，有的在北，劳燕分飞，寄人篱下，——我又只身来此"饿乡"。这就是我的家庭。这就是所谓"家里还好"！

问题，问题！永不能解决的，假使我始终是"不会"生活，——不会做盗贼。况且这是共同的命运，让他如此，又怎么样呢？

总有那一天，所有的"士"无产阶级化了，那时我们做我们所能做的！总有那一天呵……

11 月 26 日

家 长

◎ 胡也频

一

　　张先生又在看《晨报》。每天的早上在他起床之前，这报纸，于他，也等于烟鬼子的烟瘾，很久就习惯了，差不多成为一种定律，并且是改不掉的，必须看过了才满足。倘若还不曾过完这报瘾，要他下床，是难事，这只看他在阅报时的那神气，坐股正经的，就可知。然而，报，这是每逢节日和某种纪念要停刊的，那么，张先生心里的恻恻，就把他严重的脸色变得更加严重，近于晦涩了，终日里全悒悒的不乐。并且，天明时候他就醒，这也是固定的；他醒了，又用一种固定的话向他的太太说："喂，起去呀！"

　　倘若太太还在睡，那么，就毫不客气的，把手去打两下她的肩膀，再不醒，就用力的把她身子推着，摇篮似的；这也是固定的办法。

　　"喂，起去呀！"

　　太太也常常回答他这句话。然而，究竟，下床去的还是太太，还和她的男小孩，一个六岁和一个八岁。看太太，在别人眼里，确是一个非常朴俭而且能够操作的女人。煮饭、买菜、看小孩、洗衣，凡是家庭中的有的事情全归她，撑持和工作的。然而她自己却很深地遗憾于她身子的矮小，眼睛不一样大，鼻子又扁……她的容貌太不好看了！可是张先生是忠心于信佛的人，对于色，尤其是女色吧，并不重视，这只看他满房满壁贴着"色即是空，空即色"的等等梵语，就知道他虽然有了两个儿，也只算是一种"因缘"，不是欲。当太太连拖带抱地把两个孩子弄起来，下床了，张先生就开始闭上眼睛，盘着两条腿，打起座了。这一直等到他太太把报纸放到他面前时，才张开眼，于是看报。

　　看报，这于他，在平常除了严重的脸色，是毫无别种的表情的；然而，这一天，却把他平平地排着的两道开阔的眉毛，非常罕有地皱了一下。太太正拿着稀饭进来，看见了，很吃惊地便问："有什么事呀？"

张先生还在看。

"是不是革命军打到——"

太太把稀饭放到桌上，脸又朝他。

"部里又裁员。"张先生懒懒地说。

"什么，"太太惊诧了。"又裁员？秘书处总不要紧吧。"

"说不定。"

丢下报纸，张先生于是下床去，但他依样是不洗脸，只把湿毛巾向眼角和嘴上抹了两抹，就坐到桌旁，吃他每天在离家之前的固定的稀饭。

太太就忧愁地，眼光呆望着筷子转动。

二

到下午，在傍晚时候，张先生又固定地回家来了。虽然他的脸色依样是严重，没有快乐也没有愁苦的，但他的太太却非常忧虑，好像从他的脸上，已看出什么不幸的事件来，不禁地心中就起了不安。

"……不要紧吧？"她迎面就询问。

"你说的什么？"

"秘书处……"

"对了，裁去八人。"

太太显然受吓了，眼睛不动地迟迟地望着他。

"你总不至于吧？"她怯怯地问。

"那八人，我也在内。"张先生坦然回答，但态度依样是懒懒的。

她呆了。

张先生就躺到藤椅上，默默地诵着佛经。

太太半晌才开口："那怎么办呢？"

"没有办法吧。"

"你不可以运动运动……"

"运动哪个？每人自己的地位都保不住。"

"总长不是行么？"

"裁员就是总长的意思。"

太太感到绝望了，更发呆。

"南无阿弥陀佛……"张先生却毫无思虑地在念经。这时，窗外面，天渐夜了，房子里就黑暗起来，在模模糊糊的余剩的光影中，在太太的眼前忽然现出许多要债者；胖胖的米铺的先生、油滑神气的油盐店掌柜、黑脸的煤铺伙计、还有房东以及打厕所的、推土车的、甚至于收界捐的警察，也使她为难、窘促、忍辱着，得用和气的声音向每一个人去说，要求再宽容几天……她惶恐了。"怎么办呢？"她想。

"……阿弥陀佛！"然而，回应她，只是使她更其感到生活之渺茫的这种声音。望着张先生，纵不能看清他是怎样的脸色，但知道他还在唧唧哝哝地念着经，她也有点发恨，生气了。然而她又想到和他计较是毫无结果的，他是除了念经，什么都不知道，就知道也是不管的。

渐渐地，于是，泪水就浸湿满地的眼睛了。

"怎么办？……"她不住地想。

两个小孩子就从外面玩倦了，归来，走进房子，挨到她身边，牵着衣，大的那个就开口说："妈！怎么还不点灯呢？"

"我饿了"。小的也说。

做母亲的，是天然有了一种慈爱吧，这太太终于用袖口擦去泪水，忍耐着，走去点灯，又动手弄饭了。

两个孩子就左左右右地厮缠着她。

本来，吃晚饭，这在平常，是把这小小的一家人聚到一块儿去，除了睡觉，在每天中，要算是唯一的团聚的机会了。然而这一天却异样！虽说张先生还不改他固定的严重的脸色，懒懒的举动，一面吃饭一面看经，可是太太却非常愁苦，她不但把这一餐饭弄得很草率，几乎是不想弄，她简直不曾吃饭，只照顾她的小孩子，就算了。但是，张先生把这一餐晚饭，是依样地做为他看经的陪伴，无忧无虑而且是闲散的。

三

到夜里，张先生照常地打了一回坐，念完了几篇经，就躺到床上去，摊着四肢，睡着了。从他严重的脸上，就渐渐地响出一种不住的，但是急促，粗笨而且单调的鼾声了。然而，这太太，她却张着眼，睡不着，只绵绵地想着过去，眼前，和将来的生活情景。其结果，将来的生活使她害怕，她不敢想；过的那些极少的欢乐，还是初婚的，却也被过多的苦恼所吞灭，成为可诅；排在眼前的又是那样的灰色，渺茫，……于是她又想到那些可怕可厌而又无法拒绝和躲避的煤铺伙计、米铺先生……她终于望着那不负责的家长，发恨了。

"可怜的!"她偏过脸，对着那两个小孩子。于是，泪水满上眼睛了。

当她伤心到极点，她第一就怨命，因而就归咎到她的父母，虽说他们老人家俩是早故了，但她非常懊悔到从小定婚，嫁给这个除了念经以外，什么不知也不管的男人，挨穷挨饿，看看要饿死了。最后她恨到发裁员命令的那总长——这一个很长的夜，这样地想来想去，就过去了。她的眼睛，非常疲倦地，看着窗外的夜色渐渐地变成灰白了。

天明时，张先生就醒来，又固定的用手腕向他太太撞了一下。

"喂，起去呀!"他说。

其实，这太太，她一夜全没睡；于是，很快的便起去了。她又照样的，为了固定的张先生的意旨，把她的两个小孩子弄醒来，又连抱带拖的，拉下床了；小孩子还用手擦着模糊的眼睛。

张先生又是开始他每早上不变的闭目打坐，接着就看报，不久下床去，吃他按时的固定的稀饭；他出去了。这一晚不曾回来。

四

张先生的太太在家里行坐不安地纳闷，并且焦灼，因为张先生破例地没回家，这是很可惊诧的。但她想不到是为了什么。说是生气么，决定不，惭愧么，也不会有；因而她就想各种偶尔的不幸的事，可是她又马上相信即是不至于的。然而，极其明显，张先生是接连着不回家，并且连消息也渺茫了。

这太太终于抱起她的孩子，拚命地、用力地抱着、搂着、摇着，伤心地哭泣了。因为，从她丈夫的一个同事口中，她得悉这小小一家的家长已剃光了头，在普慧寺，落僧了。

当她哭泣时，在那云一般的模糊的泪水中，她又忽然地看见到那些推土车的、打厕所的、以及房东、警察、米铺先生、煤铺伙计、油盐店掌柜……
各样各色的使她为难，窘促，压迫她，使她无路可走，想到了该诅的，可怕
但是必须亲近的死！

家

◎缪崇群

低低的门，高高的白墙，当我走进天井，我又看见对面房子的许多小方格窗眼了。

拾阶登到楼上，四围是忧郁而晦黯的，那书架，那字画，那案上的文具，那檐头的竹帘……没有一样不是古香古色，虽然同我初遇，但仿佛已经都是旧识了。

我默默地坐下，我阴自地赞叹了：

啊！这静穆和平的家，他是爱的巢穴，心的归宿；他是倦者的故林，渴者的源泉……

我轻轻地笑了，在我的心底；我舒适地睡了，睡在我灵之摇篮里，一切都好像得其所以了！

但是只有一瞬，只有一息，我蓦地便又醒来了。这家，原不是我自己的。坐在对面的友人，他不是正在低首微笑么？他是骄傲的微笑呢？还是怜悯地微笑呢？

啊，在这个世界上，我是一个永远飘泊的过客，我没有爱的巢穴，我也无所归宿；故林早已荒芜，源泉也都成了一片沙漠……

倘如，我已经把这些告诉了他，那么他的微笑，将如何地给我一种难堪啊！

我庆欣，我泰然了。我由自欺欺人的勾当，评定了友人的微笑了。这勾当良心或者不致于过责的，因为他是太渺小而可怜了！

低低的门，高高的白墙，小小的窗格……这和平静穆的家，以前，我似乎有过一个的，以后，也许能有一个罢！

我仿佛又走进一个冥冥的国度去了，虽然身子还依旧坐在友人的对面，他的"家"里。

一九三〇年十月

选自《寄健康人》

作 客

◎ 缪崇群

这里说作客，并不是一个人单身在外边的意思。作客就是到人家去应酬——结婚，开丧，或是讲交情，都有得吃，而且吃得很多很丰美。虽说作客，可不需要什么客气，一客气反教主人家不高兴，回头怪客人不给他面子。有好多次我都不认识主人是谁便吃了他很多东西，我感谢这种盛意，但心理总不免为主人惋惜：请了这么些个客人来，一张一张陌生人的面孔，究竟有什么可取的地方呢？我想，在这里作客，还莫若叫做"吃客"才妥当些。

请客的事，恐怕没有一个地方再比这里奢侈浪费的了。一个小小人家，办一次婚丧，便要摆几十桌酒席，一天两道，两天，三天这样排场下去。那些做父母的，有的要卖掉他们的田地和祖产，那些做儿女的，有的便要负担这一份很重的债务，直等很多年后都偿还不清。可是吃客们早已风流云散了，像我便是其中的一个。

虚荣和旧礼教往往是一种糖衣的苦丸，这个小城似乎还没有停止地在吞咽着它。

因为作客作惯了，我可以写下一篇作客的历程。有一次我把这个题目出给学生们去做，有一篇写道："我小的时候便喜欢作客，但大人带我去的时候很少，总计不过二百多次罢了。……"这个学生是当地人，现在才不过十六七岁，作了二百多次客还觉得少，在我则不能不瞠乎其后矣。

就喜事的客说，每次的请帖约在十天半月之前便可送到。上面注明男宾和女宾被招待的不同的日期。普通的礼物是合送一副对联，很多的只用单张的红纸，不必裱卷；隆重一点的合送一幅可以做女人衣服的绸幛；再隆重的当天不妨加封两元贺仪。

客人进了门，照例是被人招待到一个礼堂里去坐下，随手递来一根纸烟，一杯茶和一把瓜子。这间房里铺了满地的松针，脚踏在上面也不亚于软绵绵的毛毯。等候一些时候客人到齐了，于是就一拥而占席吃饭。午饭有八样菜，几乎每家每次一律，如青豆米，豆腐皮，酸菜末，粉蒸肉……和一碗猪血豆腐汤，汤上漂着一些辣椒粉和炒芝麻粒子。晚饭的菜是考究的，多了四小碟酒菜，如炸花生，海菜，咸鸭蛋和糟鲦鱼。热菜中另加八宝饭，炒鱿鱼和山药片夹火腿等。快收席的时候，每人还分一包小茶食，可以带回去当零嘴吃。

作客的程序，似乎到了放下晚席的碗筷为一段落。这时吃饱了喝足了的人，连忙抹抹嘴便一哄而散。走到门口可以看见一个躬着身子做送客姿势的人，那大约就是主人家了。另外有人抓着一大把"烛筷"分给客人照亮，从那红红的光亮里，可以照见那些客人们的嘴上还衔着一枝纸烟，那是散席时每人应该分到的。

吃是吃饱了，喝是喝足了，还带着一些衔着一些东西回去，这一天觉得很快的便过去了；真是很满足的一天！于是，有些同事在乎淡的日子里便希望常常作客的机会来好"充实充实"自己。有的同事甚至于向人探问，"怎么近来学生结婚的不多？"所以一看见有红帖子散来，便禁不住地扯开了笑脸；有的直喊：

"过两天又有'宣威'吃了！"

"宣威"成了一个典故，因为宣威那个地方出罐头火腿，很名贵很香嫩的火腿，大凡一有宣威火腿吃，便是有客作的意思。

一个学期终了，讲义堆下竟积了一叠子请帖，我在石屏作客的次数也不算少了。可是回想起来，我几乎不记得任何一家主人的面孔——当时就不认识，因为在这里作客，无须对主人贺喜，也无须对主人道谢，一切的应酬仪式，简单的几乎完全不要，因此，就习惯上讲，我每逢作一次客，我就轻蔑一次自己的薄情，以致我也怜悯那些做主人的，为什么要这样奢侈，虚伪而浪费！

那些个青年的男的和女的，一个一个被牵被拉地结合了，不管他们的意愿，也不问他们能否生活独立。穿的花花绿绿，男的戴着美国毡帽，女的蒙着舶来的披纱，做着傀儡，做着残余制度下的牺牲品；也许就从此被葬送了。（我不相信一个十六七岁的男或女，把结婚的排演当作是他一生中的幸福喜剧！）记得有一次我看见一家礼堂里挂满了喜联当中——其实都是只写上下款而留着中间空白的红纸条，在那一列一列致贺者的姓氏当中，我发现了几个"奠"字，原来姓"郑"的那一半傍傍，却被上面的一条掩住了。还有一家挂的横幅喜幛上只有"燕喜飞"三个字，原来中间落掉一个"双"字。当时我还不免暗笑，不过事后想想，反觉得沉闷无话好说了。

还有一次，我做了一回财主人家的宾客，不为婚丧，却只是为了"人情"。

在中世纪似的极幽静的村寨里，我随着一行人走进了他的×村，想不到穿过一重一重的门第，还要走着无限曲折的游廊，踏过铺着瓷砖的甬道和台阶，满目华丽，竟是一所绝妙的宅邸。

听说这个主人手下用着无数的砂丁，砂丁们每年代他换进了无数的银子。这些建设也都是砂丁们给他垒起的！

我享受了这个主人的盛宴，我是在间接地吸取了砂丁们的许多血汗。这一次的作客恐怕是一件最可耻辱的！

常常作为一个冷眼的客人的我，我真的满足了吗？所谓饱经世故的"饱"字，已足使我呕心的了！

选自《石屏随笔》

搬　家

◎萧　红

搬家！什么叫搬家？移了一个窝就是啦！

一辆马车，载了两个人，一个条箱，行李也在条箱里。车行在街口了，街车，行人道上的行人，店铺大玻璃窗里的"模特儿"……汽车驰过去了，别人的马车赶过我们急跑，马车上面似乎坐着一对情人，女人的卷发在帽沿外跳舞，男人的长臂没有什么用处一般，只为着一种表示，才遮在女人的背后。马车驰过去了，那一定是一对情人在兜风……只有我们是搬家。天空有水状的和雪融化春冰状的白云，我仰望着白云，风从我的耳边吹过，使我的耳朵鸣响。

到了：商市街××号。

他夹着条箱，我端着脸盆，通过很长的院子，在尽那头，第一下来拉开门的是郎华，他说："进去吧！"

"家"就这样地搬来，这就是"家"。

一个男孩，穿着一双很大的马靴，跑着跳着喊："妈……我老师搬来啦！"这就是他教武术的徒弟。

借来的那张铁床，从门也抬不进来，从窗也抬不进来。抬不进来，真的就要睡地板吗？光着身子睡吗？铺什么？

"老师，用斧子打吧。"穿长靴的孩子去找到一柄斧子。

铁床已经站起，塞在门口，正是想抬出去也不能够的时候，郎华就用斧子打，铁击打着铁发出震鸣，门顶的玻璃碎了两块，结果床搬进来了，光身子放在地板中央，又向房东借一张桌子和两把椅子。

郎华走了，说他去买水桶、菜刀、饭碗……

我的肚子因为冷，也许因为累，又在作痛。走到厨房去看，炉中的火熄了。未搬来之前，也许什么人在烤火，所以炉中尚有木桦在燃。

铁床露着骨，玻璃窗渐渐结上冰来。下午了，阳光失去了暖力，风渐渐卷着沙泥来吹打窗子……用冷水擦着地板，擦着窗台……等到这一切做完，再没有别的事可做的时候，我感到手有点痛，脚也有点痛。

这里不像旅馆那宁静，有狗叫，有鸡鸣……有人吵嚷。

把手放在铁炉板上也不能暖了，炉中连一颗火星也灭掉。肚子痛，要上床去躺一躺，哪里是床！冰一样的铁条，怎么敢去接近！

我饿了，冷了，我肚痛，郎华还不回来，有多么不耐烦！连一只表也没有，连时间也不知道。多么无趣，多么寂寞的家呀！我好像落下井的鸭子一般寂寞并且隔绝。肚痛、寒冷和饥饿伴着我，……什么家？简直是夜的广场，没有阳光，没有温暖。

门扇大声哐啷哐啷地响，是郎华回来，他打开小水桶的盖给我看：小刀，筷子，碗，水壶，他把这些都摆出来，纸包里的白米也倒出来。

只要他在我身旁，饿也不难忍了，肚痛也轻了。买回来的草褥放在门外，我还不知道，我问他：

"是买的吗？"

"不是买的，是哪里来的！"

"钱，还剩多少？"

"还剩！怕是不够哩！"

等他买木柈回来，我就开始点火。站在火炉边，居然也和小主妇一样调着晚餐。油菜烧焦了，白米饭是半生就吃了，说它是粥，比粥还硬一点；说它是饭，比饭还粘一点。这是说我做了"妇人"，不做妇人，哪里会烧饭？不做妇人，哪里懂得烧饭？

晚上，房主人来时，大概是取着拜访先生的意义来的！房主人就是穿马靴那个孩子的父亲。

"我三姐来啦！"过一刻，那孩子又打门。

我一点也不能认识她。她说她在学校时每天差不多都看见我，不管在操场或是礼堂。我的名字她还记得很熟。

"也不过三年，就忘得这样厉害……你在哪一班？"我问。

"第九班。"

"第九班，和郭小娴一班吗？郭小娴每天打球，我倒认识她。"

"对啦，我也打篮球。"

但无论如何我也想不起来，坐在我对面的简直是一个从未见过的面孔。

"那个时候，你十几岁呢？"

"15 岁吧！"

"你太小啊，学校是多半不注意小同学的。"我想了一下，我笑了。

她卷皱的头发，挂胭脂的嘴，比我好像还大一点，因为回忆完全把我带回往昔的境地去。其实，我是 22 了，比起她来怕是已经老了。尤其是在蜡烛光里，假若有镜子让我照下，我一定惨败得比 30 岁更老。

"三姐！你老师来啦。"

"我去学俄文。"她弟弟在外边一叫她，她就站起来说。

很爽快，完全是少女风度，长身材，细腰，闪出门去。

努力创造家庭幸福

◎戴尔·卡耐基

我们一生中的大部分时间都是在家庭中与家人一起度过的。但就是在这一空间，因为许多原因，可能会爆发无数难以调解的矛盾。

一个家庭的幸福，需要每个家庭成员付出艰苦的努力。要认识到每个人的思想是有区别的。他不可能和你一样思考，他所喜欢的东西不一定就是你所喜欢的东西。当你认识到这一点时，你更易于发展积极的心态，更易于做出相应的反应，也更易于收到满意的效果。

磁铁的性质是正负极相吸引，具备相反性格特点的人们也是这样。一个有进取心、乐观、有雄心、有信心并且具有巨大的内驱力、能力和毅力的人，与一个易满足、胆怯、害羞、机智和谦逊以及缺少自信心的人在一起时，经常会互相吸引、互相补充、互相完善。他们联合以后，便可融合他们的性格，这样，每个人的缺点也就互相抵消了。

也许你的丈夫或太太与你的性格完全相同，那么，你的生活幸福快乐吗？答案可能是否定的。

孩子们应该了解和尊重自己的父母。家庭中许多不幸正是因为孩子们不了解、不尊重自己的父母所造成的。但这是谁的过失呢？是孩子的？还是父母的？或者是双方的？

不久以前，我们同一个大企业的总经理进行了一次会谈。这位大企业家因为工作卓越，大名曾出现在美国各大报刊显要的版面上，但是，在我们见到他的那一天，他好像很忧郁。

"我现在是世界上最不受欢迎的人，甚至我的孩子们也恨我！真不知道这是为什么！"他沮丧地说。

其实，他并不是暴君或吝啬鬼，他给了孩子们金钱所可能买到的所有东西，为他们创造了安逸的生活。但是，他阻止孩子们取得某些必需品，这些东西曾经迫使他在童年时代取得力量，从而发展为一个成功的人。他力图使孩子们远离生活中那些丑陋的东西。他给他们创造了舒适的生活条件，使他们不再像他过去那样必须进行奋斗。当他的儿女还很小的时候，他从未要求或盼望他们尊重他，而他也从未得到过尊重。然而他曾经认为，孩子们了解他，他没有必要刻意去追求。

事情本来不会变成目前这个样子，假如他真的教育孩子们要尊重人，并且至少部分地依靠艰苦奋斗，依靠自己的力量安排自己的生活。他给了孩子们幸福，却没有教育他们也使别人幸福，从而使自己更幸福。假如在他们成长的时候，他就信任他们，并且告诉他们，为了他们的利益，自己曾历尽坎坷，或许他们就不会如此对待他。

其实，这位总经理和与他处在同样境况中的任何人，没有必要依然处在不愉快中。他们应该把自己积极的心态和对儿女的看法展示出来，尽力使自己为亲爱的人所熟悉和了解。

如果他热爱孩子的方式是同他们分享他自己的优点，而不是只给他们提供那些物质的东西；如果他能同他们自由地分享他的优点，就像分享他的金钱一样，他就会体验到孩子们由于爱和了解所赐予的丰厚回报。

不知你是否相信，语言的交流是能吸引人和排斥人的。无论你是谁——你都能够运用语言艺术展示你的魅力。但是某些个别的人可能不是这样想。假如你觉得他们对于你所说的话、所做的事反应不当，并含有不应有的对立，你对这事就要采取一些措施。世上通情达理的人还是占多数。

有时候别人对你作出的令人不快的反应，可能是因为你所说的话以及你说这些话的方式或态度不当。话音经常能反映说话人的语气、态度和心中潜在的思想。要你认识到过失在于你，这可能是困难的。当你认识到过失确实在于你时，你要采取主动，改正错误，这可能有些使你为难，但你必须做到。

如果某人用一种发怒的声音向你叫喊而使你感觉十分不快，你就要想到假如你用那种声音对别人叫喊，也会产生同样的效果，哪怕他是你5岁的儿子，或者是最亲密的人。

如果有人误解了你的好意，你就该表明你的真心，以消除误会。如果你喜欢受到称赞，如果你喜欢人家记住你，如果你得悉某人在怀念你，你就觉得愉快——你应该确信：假如你称赞别人，或者写一封短信，让他们了解你在想念他们，他们同样会心情愉快。

书信常常能加深人们之间的感情。彼此分离的人若常有书信往来，反而会觉得更亲密。有许多分居两地的人之所以举行了婚礼，就是因为在分别之后，他们通过鸿雁传书而加深了彼此的情感的缘故。

通过书信交流，双方能够增强理解。每个人都能在信件中表达自己正直的内心思想。表达爱情的信件不必也不应当因结婚而中止。马克·吐温天天都给他的妻子写情书，甚至当他们都在家的时候也是如此，他们的幸福生活天长地久。

应该注意的是，写信，就一定思考，把你的思想提炼在纸上。你能够借助回忆过去、分析现在和展望将来发展你的想象力。你愈是常写信，你就愈对写信感兴趣。你写信时最好采用提问的方式，这样能够促使收信人给你回信。当他回信的时候，他就成了作者，你就能够体验到阅读的欢乐。

一般来说，收信人是依据你的思路进行思考的。假如你的信是经过周详考虑写下的，它就能使收信人的理智和情绪沿着你指引的路径前进。收信人读你的信时，信中令人鼓舞的思想被记录在他的下意识心理中，将久久难以被忘怀。

拿破仑·希尔作为报刊专栏作家曾写过一篇名叫《满足》的文章，这篇文章对我们很有启示。下面就是其中的摘录：

全世界最富有的人住在"幸福谷"。他富有历久不衰的人生理想，富有他所不能失去的东西，这些东西可以给他提供幸福、健康，还有宁静的心情和内心的谐和。

下面是他的财产清单，看完你就会明白他是怎样获得这些财产的：

我获得幸福的办法就是帮助别人获得幸福。

我获得健康的办法就是生活有节制，我只吃维持我身体健康所必需的食物。

我不怨恨任何人，不嫉妒任何人，而是热爱和尊敬全人类。

我从事我所喜爱的劳动，我还把游戏与劳动相结合，所以我很少感到疲劳。

我每天祈祷，不是为了更多的财富，而是为了更多的智慧，用以认识、利用、享受我已经拥有的诸多财富。

我从不用辱骂的语言。

我不要求别人的恩赐，只要求我有权把我的幸事分享给那些需要帮助的人。

　　我和我良心的关系良好，所以它总是指导我正确处理一切事情。

　　我所拥有的物质财富多于我的需要。由于我清除了贪婪之心，我只需要在我有生之年能用于建设的那部分财富。我的财富取自分享了我的幸事而受益的那些人。

　　我所拥有的"幸福谷"的资产当然是不能课税的。它主要以无形财富的形式存在于我的心里，这种财富无法估计价值，也不能被占用，除去那些能接受我的生活方式的人。我用了一生的时间，尽力观察自然的规律，形成了遵循自然规律的习惯，因而创造了这些财产。

　　"幸福谷"中的人的成功信条是没有版权的。这些信条也可以给你带来智慧、宁静和满足。宾斯托克在他的著作《信任的力量》中谈到幸福时说：

　　人类是一起诞生的，整个人类原是一个整体。正是人类所形成的世界把人类自己分裂开了。

　　多么愚蠢的世界！多么虚伪的世界！多么恐惧的世界！假如人类有了信任的力量，就可让人类重新聚集到一起——信任他自己，信任他的同胞，信任他的命运，信任他的上帝。那时，只有那时，人类才能真正成为一个整体。那时，只有那时，人类才能找到幸福和宁静。

归来的温馨

◎聂鲁达

我的院内树木繁茂，幽深宁静。阔别归来，住所的角角落落都吸引我躲进去尽情享受久别归来的温馨。花园里长起神奇的灌木丛，散发出我从未领受过的芬芳。在离家之前，曾在花园深处种下一株小小的杨树，原来是那么细弱，那么不起眼，现在竟长成了大树。它直插云天，表皮上有了智慧的皱纹，梢头的新叶不停地颤动着。

最后进入我视野的是栗树。当我走近时，它们光裸干枯的、高耸纷繁的枝条，显出莫测高深和充满敌意的神态，而在它们躯干周围正萌动着无孔不入的智利的春天。我每日都去看望它们，因为它们需要我去巡礼。在清晨的寒冷中，我伫立在没有叶子的枝条下，凝视着。直到有一天，一个羞怯的绿芽从树梢高处远远地探出头来看我，随后出来了更多的绿芽。就这样，我归来的消息传遍了那棵大栗树所有躲藏着的满怀疑虑的树叶；现在，它们骄傲地向我致意，然而却已经习惯了我的归来。

鸟儿仍然站在枝头重复着昨日的啼鸣，仿佛树叶下什么变化也未曾发生。

书房里弥漫着冬天和残冬的浓烈气息。在我的住所中，书房最深刻地反映了我离家的迹象。封存的书籍有一股亡魂的气味，直冲鼻子和心灵深处。这是因为遗忘——业已湮灭的记忆——所产生的气味。

透过书房那古老的窗子，可以直视安第斯山顶上白色和蓝色的天空。在我的背后，我感到春天的芬芳正在与这些书籍散发的阵阵的亡魂气息进行搏斗。很显然，书籍不愿摆脱长期被人抛弃的状态。春天身披新装，带着残冬的香气，正在进入各个房间。

在我远游的这段时间，书籍给弄得散乱不堪。这倒不是说书籍短缺了，而是它们的位置给挪动了。在一卷问世纪古版的严肃的培根著作旁边，我看到意大利作家萨尔加里的《尤卡坦旗舰》；尽管如此，它们的相处倒还是颇为和睦的。然而，当我拿起一册拜伦的诗集的时候，书皮却像信天翁的黑翅膀那样掉落下来。我费力地把书脊和书皮缝上。当然，在做这事之前，我又饱览了那冷漠的浪漫主义。

我住所里最沉默的居民莫过于海螺。从前海螺连年在大海里度过，养成了极深的沉默。如今，近几年的时光又给它增添了岁月和尘埃。可是，它那珍珠般冷冷的闪光，它那哥特式的同心椭圆形，或是它那张开的壳瓣，都使那远处的海岸和事件让我终生难忘。这种闪着红光的珍贵海螺叫Rosteilaria，是古巴具有深海的魔术师之称的软体动物学家卡洛斯·德·拉·托雷，有一次把它当作海底勋章赠给我的。现在，这些加利福尼亚海里的黑"橄榄"，以及同一处来的带红刺的和带黑珍珠的牡蛎，都已经有点儿褪色，而且盖满尘埃了。从前，我们差一点儿就死在有这么多宝藏的加利福尼亚海上。

书房里又添了一些新居民，就是这些来自法国的松木箱，封存了很久的大木箱里装满书籍和物品。箱子板上有地中海的气味，打开盖子时发出嘎吱嘎吱的歌声，随即箱内出现金光，露出维克多·雨果著作的红色书皮，旧版的《悲惨世界》，于是，我把这形形色色令人心碎的生命安顿在我家的几堵墙壁之内。

除此之外，从这口灵柩般的大木箱里出来一张妇女的可亲的脸，木头做的高耸的乳房，一双浸透音乐和盐水的手。我给她取名叫"天堂里的玛丽娅"，因为她带来了失踪船只的秘密。当我在巴黎一家旧货店里发现她的时候，她因为被人抛弃而面目全非，混在一堆废弃的金属器具里，埋在肮脏阴郁的破布堆下面。现在，她被放置在高处，再次焕发着活泼、鲜艳的神采，光彩照人。每天清晨，她的双颊又将挂满神秘的露珠，或是水手的泪水。

窗外的玫瑰花在匆匆开放。我从前很反感玫瑰，因为她太高傲了。可是，眼看着她们赤身裸体地顶着严冬冒出来。当她在坚韧多刺的枝条间露出雪白的胸脯，或是露出紫红的火团的时候，我心中渐渐充满柔情，赞叹她们骏马一样的体魄，赞叹她们发出意味着挑战的浪涛般神秘的芳香与光彩；而这是她们在黑色土地里尽情吸取之后，在露天地里表露的爱，犹如责任心创造奇迹一样。而现在，玫瑰带着动人的严肃神情挺立在每个角落，我非常钦佩这种严肃，因为她们摆脱了奢侈与轻浮，各自尽力发出自己的一份光。

可是，风从四面八方吹来，迫使花朵轻微起伏、颤动，飘散阵阵沁人心脾的芳香。青年时代的记忆涌来，已经忘却的美好名字和美好时光，那轻轻抚摸过的纤手、高傲的琥角色双眸以及随着时光流逝已不再梳理的发辫，一起涌上心头，令我忘记身处何方。

　　这是残冬的芳香，这是春天的第一个吻。

简单的生活

◎爱琳·詹姆丝

你是否曾发现：自己想抹掉过去一些难堪的事情或是情境，而这些不愉快的记忆，是你一直无法释怀的。这些记忆有可能是任何事，从你工作上和同事的口角，到婚姻的解除这种大事，都有可能成为你的伤痛记忆。这些事或许是发生在几年前，或许是发生在昨天而已。你会一直想着这些事，悔不当初，而这些不愉快的回忆，也总是不停地骚扰你，除了饱受折磨外，这些回忆对你一点帮助也没有。

当我放慢生活步伐时，我可以做到的一件事就是：停止抹杀过去。我渐渐地了解：当你真正领悟一些事后，你会觉得你没有错；你也没有做错决定。我慢慢能够进一步诠释我生活中的所有事件，不管这些事是好的，或是坏的；到了最后，总是会有一个有力的情境出现，不管是否为暂时性的因素，这个情境将会引导我走向我该走的方向。

不停地抹杀过去的事件，只会让你的生活更加复杂。重新诠释这些回忆，可以积极地帮助你面对未来，而且，让你保持一个简单的生活。

生活的真谛

◎戴　森

生活就像是在空中抛接五个球的游戏。这五个球分别是：工作、家庭、健康、友谊和精神。将五个球同时在空中抛接的确是一门艺术。不久你会发现：唯有工作是一个橡皮球，掉在地上还会弹起来；而其他四个球都是玻璃的，掉在地上便会留下疤痕、裂缝，或摔得粉碎，总之不可能再恢复原样。所以我们要努力保护自己的平衡，才能把它们都在手里玩得转。

那么该怎样去做呢？

不要总把自己与别人比较，这样会愈看自己愈不值钱。如同你的指纹一样，世界上的每一个人都是独一无二的。

不要根据别人认为重要的东西来制定自己的追求目标，而应当努力去争取自己觉得好的东西。

不要以为最接近自己内心的东西与生俱来，可以像自来水一样随时予取予求。要如同保护自己的眼睛一样维护它们。失去它们，你就会变成只有心脏而没有心灵的行尸走肉。

不要匆匆忙忙地过一生，以至于忘记自己从哪里来，要到哪里去。生命不是一场速度赛跑，而是一步一个脚印走过来的旅程。

不要耽于昨天或明天而任凭今天从指间流走。每一天只过每一天的日子，你总会享受到所有的日子。生命不是以数量而是以质量来计算的。

如果你还可以付出，就不该轻言放弃。直到你停止努力的那一刻，什么也没有真正结束。

不要怕承认自己并不完美，我们就是靠一根脆弱的细丝相互连在一起的。

不要对自己说不可能找到爱情而就此永远关闭大门，得到爱情最快的方法是给予，失去爱情最快的方法是像对待硬币一样紧紧捂住口袋里，保持爱情最好的办法是给它插上自由的翅膀。

不要忘记：一个人最大的感情需要是得到他人的理解。

　　不要怕去学新的东西。知识没有重量，是可以随身携带的宝藏，没有人会被它压垮，而且愈多愈身心矫健。

　　昨天是历史，明天是谜语，而今天是礼物，所以在英语中我们把今天称之为 Present。

版权声明

本书部分作品无法与权利人取得联系，为了尊重作者的著作权，特委托北京版权代理有限责任公司向权利人转付稿酬。请您与北京版权代理有限责任公司联系并领取稿酬。联系方式如下：

北京版权代理有限责任公司
北京海淀区知春路 23 号量子银座 1403 室
邮编：100191
电话：（010）82357058 / 57 / 56　　　传真：（010）82357055
E-mail：bookpodcn@ gmail. com
Website：www. bookpod. cn